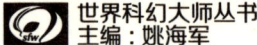

世界科幻大师丛书

主编：姚海军

THE CAUSAL ANGEL

因果天使

［芬兰］哈努·拉亚涅米 著

孙加 译

四川科学技术出版社

THE CASUAL ANGEL
Copyright © by Hannu Rajaniemi
First published by Gollancz, an imprint of the Orion Publishing Group, London
Published by arrangement with Orion Publishing Group via The Grayhawk Agency
Simplified Chinese edition copyright：2018 SCIENCE FICTION WORLD

图书在版编目(CIP)数据

因果天使 / [芬兰] 哈努·拉亚涅米 著； 孙 加 译.
– 成都：四川科学技术出版社，2017. 7
（世界科幻大师丛书）

ISBN 978-7-5364-8737-6

Ⅰ.①因… Ⅱ.①哈… ②孙… Ⅲ.①科学幻想小说 – 芬兰 – 现代
Ⅳ.①I531.45
中国版本图书馆CIP数据核字(2017)第155842号
图进字21-2015-196号

世界科幻大师丛书

因果天使

出 品 人	钱丹凝
丛书主编	姚海军
著 者	[芬兰] 哈努·拉亚涅米
译 者	孙 加
责任编辑	宋 齐 姚海军
特邀编辑	李克勤
封面绘画	郭 建
封面设计	李 鑫
版面设计	李 鑫
责任出版	欧晓春
出 版	四川科学技术出版社
	四川省成都市槐树街2号出版大厦 邮政编码：610031
开 本	140mm×203mm
印 张	10
字 数	200千
插 页	2
印 刷	四川省南方印务有限公司
版 次	2018年7月成都第一版
印 次	2018年7月成都第一次印刷
定 价	36.00元

ISBN 978-7-5364-8737-6

目 录
CONTENTS

序　曲

约瑟芬·佩莱格莉妮独自待在时间静止的海滩上,注视着世界末日。末日的景致让她失望。

太阳几乎全部沉入了大海,只剩一抹橘色光芒,铺在平静广阔的海面上。地球悬在天空,蓝白色球体上有黑色卷须相互追逐,就像翻倒的墨水四散横流。那是马特杰克·陈的龙,正在吞噬所有的物质、能量和信息,然后自我复制。很快,它们就会钻进这个垂死世界的地壳,吞掉地表下的细菌生物圈。地壳是生命的最后堡垒。吃完地壳后,它们就会相互吞食,最后留下一颗只有灰尘和岩石的死亡星球。

佩莱格莉妮见过更美的,比如"诸神的黄昏"①。"诸神的黄昏"是新生命壮观的诞生,地球的末日不过是老朽胎盘的萎缩。这块胎盘早过了预产期,没了生命力。

不过,为了马特杰克,她仍然细细观赏着眼前的景象。这是马特杰克——美丽的、危险的天才马特杰克——被终极背叛者

---

①"诸神的黄昏"是北欧神话预言中的一连串巨大劫难,包括造成许多重要神祇死亡的大战,无数的自然浩劫,之后整个世界沉没在水底。然而最终世界复苏了,存活的神与两名人类重新建立了新世界。

占据前最后的作品,典型的大手笔,有点儿孩子气,却比许多世界更加庞大。这也是佩莱格莉妮爱他的原因。她允许自己稍稍怀念他一会儿,怀念他逼人的凝视,还有平静的微笑。

她甚至愿意原谅他把她困在这个意识壳里。这个意识壳很老,老得就像许多个世纪之前的肉茧①。当年,她便是从那个肉茧中孵出,羽化成蝶。此刻,她青筋毕露的赤脚踩在细细的白沙上,沙子冰凉。她抱住双臂取暖,发现手臂上满是鸡皮疙瘩,手掌抓住的肉皮松松垮垮。后腰传来一阵剧痛,螃蟹似的上下移动。衰老真是最残酷的监狱。

如果获得胜利的是她,她会很仁慈。她只想让马特杰克看看,该怎么统治宇宙。到最后,她肯定会放了他。

可她的工具不听话。忘恩负义的叛徒米耶里,在关键时刻背叛了她,抛弃了约瑟芬为她安排的辉煌前程。

还有她的若昂。

偷儿也背叛了她。约瑟芬把他从地狱里救回来,只为让他偷卡米纳里珠宝——或者说,打开普朗克锁的钥匙。可是,那块珠宝竟是假货。他几十年前就造出了这块赝品,为了嘲弄她。他将为此付出代价,沉重的代价。虽然在米耶里的飞船中,他已经被野代码啃噬过,但这惩罚远远不够。

工具总会坏的。她本该记得这一点。

可惜她没记住,所以才被终极背叛者困在了这儿。看过偷儿留在珠宝里的消息以后,它把她留在这里,自己走了。

终有一天我会吃掉一切。但我现在还需要你。

说得好像她也是个工具,用完了就能丢掉似的。那怪物的一切可都是她给的。是约瑟芬派了米耶里,从困境监狱把那怪

---

①这里的"肉茧"指佩莱格莉妮仍是地球人类时使用的身体,原生身体。

物救了出来,让它躲进偷儿的意识,一旦若昂被抓,它就出来。这一步倒是很顺利。可惜,它吃掉马特杰克以后,竟萌发了不切实际的野心。

这东西得好好吃个教训。

她深吸一口海洋味儿的空气,让胸中炽热的怒火燃烧得更猛些。

她才不会被这么个扭曲的东西困住。它不过是萨沙的魂灵儿温室失败的作品。这个小小的监狱,不过是马特杰克俗气的童年回忆而已。她要打破这个监狱,就像马特杰克打破地球一样。

终极背叛者真是笨蛋,竟把她一个人留在这儿。

她慢慢坐下,没理会全身骨头的抱怨,把手深深插进沙子里。沙子留有虚构的白天的余温。她让沙子在手指缝中流过,反射着太阳最后的光辉。她凑近了仔细观察,分辨每一粒沙子的形状,沙子粗糙表面的所有细节。

任何拟境,任何沙盒①,都有漏洞。这是若昂教给她的。她置身其中的这一个是梦境拟境,不过是某个古老迦拿②的复写,根本困不住一位始祖。只要凑得够近,就能看到缝隙里的造物魂灵儿。它们就是这个世界的制造者。

---

①又译为沙箱,是一种计算机安全机制,为运行中的程序提供隔离环境。在沙盒中,网络访问、对真实系统的访问、对输入设备的读取通常被禁止或是严格限制。沙盒中的所有改动对操作系统不会造成任何损失。这种技术被广泛用于测试可能带毒的程序或是其他的恶意代码。

②原意为伊斯兰教中的"天堂"。这里指地球上供备份意识(比如始祖马特杰克童年时,父母替他备份的意识,或者叫魂灵儿)永远居住的虚拟乐园。

一点儿不错。在她的凝视之下,拟境的质地一时起了波纹。她把自己的始祖代码——红色的小东西,床和誓言——塞进缝隙里。现实的面纱稍稍掀开了一点,她看到了柔软沙子底下的坚硬边缘——天穹。自然,天穹被马特杰克的代码锁住了,但她能听到魂灵儿的窃窃私语。

是谁?始祖!晓[1]!恐惧!它们说。她伸出手,造物魂灵儿战栗着逃开。她对它们说话,安慰它们。等等!留下。一起玩!

她认识这支拷贝部落。它们很勤奋,孩子气,而且非常、非常孤单。

它们倾听她说话,好奇心大盛。她微微一笑。虽然她被困在衰老的意识壳里,而且没法展示原型,但她仍然是约瑟芬·佩莱格莉妮,古老得超出想象。她知道该怎么驯服魂灵儿。她是被困住了没错,但她仍能命令造物魂灵儿。也许还能造一个部分分身——她的低级影子——让影子从缝隙里挤出去。

首先,来个测试。

为我涂抹天空吧,她对它们说,要涂得又宽又远。把太阳系都画在上面。

它们开心地照办。这也是它们的主人的要求:把这个拟境造得尽可能像个美梦,让这地方装满其他魂灵儿从遥远外部世界收集的故事,以及这个拟境本身的故事。

天空活了。到处是火焰和战争。

约瑟芬望着太阳系。太阳系就像遭到入侵的蚁巢,乱成一锅粥。

---

[1]本书中,"晓"指低级魂灵儿对高级魂灵儿的本能尊敬。从原型分支出来的魂灵儿,分支时间越早等级越高,越晚等级越低。

造物魂灵儿画给她看的是个漩涡状旋转的星河,里头每颗星星都是一艘飞船。太空高速通道——太阳系的引力主干道——挤满了难民船。那些飞船都是小行星带的低等文明,原本凑在索伯诺斯特的光焰旁边,指望借个一星半点火种。现在,他们看到了地球的末日,以为索伯诺斯特收割意识的大镰刀终于伸了过来,下一个就会轮到他们,于是都逃走了。约瑟芬嗤之以鼻:能为共同盛业添砖加瓦,他们本该荣幸才是。

身为原型时,她能通过几十亿双眼睛同时观察。跟原型看到的东西相比,展示在天空的图像就像洞穴壁上的阴影。但她仍对造物魂灵儿露出灿烂的微笑。干得好。现在,让我看看我的姐妹。

天空图像延伸,露出太阳。太阳四周围满了索伯诺斯特的太阳挖掘机器,还有智能物质工厂。天空图像展开,变成高维度的地图,展示出区船、州船和固伯尼亚①,还有固伯尼亚内部的多平面拟境,里头有数不清的魂灵儿。魂灵儿是固伯尼亚——索伯诺斯特巨型大脑,宇宙尺度的思维网——的神经元信号。现在,大脑和大脑之间,爆发了战争。

她的姐妹正与瓦西列夫和赫辛库交战。几个基准世纪(几万个主观年)以来,双方都在背地里偷偷密谋,暗中使绊,早该来一场正面冲突了。她知道佩莱格莉妮拷贝部落会输。始祖拥有的战脑和武器级别相同,谁拥有的数量更多,谁就能赢。

不过,局面尚有希望挽回。她脑中已经有了一个点子,正慢

---

①本书中,固伯尼亚有着多重身份。它既是行星大小的人造钻石大脑,又是索伯诺斯特的终极武器,还是始祖的根据地和旗舰。固伯尼亚中有"深时",其中的时间流速比正常时间快得多,所以会进化出无法想象的魂灵儿,还有可怕的"龙"。

慢成形。这点子可以让始祖们联合起来——这是她一直想达成的目的。终极背叛者仍能为她所用。只要这个敌人存在，瓦西列夫和赫辛库就会被迫跟自己联合。萨沙会跟她一同行动，其余人也会一个接一个地倒向她……

约瑟芬皱皱眉。战斗的进展有点不对劲。天空中数万个自己的图像歪歪扭扭，就像哈哈镜里的倒影。

突然，她辨认出了其中的模式——是终极背叛者在操纵。她凝视着轨道、战斗和思想束交织成的末日启示录，其规模甚至超过了马特杰克的梦想。

她久久地望着在天空中进行的战斗，就像从黑洞洞的枪口朝枪管里张望，眼睁睁看着无法阻止的机械运动——枪管一转，击锤击下，一声雷鸣，一片空白，随后一团漆黑。

就是在这时，她才明白了终极背叛者到底是什么。

最后，她闭上眼睛，躺在冰冷的沙地上，双手垂在体侧，就像一具了无生气的尸体。她倾听着海浪的白噪音。

是它故意让我看的，她想，它知道我会怎么做，所以才把我一个人留在这儿。

几个世纪以来，她第一次感到内心空虚，有终结一切的冲动。

你伤心了？造物魂灵儿们问道，我们再给你看别的！我们是天空涂抹者，是世界制造者，是歌手，还是塑形师！

她的手紧紧攥成拳头，力量大得弄疼了骨关节。她坐了起来，望着越来越暗的沙滩。沙滩上，她的足迹沿着大海弧形的边缘，一个接一个，整整齐齐。

她站了起来。

该轮到我给你们看样东西了，她说，要是你们肯帮我，我们就能给你们造一个朋友出来。

我们倾听！我们制造！我们塑形！魂灵儿齐声说。

她吃力地迈开步子，踩着沙滩上自己的脚印，慢慢地跨着大步。冰冷的海浪拍打着她的脚面。

天空中，世界真正的末日已经开始。约瑟芬没空理会，忙着用回忆和沙粒制造最后的希望。

一　窃贼与最后一战

　　我们还没飞过火星轨道，马特杰克就弄明白了纳尼亚的真相，还帮我找到了米耶里的踪迹。

　　"怎么能没了呢!"他举着一本书喊道。这本书开本挺大，紫色封面破破烂烂，上面印着圆形窗户似的图片，画着两军大战。四岁的小马特杰克用双手才能举起来，好不容易把书捧到我面前，啪的一声摔在桌子上。

　　书名是《最后一战》①，C.S.刘易斯著。我叹了口气。这本书啊，这下可麻烦了。

　　几个主观日以来，在我们的飞船"衣柜号"上，小小的主拟境里一直很宁静。马特杰克给我讲过自己的一个梦，梦里有个熏香的、迷宫似的书店，书店里到处都是高高的书架，堆满了五颜六色、大小不同的书本，摇摇欲坠。拟境就是按照这个梦设计的。书店前面有一排橱窗，阳光透过窗子散射进来，照亮了小小的咖啡休闲区。我和马特杰克常坐在咖啡区粗糙的木桌旁看书工作。书店外头(拟境为我们展示在虚拟的橱窗上)是忙乱的太

---

　　①《最后一战》是C.S.刘易斯的《纳尼亚传奇》系列最后一本。该系列第一本名为《狮子，女巫和魔衣柜》，故飞船得名"衣柜号"。

空高速通道,挤满了成千上万的光流、岩石船、沉静船、光束骑乘者,以及各种各样的其他交通工具,都映在"衣柜号"的太阳帆上,犹如无数明亮的星点。书店深处的阴影中存放着蓝银色的书本,那是斯尔的人民、精灵和神祇的分形①压缩意识,它们正用纸张的沙沙声轻轻交谈。

这几天,马特杰克一直坐在桌边,拳头托着下巴,安安静静地读着书。这正合我意:我正忙着从地球垂死的呼号中寻找米耶里,没时间管他。

"他们怎么能全死了呢!这不公平!②"马特杰克又喊道。

我看看他,让一块透明的翡翠圆盘在手指间转来转去。那是我唯一的高速通道佐酷珠宝,翡翠色中夹着奶白色的花纹,是一位友好的鲸形生物送给我的礼物。

"我说,马特杰克。"我岔开话题,"你想不想看我耍个把戏?"

小男孩不高兴地瞪了我一眼。他的眼神热切锐利,逼人的蓝色眼珠跟柔软的圆圆脸蛋实在不相称。那眼神让我浑身不舒服,让我回想起不怎么愉快的经历。马特杰克成年后曾抓住过我,还把我的大脑剥成了一个个神经元。

他专横地交叉双臂抱胸,"不要。我要知道有没有不同的结局。我不喜欢这一个。"

我翻翻白眼。

"我不知道有没有其他结局。要是你不喜欢这一本,干吗不换本书?"

我现在实在没心思跟他瞎扯。我的手下——整整一大群老

---

①又称碎形,通常被定义为"可以分成数个部分的几何形状,每一部分都(至少近似地)是整体缩小后的形状",即具有自相似的性质。

②此处以及下文中小孩的话都与《纳尼亚传奇》的内容相关。

鼠和线虫的遥远后代,具备认知功能,其源代码已经公开——正在太阳系的公共时空模拟视界里搜寻地球灭亡的公开数据。我们古老书店的墙外,蜂拥逃亡的飞船不断传来信息,库扑特①数据流就像冰冷的雨点,涌进我的脑海。

每一条信息,就像时钟的指针移动一格,为米耶里的生命倒计时。

谷神星②真空鹰的生命流③。真空鹰是一种脆弱的无感官太空有机体,它的太阳帆翼上有感光细菌。这一只真空鹰追逐着母鹰飞过地球,身上的感光细菌拍下了粗糙的画面。细节太少。下一条。

萨岗佐酷在木卫三的合成孔径阵列拍摄的时空画面,公有数据。

我的心脏猛地跳起来。这个有希望。几天前拍摄的一整套超光谱数据在我眼前闪过。我仿佛从舞动的北极光中飞过,多层光色描绘出细节逼真的地球表面和周围的太空。每一层中都有黑色的裂缝,那是龙。我没理会龙,一转念,将画面拉到L2拉格朗日点和附近的碎片残骸云团。快点。

"可我还是想知道,"有个顽固的声音远远传来,"皇帝是谁? 海那边有什么? 阿斯兰为什么不是狮子了?"

时空图像很清晰,能看到太空中这一片小小马尾藻海的时空轨迹,每一片合成生物碎片和死去的纳米制品的历史。可就是没有米耶里的飞船"培蝴宁"。它本该也在那儿的。我压低声

①作者杜撰的一种信息传送方式。

②位于太阳系小行星带的矮行星,曾被认为是最大的小行星。

③约等于生命的数据记忆。

音骂了一句。

"你说了个脏字!"我隐隐感到,马特杰克正在扯我的袖子。

真让人懊恼。我能找到的所有公共数据都被小心地篡改过了,就连带着量子水印的佐酷探测器传来的画面也一样。这种画面本该没法伪造的。这根本说不通,除非某个巨大的阴谋正在悄悄运作。我暗自琢磨,难道已经太迟了?

她到底在哪儿?

我揉揉眼睛,派出手下打探高速通道网络,看别人有没有发现这个问题。之后,我把他们发来的库扑特讯息淡化成远远的背景噪音。突然间,我十分怀念"培蝴宁"上的情报魂灵儿,更怀念那艘飞船本身。

"为什么最后他们都要看他的脸?"

"培蝴宁"会知道现在究竟该说什么。

"听着,马特杰克。我现在非常、非常忙。我得工作。"

"我能帮你。我很会工作。"

"你会烦的,"我小心地选择词句,"都是大人的东西。"

他不为所动。

"妈妈也老是这么说。可有一次,我跟她一起去工作,发现她的工作其实很好玩。我搞垮了一个量子衍生市场。"

"我的工作可没你妈妈的这么刺激。"话一出口,我就知道说错了。

"我不相信,我要试试!"他伸手来抓我的佐酷珠宝。我举起珠宝,让它在手指间翻滚几下,消失了。

"马特杰克,不经允许就拿人家玩具,这不礼貌。你还记得我跟你说过的话吗?我们来这儿是干什么的?"

他垂下眼睛看着地板。

"我们来这儿救米耶里。"他嘟哝道。

"没错,那位长翅膀的好女士来看望过你。我来接你是因为我需要你的帮助,所以我们才待在'衣柜号'里面。我还让你给这艘船起了名字,对不对?"

他点点头。

"那么,谁要害米耶里呢?"

"所有人。"马特杰克回答。

替我照顾她,你发誓。"培蝴宁"说。那时候,索伯诺斯特猎手袭击了我们,她把米耶里射入太空,想救她的命。当时,这似乎是个好办法。

问题是,米耶里为索伯诺斯特服务了二十年,脑袋里还有个始祖魂灵儿。太阳系中想得到她脑中情报的力量太多了,尤其是现在。比如伟大游戏佐酷——佐酷人中负责情报的一支——就想要她。他们一开始可能会以礼相待,可一旦他们发现她的身份,肯定会把她的意识像个橘子似的一瓣一瓣剥开。至于佩莱格莉妮、瓦西列夫、赫辛库和陈,肯定愈发无情。更不必提她在地球上还背叛过某个佣兵公司。

我们一定得赶在其他人之前找到她。已经过了七个基准日了。

即便知道她的所在,如何赶去也成问题。我们这艘"衣柜号",不过是一团樱桃大小的原始智能物质,裹着一团碳纳米管,靠风筝似的太阳帆牵引,在通往木星的太空高速通道小行星分支上一点点挪动。"衣柜号"是从3000吨级的王氏炮弹中分离出来的。地球垂死之际,我点燃了150吨的核爆炸物,逃了出来。保护飞船的外壳碎片现在还飘浮在我们周围,就像钢和硼做的三维拼图。我们身后还拖着一条用完的减速凝胶带,就像从汽车窗口拖出的厕所卷纸。想在星系里来一次高速追逐,用这艘船可不是好主意。

还有一点。就算我果真发现了米耶里,而且救了她,一旦被她知道"培蝴宁"的事,肯定会有流血事件发生——而且大部分都是我的血。

我轻轻握住马特杰克的肩膀,"没错。所有人。"

"我也想帮助米耶里。"

"我知道。可现在,只要你能安安静静地读书,就算是帮我大忙了。行吗?"

他撅起嘴。

"公主说我们要出发冒险,她可没说你有这么多工作要做。"

"哎,有些事,公主也不知道呀。"

"这我知道。所以我才来问你。我以为你是我的朋友。"

我突然觉得胸中一下子空了。

虽然不愿承认,但我带上小马特杰克的初衷十分自私:他的迦拿是地球上唯一不会被陈的龙攻击的地方。陈禁止龙碰这个迦拿。

而且,不久前,我还打算偷他的灵魂。这也是事实。

"我当然是你的朋友,马特杰克。这本书哪儿让你不舒服了?"

他的双脚不安地挪动。接着,他用清澈的眼睛望着我。

"我们这儿,是不是也和纳尼亚一样?"他问,"我们俩,是不是也死了?"

我瞪着他。

"你怎么会这么想?"

"因为这讲得通啊。我记得我进了普莱纳先生的白房间,似乎是生了一场重病。房间里有张床。接着,我就到了海滩,又觉得浑身舒畅了。

"在海滩上的时候,我从没琢磨过这个,只是一个劲地玩。妈妈和爸爸说我还能再玩一会儿,他们等下就回来。可他们一直没回来。我就像在做梦,直到米耶里来了,我才醒。

"所以,也许,在真实世界里,我其实早就病了,然后死了。海滩就是纳尼亚,你就是老鼠里普奇普。"

四岁的时候,马特杰克的意识被拷贝进了迦拿。他记得的最后一件真事,就是跟着父母走进上传保险公司,接着,他的记忆就只剩海滩上永不结束的下午。他只知道,他的幻想朋友之一,叫花儿王子的那个,回来带走了他,一起出发冒险。所以,他方才说的话——纳尼亚,死亡之类,并非没有真实成分。这才是最可怕的。

我实在不忍心告诉他,他父母已经死了几百年,他熟悉的世界已经被龙吃光了——造龙的,就是未来的他自己。

"马特杰克——"

我考虑了半秒钟该怎么做。我可以把他的魂灵儿往回拨几天,让他忘记我,也忘记《最后一战》。我可以重新创造他的海滩,让他在上面永无休止地玩耍。

我深吸一口气。米耶里说得对(没想到,有一天,我居然会同意她的意见),有些事怎么都不能干。我不能让马特杰克也跟我一样,变成被人操纵的魂灵儿。我绝对不会给他造一座牢笼。

我把马特杰克小小的手握在自己的手里,轻轻捏着他的手指,小心组织语言。

"你没死,马特杰克。死亡不是这样的。相信我,我很了解。不过,所谓的'真实'有很多种。你的父母一直不相信我们的存在,对不对? 不相信我,不相信公主,也不相信士兵和海怪,对不对?"

我好不容易才平静地吐出这几个名字。想起马特杰克的幻想朋友——或者说,幻想朋友的遥远后代,昂神——我就觉得不自在。他们说,我是他们的同类,所以救了我,没让地球大气层中的野代码把我吃掉。可他们没救"培蝴宁"。"培蝴宁"死了,都怪他们。

马特杰克摇摇头,表示父母的确不相信。

"那是因为,我们住在他们看不见的世界里。我们住在故事的世界。不过,我们的世界和纳尼亚不一样,一旦找到米耶里,我保证会送你回到真实的世界。但首先,我需要你的帮助。行吗?"

"好。"他抽抽鼻子。我心中松了口气,忍着没吐出气来。

接着,他又抬起头看着我。

"王子?"

"嗯?"

"我总是忘记梦里的故事。孩子们总是忘记纳尼亚。等我回到真实世界,我还会记得你吗?"

"你当然会记得。"

记得。这两个字在我脑中如雷轰顶。我哈哈狂笑起来,举起马特杰克,紧紧抱着他。

"马特杰克,你是个天才!"

我一直在公共数据中寻找米耶里的下落,这些数据都被未知力量篡改了。但太阳系中有个地方会记住一切。而且,那地方最擅长保守秘密。

想跟火星之王进行匿名库扑特通讯并不容易；不过，总算是个切实可行的计划。所以，我热切地投入工作，丝毫不觉疲惫。我怂恿马特杰克去对付一本二十一世纪晚期出品的奇幻小说，这本小说基于算法，能自动修正，以适应不同读者的神经结构。但愿这部书能让他忙上一阵子。

我们离火星只有几光分①远，所以我减慢自己的主观时钟，模拟实时对话。我制造出一个慢时亚拟境，走了进去。这个拟境没什么出奇，不过是我访问老地球时，在赫辛库的祖先模拟中经历的片段。那是巴黎的一间地下室酒吧，挤满了平静友好的背井离乡者。

我等了片刻，细细品味手中的螺丝刀鸡尾酒。确切地说，我和火星侦探算是对手；所以，我不太情愿找他帮忙。更何况，他还是我的老情人蕾梦黛的儿子。我最后挣扎了一分钟，思索着有没有其他办法，随后得出结论：没有。于是，我送出第一条库扑特讯息，没忘记加个笑脸。

你好吗，我的国王？

别这么叫我。他的回应来了。你根本不知道当国王有多苦。这条讯息还附带了应答者此刻的感受——伊斯多正恨得直咬牙。我笑了。

这头衔可是你赚来的，伊斯多。你该热情拥抱它才是。

你想干吗，若昂？我以为不会再有你的消息了。可别告诉我说，你还想要你的命表。

很明显，这孩子翅膀硬了。

命表归你了。我好像记得你约会总爱迟到；反正琵可茜是这么说的。我本想让他好好品品这句话的味道，可惜时间有

————————
①在真空条件下，光一分钟走过的距离。一光分约一千七百九十九万公里。

限。我想要的是其他东西。我需要你的帮助。很急。

地球到底怎么回事？他的语气中充满求知的渴望。你有没有插一脚？

你还是别知道太多的好。至于地球是怎么回事——我也正在寻找这个问题的答案。

我写了一份寻找米耶里经过的概要，改成火星共同记忆的协议格式，传给他。

伊斯多，有人篡改了我能找到的所有公共数据。唯一可能逃过他们眼睛的，就是忘川的外记忆。既然你们的加密办法对索伯诺斯特来说太麻烦，对其他人也一样。我需要这段时间内，地球和太空高速通道所有的观察数据。

伊斯多的回应兴致高昂。这简直就像伪造过去的火星王国事件①，只不过尺度更大！我得用密钥才能拿到这些外记忆。为什么会有人不怕麻烦，改动这么多数据？

也许因为人家害怕感染龙，怕得厉害。这是我的手下在高速通道聊天资料中找到的最佳答案。我在心里补充道：或者，是因为人家想藏住米耶里，不愿让别人找到。不过，动用这么多资源，只为藏住一个奥尔特人？我实在想不明白。就算她是约瑟芬·佩莱格莉妮的仆人，也犯不着啊。

请尽快，伊斯多。而且，别插手。你有颗星球要统治。索伯诺斯特内战已经打响，人家不会再讲究礼数。要是他们发现你有钥匙，肯定会追杀你。你当国王已经够忙了，别多事。

我说过，你根本不知道当国王有多苦。伊斯多回应。给你。一大段密集压缩的共同记忆，通过库扑特链接，洪水般涌

---

①"火星王国伪造事件"详见第一部《量子窃贼》。大致是，所谓的火星王国时代，其实并不存在，是佐酷人伪造出来的。

来。我把这些记忆存档,待稍后详加分析,同时心中庆幸我仍然保留着瓦西列夫制造的外记忆模拟和黑客工具。这些工具都是最近造访忘川的时候弄来的。那次造访虽然短暂,却波澜重重。

谢谢,伊斯多。我欠你一份情。顿了顿,我又用库扑特道:替我向蕾梦黛问好。我喝了口柠檬伏特加,把辛辣的酒味通过库扑特传过去,以掩饰自己想起这名字时甜苦交织的情感。

好的。可是,若昂,你干吗非得找米耶里不可?她跟蕾梦黛并肩作战,她的飞船从虎怖机①手里救了我们大家,所以我们都感激她。可你,你欠她什么?在我看来,你现在已经自由了,想去哪儿就能去哪儿。这次,轮到他话中带着苦涩味道了。我认识的米耶里,根本不需要别人来照顾。你干吗这么急着救她?

这问题让我措手不及。我把时间调到正常速度,好让自己有思考的余地。伊斯多说得没错。我想去哪儿就能去哪儿,想做什么人就能做什么人。我可以去土星,也可以去更远的地方,找个人照顾马特杰克,然后就又能做赌王若昂了。

"培蝴宁"曾问我,等我们的任务完成,我打算干吗。现在想起来,"完成任务后该干吗"这问题,就像站在悬崖峭壁边朝下望,让我害怕得肚肠翻绞。现在这个我,从监狱中出来后,脑中的记忆已经少得可怜;要是连承诺都守不住,我这个人,还能剩下些什么?

而且,米耶里还有救。她这辈子,一直在追逐失去的爱人,却总是徒劳无功。但凡佩莱格莉妮看上的人,都逃不过这种命运。这一点,我比谁都清楚。

因为,这是赌王若昂会做的事。我对库扑特链接轻声说:别

---

①火星内战后散落的智能纳米机器,自我设计、自我繁衍了上亿个虚拟世代。对人类满怀恶意,不断攻击忘川,并破坏人类的地球化努力。

插手,别找麻烦,伊斯多。

然后,我切断了连接,把自己埋在数据里,终于在花儿的记忆中找到了米耶里。

数据来自默工制造的分布式望远镜。跟忘川的其他技术一样,这东西更像是一件艺术品——众多的合成生物花儿,有感光的花瓣,加在一起就变成了巨大的成像设备。这些花儿种在城市留下的脚印中①,遍布整个火星,就像巨大的复眼,始终注视着火星天空——直到被虎怖机吃掉。

数据来自忘川外记忆,所以加载数据就像回忆。突然,我记起在天空中看到了一个小点。不过,跟普通记忆不同,我越是聚焦,图像就越清晰。最后,我终于看到了"培蝴宁"带翅膀的蜘蛛网外形。我一转念,就移到了关键时刻。一道光闪过,飞船上有个小东西射了出来,在虚空中翻滚。

找到她了。我用花儿的眼睛跟着她的动向。

米耶里穿着黑色托加长袍,在虚空中不断翻滚。然后,一艘船——佐酷飞船,就像玻璃做的太阳系模型——朝她驶来。船上涌出许多佐酷真形(人类的脸,四周围着功能雾滴云,还有珠宝光环),把她团团围住。接着,她就消失了。飞船开始加速,加速度达到整整一个G,朝高速通道驶去。

我召唤出手下。没多久,他们就在公共高速通道时空视界中完成了辨识:拯救米耶里的飞船名为"鲍勃·霍华德②号",隶属彩虹圆桌佐酷,是佐酷人维护路由器网络的系统管理飞船之

①火星城市忘川建在众多机械脚上,能在火星表面不停行走。

②应指Robert Ervin Howard (1906-1936),美国通俗小说家,涉猎奇幻,恐怖,历史等等。"野蛮人柯南"便是他的创造。

一。但现在,这艘飞船跟平常不同,正朝着土星飞去,而且还乘着昂贵的一瞬千里光束,大约七天内就能到达超越城。一艘佐酷系统管理飞船,去超越城不用异境之门,实属效率低下。更何况,内太阳系的交通状况如今已然混乱不堪;占用一瞬千里光束,更是浪费资源。

我支起手指,指尖相对,思考。无疑,米耶里已经到了伟大游戏佐酷手里。在斯尔市,我险些被他们暗杀;从那以后我就知道,这一支佐酷人在地球附近也有出没。彩虹圆桌佐酷里肯定也埋伏了他们的众多间谍。救下米耶里后,其中的某一名间谍察觉到,这是个收集情报的好机会,于是向上峰汇报,并得令将米耶里送到土星。当然,他们本可以直接把她塞进异境之门,让她变成量子信息,利用路由器网络,以接近光速的速度送到土星。可惜米耶里身上植入了军队级别的索伯诺斯特技术,一旦穿过异境之门,就有可能自毁。所以他们不敢这么做。他们要把她完完整整地送到土星,完整到原子层面,很可能还会维持她的生物状态。

我将手中的酒一饮而尽,朝椅背上一靠,任由酒吧的轻声语浪将我淹没。还有时间。我脑中已经萌发了新的计划。但“衣柜号”速度不够快,不可能及时到达土星。我对这艘迦拿飞船的意见可不止于它的外表。

另一方面,伊斯多说得有理。我现在的确自由了。除了恼人的、顽固的防拷贝保护,约瑟芬加在我身上的认知锁几乎全部消失了。从我们离开地球开始,我就一直想着自己的另一艘飞船,真正的飞船——“勒布朗①号”。我记起来了,它正藏在大炮

---

①莫里斯·勒布朗,法国侦探小说家,“绅士大盗亚森·罗平”之父。对本书主人公若昂意义非凡的《水晶瓶塞》一书就属于“绅士大盗亚森·罗平”系列。

俱乐部位于土卫八的军械库中。要是我能及时拿回"勒布朗号"多好——

等等。既然我快不起来，我可以让佐酷的飞船慢下来呀。

所有的疑惑都消失了。我自信满满，专心计划。我还需要某些工具。一个量子金字塔骗局①，两具肉体，一块计算质②，几个纠缠的 EPR③对，还有几颗非常特别的氢弹……

我要把她从你身边带走，约瑟芬。我要把她偷回来。

没想到，金字塔骗局竟是计划里最简单的部分。

你已升级到第四级导航员！高速通道佐酷给我发来库扑特讯息，伴随着令人满意的缠结④震动。经过土星拉格朗日点的轨道时起了冲突，而我发现了新的协调平衡办法，解决了这一冲突，所以获得了奖励。他们自然不会知道，这个冲突，原本就是我利用僵尸网络制造出来的。

投标竞争您的质量投射流集运合约（收集某段时空画面指定的碎片，并将所有碎片引至土卫八）。出价：土卫八通道准入权的组合竞拍，或者同等级的高速通道缠结。有艘鲸类生物飞船——被合成生物细胞膜包裹的巨大水泡，由人鲸混血动物驾

---

①即我们熟知的"招来越多下家越赚钱"的传销骗局。

②即可编程的物质。

③在这里，EPR 可以简单理解为量子纠缠态，即两个粒子哪怕相距遥远，其坐标、动量等仍相互关联。

④即量子纠缠态：两个粒子互相纠缠，无论相距多么遥远，一个粒子的行为都会对另一个产生影响。本书中的缠结是佐酷人生存、生活的基础，储存在佐酷珠宝中，可以通过完成佐酷意愿指定的任务赢取。缠结越多，等级越高——就像游戏。

驶——希望接手我挂出的工作合约：把王氏炮弹的碎片收集起来，运到土星。我在脑中设好提醒，等一下再细想。现在没时间理会。

表达，渴望，集体，参加。这条库扑特讯息是一千个声音一同发出的。这个可是个大手笔赌客：一座金星漂浮城临时改装成了宇宙飞船"维帕加号"，里面装载着索伯诺斯特级别的计算质。我花了几毫秒，把这艘飞船吸引过来，发给它一份量子合约。这座城市没读合约的附属细则。细则很难——属于NP困难问题[1]——至于核实合约的结构，那更是不可能完成的计算任务，一直到宇宙寿命尽头都做不完。

看到地球毁灭，小行星带的众多世界认定：索伯诺斯特终于发动了战争，要强制吸收其他世界了。所以，高速通道已经超载，挤满了难民船，大家争夺着飞出内星系的低能快速轨道。像我一样有创意头脑的人，都想到了一个点子：朝附近的飞船发送集体计算的建议，大家一起争取飞出内太阳系的高等级快速通道，同时赢取高速通道佐酷的缠结奖励。不过，我在合约里玩了个小把戏，埋了一个简单的量子程序。这个程序会从每个集体成员获得的奖励或资源中提取一小部分，聚集到我手里。我则利用这些资源，做出极有吸引力的算法标书，投标竞争某些特定轨道。

熊形生物岩石船尤基-14正在攻击谷神星飞船"羽毛轻"和

---

①NP-hard，NP（non-deterministic polynomial）即非确定性多项式。在计算复杂性上，简单来说，P级别的问题，能在某一段时间（多项式时间）内解决；NP级别的问题，无法用已知方法快速得出答案，但可以在多项式时间内检验某个答案的真伪；而NP困难级别的问题，用一句话概括，就是"最难的NP问题"。小说后面出现的NP完全问题，也属于NP困难级别的问题。

"诚实号"。

我一哆嗦。真是个不该出现的副作用。一艘熊形生物岩石船——长得像把燧石斧，足足几公里长，由合成生物和聚变火焰雕成——拒绝承认在轨道竞标中失利。谷神星轻飘飘的蛇发飞船扑向熊形岩石船。高速通道佐酷尽力维持秩序，减轻破坏程度，派出自己的Q飞船重置通道入口光涡，引导涌来的飞船绕过不断扩展的战斗圈子。

土星通道的质量投射流混乱。流船"冒泡泡号"正在购买质量投射流队伍中的靠前位置。

火星轨道的光涡不可用。

请求土星一瞬千里光束的庞加莱①不变表面进入许可。

购买土星一瞬千里光束进入期权的衍生物。

我屏住了呼吸。佐酷人就这点好：他们的珠宝会强迫他们服从全体佐酷人的意愿。我满意地看着高速通道佐酷将"鲍勃·霍华德号"移到了比较慢的光束通道里。这能给我争取额外的时间。不多，大概一周，但足够让我紧随着彩虹圆桌佐酷飞船抵达土星。但愿伟大游戏佐酷在这么点时间里，不会彻底摧垮米耶里的精神。

总之，现在我已经有了足够的缠结等级，可以用来交换我需要的工具，然后就去土卫八执行计划。

我面带微笑，回到"衣柜号"的主拟境。

书店里正在下雪。大片大片的白色雪花，从天花板的阴影

---

①法国著名数学家。"庞加莱猜想"为千禧年七大数学难题之一：任何一个封闭的，并能柔软延展的三维空间里面所有的封闭曲线如果都可以收缩成一点，则该空间一定能被吹涨成一个三维圆球。

中降下，积在书架上，书架就像被雪覆盖的大树。咖啡桌不见了，变成了高高的路灯柱，顶上挂着铸铁煤气灯，洒下晕黄的光芒。我呵气成雾。真冷。没有马特杰克的影子。

远远传来轻轻的铃铛声。一串小小的脚印延伸到书架中间的阴影里。地上有一张银紫色的糖纸，映着白雪分外显眼。土耳其软糖。

"马特杰克！"我喊道。在雪地里，我的声音发闷。没人回答。他到底用了什么法子，把拟境搞成这样？

我把手塞到胳肢窝底下取暖，在脑袋里翻找我的始祖代码，以修复这位未来的太阳系众神之王搞出的破坏。

一个雪球打中了我的后脑勺。

刺骨的湿冷沿着脖子滑下，害我不停眨眼。马特杰克在黑暗中某处大笑。库扑特讯息传来的时候，我还在揉自己的脑袋。

伊斯多？

若昂！你肯定不会相信我的大发现！我好不容易才接收下一段外记忆：道道闪光在火星的天空中飞翔，明亮的星星在某人的手指缝里闪耀。不只这次的地球，木星爆发也是这种情况，大崩溃[①]也是！你一定得看看——

侦探的声音淹没在图像洪流中。火卫一从天空落下，地平线上升起光柱。大地震动，整颗火星像个铃铛似的摇晃起来，忘川失去了平衡。

然后，一片寂静。

[①]指地球上的量子经济全面崩溃，之后佐酷人离开地球，反对意识脱离肉体上传的运动彻底失败。

二 米耶里和雪山

要爬上山顶，才能找到女巫。

陡峭的山坡和白色的碗状峰顶都裹在蕾丝般的云彩里。山峰兀自独立，完美无瑕。相形之下，在你面前蜿蜒向上的登山小径，如同伤口的缝线，破坏了这份美丽。

你回想自己走过的旅程，还有做出的选择。它们仿佛穿在线上的珍珠，项链上的珠宝，一颗颗，一粒粒。

你整整手中的武士刀，开始攀登。风中传来一丝烟味。你身后某处，白色烟柱直冲天空。

你的村庄还在燃烧。

近傍晚，你爬到了雪山的山肩处，遭到饿鬼的攻击。

你已经爬到了云层之上，夕阳的余晖铺在云层上，变幻着蓝色和粉色。冷风从积雪的那一侧山脊吹来，夹带着小小的雪花。这是雪女——白女巫——的呼吸。她知道你来了。

顶上的山坡上有洞穴。饿鬼从洞里慢慢拥出，像黑嘴里伸出的粉色舌头。

饿鬼消瘦憔悴，只有肚皮高高隆起，里面满是黑血。它们嗅嗅空气,沿着山径往下,一开始犹犹豫豫,很快便大步奔跑起来。

你的武士刀自动跳出刀鞘,银光夺目。

第一个饿鬼嗞嗞叫着,挥舞镰刀般的手臂,朝你扑来。那东西身上散发着排泄物、湿土和腐烂的味道,让你作呕。你的武士刀在空中划出闪电般的弧线,切断了饿鬼的手臂。灰色的液体从饿鬼的残肢中喷出,饿鬼退后,牙齿愤怒地格格作响,黄眼睛似乎要喷出火来。

你看见另外两只饿鬼沿着右边山坡爬来。它们跳跃着包抄你的侧翼。

底下不远处有块露出地面的岩石,石块很大,可以保护你的后背。但下坡很陡,而且积雪很滑。

另一个饿鬼替你做了决定。它径直朝你扑来,想让你刺穿它的肚皮。你轻巧地往旁边一闪,砍断了它的腿。它滚下山坡,你也跟着大步跳跃下去。一路上,石块在你脚边翻滚滑下,你只能祈祷你的脚踝不会卡在石缝里扭伤。

快到坡底的时候,你险些摔倒,幸亏一个半滚翻,又站了起来。你转过身,大口呼吸。你的背部有了保护,但饿鬼汇成半圆形,正朝你逼来,利爪挥舞,嗞嗞狂叫,牙齿格格,唾沫乱喷。你等待着。风越来越大。能死在这地方,也不错。你唯一的遗憾,是没能向雪女复仇。她还控制着你爱人的灵魂。你轻轻抓起武士刀,就像书法家握起毛笔,准备写下死之俳句。

突然,中间的饿鬼脖子上多了一支羽毛箭。很快,一支接一支,箭划着弧线钉在其他饿鬼身上。你敏捷地朝前迈着碎步,左右开弓。一颗饿鬼的头颅滚下山坡。

饿鬼群身后出现了另一个浪人。他——或者她,因为来者个子瘦小——手握薙刀,戴着白底交叉十字的魔鬼兔子面具。

她手中的武器虎虎生风,在身边抢出一片圆形空地,接着朝前一刺,穿透了一只饿鬼的胸膛。她停下动作朝你望来,眼睛在面具后闪烁。

战斗很快结束。你们俩协调一致,武士刀迅捷,薙刀精准。你仿佛回到了道场里,哪怕身处崎岖的雪山,也能轻易使出高难度的招数。饿鬼就像麦子,在你面前纷纷倒下,很快散去,只留下一地残缺的尸体。岩石上沾满了饿鬼的血,滑腻腻的。

战斗结束后,你首先鞠躬。

"尊敬的浪人,"你说,"您救了我的命。"

她也朝你鞠了一躬,同时摘下面具。她的皮肤黝黑,乌木般的头发浸透汗水,乱成一团。

"这份荣幸属于我。"她回答。她的声音轻柔,就像擦拭刀刃血迹的丝绸,"没有您,我就会变成饿鬼的食物。"

你又鞠了一躬。

"您在寻找什么,尊敬的浪人?"

"名为雪女的女巫。她与我有仇。"

风转强。

"她恶名远扬。我也在找她。"

"鉴于我们目的相同,是否可以一同行动,共同复仇?"

你犹豫了。

"我的路由我自己选。"你说,"雪山的危险也由我自己承担。"

"我理解。但今天我们都走了远路,晚上交替为对方守夜如何? 明天一早,我们就各奔前程。"你点点头。你们俩一同回到登山小径上,继续攀登。兔子浪人在前带路。你脑中有个声音不住低语,仿佛火焰和硫黄,也像金属割裂你的脸颊。你不予理会。

米耶里,你这笨蛋。那声音说,快醒醒。

你在一丛低矮瘦弱的松树中扎营。你一个人默默坐了很久,吃着可怜的一点点米饼。

"您是否愿意给我这个荣幸,让我第一个守夜?"兔子浪人等你吃完,说道。

如果接受对方的好意,等于承认自己软弱。所以你摇了摇头。她会不会是女巫的造物,派来让你迷失方向的?据说,山坡上所有的东西都属于雪女。不过,在她眼里,你也很可能是女巫的手下。所以,也许,她提出这个建议,是对你的信任和尊敬。你们俩对望片刻。她首先转开视线,铺开了睡床。你点点头,把武士刀放在膝盖中间,望着火堆。她睡着了。

夜晚的雪山在你身边低语。夜鸟的凄鸣,风声,还有远处其他更黑暗生物的响动混在一起,合成一个声音对你说话。

别相信她,米耶里,她是他们一伙的。

你没理会这声音。这肯定是食梦貘的声音,它也是雪女的手下。

那熟睡的浪人,不知怎么,填补了你心中的空洞。火焰就像艺伎起舞的扇子,明亮多彩。火焰的形状让你想起了蝴蝶的翅膀,或者一颗心。

不知多久,你发觉兔子浪人坐了起来,正望着你。"你看起来很疲倦,"她说,"该你休息了。明天天一亮,我就叫醒你。"

你望着她,慢慢沉入睡眠。

在梦中,雪女来到你身边。她跟故事里说的不一样。不过,故事也说,雪女会变幻很多形状。你看到的是个异国女子,穿着古怪的白裙子,赤褐色头发,戴着钻石项链。

"我时间不多,米耶里。"她说,"他们正在找我。你在佐酷异境里,这是游戏。要是你身在拟境,我还能帮你。但在异境中,我没有力量。他们在要你。他们创造了某种机制,能左右你的行为,让你信任他们。这是我的始祖兄弟从他们那儿学来的。别信任那只兔子。"

"不管他们跟你说什么,都是伟大游戏佐酷授意的。你在协议战争中替我跟他们打过,他们不会忘记。趁他们还没找到我,你得赶紧走出这个异境。"

她一脸严峻。

"你背叛了我,可我没背叛你。我本来可以自毁,把你一个人留给他们。别忘了这一点。记住。"

接着,她的梦境变了。一只巨大的蝴蝶飞过虚空。一个黄鼠狼似的男人咧嘴笑着,就像孙悟空。这都是女巫织成的呓语幻觉。

你醒来,发现兔子浪人正望着你。她递上水。火已经灭了,天再次变得灰白。你冷得发抖,含着口中微温的液体,看着浪人,思索。不用问,该怀疑的肯定是有多重面孔、惯于撒谎的雪山巫女。不该怀疑眼前这位浪人,她跟你肩并肩正大光明地战斗过的。不是吗?

你的梦在你嘴里留下奇特的苦味。就像你刚刚吃了桃子。

"我决定了,"她说,"我们一起登山。"

寒风沿着山侧吹来,带来像碎玻璃一般的冻雨,扎得脸生疼。兔子浪人解开缠在腰间的丝带,你们俩一同攀登陡峭的悬崖。有一次,你的木屐踩到一块松动的石头,石头一滑,你也一同坠落，悬空挂在悬崖边上，只有一条丝带连着。浪人把你拉了上去。细细的丝带在她手上割出了血，但她一声也没吭。

登上悬崖后，你们俩之间不再需要语言。你们的命运已经被丝带和血液紧紧相连。

你越爬越高，体内怪异的声音也越来越强。也许是借了山顶的妖风和不断改变的荒凉景色的力量。这声音害怕雪山的重量，急着逃走。它低声告诉你，你的每一个动作都不是自发的，而是由一本名叫《易经》的书决定的，是掷骰子的结果；它说你和浪人一同完成的事是不可能的，你真正的身体伤痕累累，濒临崩溃。你不想理会这声音，但这声音十分顽固，很难消除。

到了正午，天空变灰了。一场可怕的暴风雪到来，逼你们到破烂的神社中躲避。

一队天狗袭来。天狗是半鸟半人，雪中阴影般的黑色翅膀，涂着白粉的脸，还有鸟喙般的鼻子，带着弯弯的铁剑。他们的骨头是中空的，所以身体很轻。你每次出击，都打得他们像破布娃娃一样四处飞散。

但他们人数众多，逼得你们朝神社深处退避。兔子浪人挡着他们，你在神像底下找到了一个卷轴。这是圣文。你大声念了出来，卷轴的力量把天狗都赶走了。浪人受了伤，胸肋处被天狗的爪子抓了。虽然你尽力为她包扎，但她之后只能倚着手中的薙刀艰难行走。

夜色降临，你们终于来到了山顶凹坑的边缘，看到了雪女的宫殿。

人们说，雪女的宫殿会不停改变形状。现在，它是座堡垒，却不像出自人类之手。宫殿伸出石头爪子，抓住山顶凹坑的边缘,外墙白得像骨头。灰色的石头基座上耸立着三重城郭,一重比一重更高。城郭顶部平台上长着光秃秃的可怜树木,黑沉沉的弩箭射孔狠狠瞪着来客。低矮的警卫室围在堡垒四周。这地方让你想起巨大恶鸟的巢穴。

铁门开着,等待着你。你走了进去,沿着长长的甬道前行,一路上总觉得有人盯着你。你走过第一堵城郭,登上狭窄陡峭的楼梯,穿过小小的庭院和废弃的塔楼。一路上,你看到了许多面孔。你辨认出,其中有你死去的敌人。

第三重城郭的中心有座大房子,佩着锈剑的黝黑武士守卫着房门。武士没有阻拦你。

浅蓝的火炬照亮了王座之屋。终于,雪女出现了。雪白,美丽,致命。她脚下坐着个熟悉的身影,裹在丝绸里,脸埋在阴影中,头发披垂,身边摆着一堆谷子。她正一粒粒清点数量。看到她,你的心跳加速。

"你不该来这儿。"雪女用冰冷的声音说。苦味又回到了你嘴里。

"我把这份荣誉留给你,姐妹。"兔子浪人说,"你很勇敢,赢得了取她性命的权利。"

你嘴里有东西——是桃核。桃核表面粗糙,抵着你的舌头。

你的武士刀流畅地插进了兔子浪人的肚皮。她眼中的光芒渐渐熄灭,你感到一丝懊悔。"我不是来取她性命的。"你说,"我是来为她效忠的。我本希望雪山能先取走你的命,或者我能为救你而死。但现在,一切都太迟了。"

"做得好,孩子。"女巫说,"现在到我这儿来,接受你的奖赏吧。"

她做了个手势,脚边的身影跟跄站起。你冲到她身边拥抱她,她在你指尖沙沙作响。她不是血肉之躯。

她只是个布娃娃。

雪女的笑声尖锐冰冷,蓝得像雪上的阳光。你放开长着你爱人外表的布娃娃,跪倒在地。

你的武士刀插进了自己的身体,贪婪地吞噬你的血肉。插进你心脏底下的刀刃本该冰凉,此刻却烫得像烧红的铁,真让你惊讶。你双手紧紧握住刀柄,朝上一提,一转。

女巫消失了,世界也消失了。你变回了卡尔胡的女儿米耶里。米耶里正站在阳台上。脚下是一条蓝色的运河,无限延伸,变成细带消失在远处的迷雾中。吹到脸上的风柔和温暖。头顶上是土星无垠的天空,被土星环切成了两半。

三　侦探和萤火虫

什么都逃不过火星之王的眼睛。不过,有时候,他倒希望能逃过别人的眼睛。

他裹在隔弗罗①大氅中,在行走之城忘川的街道中穿行。跟平常一样,这次他又迟到了——摆脱自己的义人保镖花了不少时间。火星天空苍白,明亮的火卫一挂在崎岖的赫拉斯平原之上。空气带着一丝寒冷。暖气炉已经打开,隐藏在界边区宽阔街道上的高大建筑的阴影中。餐客和酒客陆续从建筑中走出。

行走之城轻柔地摇晃着,远远传来的隆隆脚步声就像不停的心跳,令人心安。从表面看来,一切一如往常。可火星的国王——伊斯多·博特勒——知道绝非如此。他尝到了恐惧潜流的强烈苦味,看见了人们格外拘谨的步伐。这些人已经不再相信隔弗罗能保护自己的隐私了。一对微笑的情侣手牵手走过他身边。女人个子很高,皮肤是红褐色。伊斯多忍不住多看了她一眼,无意中拂过她的记忆,回忆起自己是裁缝杰姬,回忆起跟着众人在永恒大道上注视着地球——她的故乡——在天空中慢慢

---

①源自希伯来语,原意为"界限"。本书中是忘川公民用以保护个人隐私的手段,涉及复杂的加密技术和公共、私人密钥技术。

死去，泪水从两颊流下。

伊斯多摇摇头。他能听见，也能记起忘川中每个人说过的话，想过的事。密钥是他父亲——解密者——给他的。解密者是偷儿赌王若昂扭曲的拷贝，现在被关在钻石针监狱里，注定了被迫永无穷尽地玩着游戏。现在，只有把自己藏起来，伊斯多才能呼吸和思考。可是，就算裹在隔弗罗里，忘川也没有离开他身边。只要一转念，就能看到。他知道自己的人民有多恐惧。天边之外，巨星仍旧移动着，但它们柔和的光芒失去了平常抚慰人心的力量。

他的目的地在城市南边，是一所小房子，围绕在它四周的是扎着篱笆的花园。房子的设计很奇特：圆形窗户，柔软的琥珀色水泥。花园里的多丽丝玫瑰茂密疯长，像一丛丛白色利剑，几乎把房子整个遮住了。

他走近房子大门的时候，收到了一段共同记忆信息，仿佛浓郁的玫瑰香让他想起了母亲蕾梦黛那严厉的逼视。他记起来了，他本该出席一次会议。会议的参与者有母亲、其他义人——就是城里的义务警察，还有佐酷长老。大家将共同讨论如何处理难民问题。他记起了被称为"静默"的忘川轨道是多么繁忙，从内太阳系涌来的大批难民几乎让它超载。他记起忘川出现了一支新党派，名为"王国来临党"，他们坚称王国是真实的，所有虚假王国的说法都是佐酷一手炮制的谎言，而伊斯多正是他们的傀儡。他记起母亲打算在会议结束后好好给他上一课，没准还会好好揍他一顿屁股。他的岁数并不能让他不挨板子，这一点他也记起来了。

他叹了口气，把这些记忆拂到一边。最近几个月总有开不完的会,让他厌烦透顶:没有任何结果,人心溃散,每个人都有不同的心思,根本没有冰冷的犯罪、谜题和建筑这么美丽。可惜,他现在已经享受不了这种美丽了:只要一瞬目,最狡猾的罪犯也逃不过他的眼睛。

就在此时,三小时前赌王若昂发来了库扑特讯息,还带来了真正的谜团。

他给住在这幢房子中的人送上了一小段礼貌的共同记忆,然后走到门边等候,一边捏捏口袋中偷儿的命表。

一个外表年轻的黑人开了门。第一眼看去,他仿佛是个命时吝啬鬼,对命时——忘川的隐形货币——格外吝惜,只想延长自己身为尊者的时间,不愿把命时浪费在重塑自我或奢华享受上。但他的皮肤很新鲜,几乎发亮,这说明他是新近才穿过复活师大厅,从默工变回尊者。

"啊。"年轻人——马塞尔·伊索尔特——开口,"伊斯多·博特勒,著名的侦探。真荣幸。"他话中带刺,厌烦地看了伊斯多一眼。

伊斯多清清喉咙。哪怕不算最近发生的翻天覆地的大事,忘川的非法小报也早已多次刊登过他的尊容,害得他去哪儿都会被人认出来,除非用厚得不礼貌的隔弗罗遮掩起自己的面容。

"我知道已经不早了,可我希望能……"

男人关上了门。伊斯多叹口气,又敲了敲门,给男人送上另一小段共同记忆。门慢慢开了。

"很抱歉打扰您,可我希望您能帮我找到某些问题的答案。"伊斯多说。

"这儿没答案。只有寂静。"

"据我的经验,寂静中总能找到答案。"

马塞尔褐色的眼睛中亮起一丝好奇。

"好吧,"他缓缓道,"那么,请进。"

这间公寓原本似乎是艺术家住宅,可现在却像个坟墓。雕塑盖着积满灰尘的防水沥青布,明亮的工作区堆满了几十年的杂物,老旧的电子黏土模型、草图,还有铸像。唯一一件挂在显眼处的艺术品是几幅油画,旁边连着小小的、转瞬即逝的共同记忆。伊斯多眼前闪过两个相依的年轻男子的形象。

"反正我也要喝睡前酒,"马塞尔说,"要不要给你也来一杯?你看起来实在需要喝点酒。这也难怪。你要拯救世界,肯定忙坏了。"

"听起来,你不怎么赞成拯救世界啊。"

"喔,我觉得你的努力令人钦佩。问题是,再努力,也改变不了既定事实,改变不了我们要被吃掉的命运。所以倒不如好好享受剩余的时光。就这样。"

马塞尔拉开桃花心木柜子,取出一瓶干邑和两只玻璃杯。他在杯子里倒满了暗琥珀色液体,一直满到杯子边沿。他递了一杯给伊斯多。房间里响起了悲伤的"新艺术"①乐曲,轻柔的调子中暗含责备。

"你的世界观可真悲观。"伊斯多说,"但我要为拯救世界喝一杯。"

马塞尔一言不发地举起玻璃杯,微微一笑。刺激的酒液呛到了伊斯多,他抿了一小口。虽然外记忆不停地刺激着他的大脑,但迄今为止,他一直抵御着用药物麻醉这种瘙痒的冲动。再说,喝了酒,他就会变成个话匣子。在目前的状态下,大嘴巴只

---

① 兴盛于法国中世纪后期的音乐。

会让情势越变越糟。

"是现实。"马塞尔纠正,"自从大崩溃发生后,我们就不再重要了。你的发现——我们尊贵的王国不过是佐酷人编的谎言——一点儿也没出我的意料。我倒是觉得你揭露的还不够多。我相信索伯诺斯特早就赢了,我们不过是终了之时的某种模拟,一直都是人家的玩具。"

"他们没赢。至少现在还没有。所以我才来。"

"啊,理想主义者,豪言壮语。好吧,那我能为你效什么劳,帮你拯救世界呢?"

"今天早些时候,有人……找我帮忙。看起来,至少在某个瞬间,对某件大事的所有记录信息都消失了,只有忘川外记忆中还有保留。我在想,不知还有没有这样的信息——除了忘川,哪儿都没有保留。"

"这样啊。"马塞尔用食指摸摸嘴唇。

"保罗·瑟九从前拜访过你,对不对?还给了你一块命表。"

这句话说得太快了。本该慢慢出口。偷儿找他帮忙的时候,伊斯多就觉得有什么东西咔嚓一声,嵌进了从前未能完成的谜题拼图空白处。保罗·瑟九在火星上到底发现了什么?就连偷儿本人也没能解决这个问题。伊斯多很想看看,要是自己向偷儿揭开这个谜底,他脸上会有什么表情。

马塞尔呼的一声放下玻璃杯。在火星的重力下,干邑懒洋洋地晃动起来。

"对。对,他来过。接下来,他就偷走了我的命时,只因为觉得好玩,只因为这是他计谋的一部分。他假装成我的朋友,只因为这么做对他有利。"伊斯多叹了口气。二十年前,赌王——当时他的假名叫保罗·瑟九——在朋友们的记忆中藏了东西,最近才回来取走。取走之后,尽管这九个人的命时尚未用完,也被送到了忘川的来世做了默工。蕾梦黛和伊斯多花了很大力气才说服复活师允许他们回来。

"所以,提起保罗·瑟九的时候你可要小心。"马塞尔说着,眯起眼睛,"我从前没发觉,现在看来,你还真像他。别告诉我这又是他的什么游戏。"

"不是游戏,我发誓。"伊斯多赶紧说,"正好相反,我想知道他究竟为什么这么做。所以,搞清楚他为什么来拜访你很重要。他有没有可能看到你的伴侣的记忆?"

"猫头鹰的记忆?他跟这有什么相干?"

"这也是我想解决的问题。拜托了。这很重要。不只对我,也对整个火星。"

"明白了。"马塞尔一手摸摸剃光的头皮,"我想他是有可能看到的。虽然我没准许过,但我的确接受了他给的命表。义人告诉我,他在我记忆中藏了东西。而猫头鹰跟我分享一切,我们之间没有秘密。所以,保罗有可能通过我的隔弗罗看到猫头鹰的记忆。至于这对他有什么好处,我就不得而知了。"

伊斯多深吸一口气,"请你允许我也看看。我是说那些记忆。尤其是木星爆发那一晚的记忆。我一直想搞清楚你认识的保罗·瑟九为什么会回来,还有他到底要找什么。我能感觉到其中有模式可循。索伯诺斯特内战、爆发,还有地球的遭遇——还有一切,都能联系起来。只有弄明白这些,火星才能熬过这一劫。"

"唔。"马塞尔露出悲伤的笑容,"你真觉得这值得?这世界值得拯救?哪怕它建筑在谎言之上?"

"对,我相信。"伊斯多回答,"幻象也不全是坏东西。有时候也是必要的。这是我父亲——我的养父——教给我的。"

马塞尔望着伊斯多,拿起玻璃杯。

"很好。请跟我来,见见我的爱人。他叫猫头鹰小子。"

猫头鹰小子坐在窗边,裹在医疗泡沫茧里,望着外面。

屋子里插着新鲜的花儿,香薰蜡烛传来淡淡的薰衣草味道。很明显,这是整幢房子里最干净的屋子,窗子正对着火星沙漠。城市正在穿越赫拉斯平原。城市身后的粗糙地表上,满是橘色的尘虫卷须。猫头鹰小子喉咙里发出空洞的金属响动,像指甲敲击锡罐。他的尊者身体仍然年轻,可脸却已经衰老,两颊下垂,皮肤松弛。他的眼神空无一物,周身的隔弗罗一片迷茫,残缺不全。

马塞尔吻了一下他的面颊,"我想,你应该了解他的病情?"

"我瞬目过。他的大脑被木星爆发改变了,连复活师也搞不清原因。他脑中的微管出现了某种量子凝聚,有点像古老理论中提到的自觉意识,只不过这是人工合成的。他不能去'静默'轨道,否则凝聚可能会瓦解。一旦瓦解,其后果无人能预料。"

"二十年了,他这个样子已经二十年了。"马塞尔叹了口气,"我靠着希望生活。量子态不会永存,也许他会从这种状态中恢复。我希望他恢复的时候,能看到我在等他。所以,我一直低调地生活,延长我的寿命。"

"你知道,我们正在改变这里的运作方式。"伊斯多说,"也许佐酷人能帮他,我可以跟他们谈谈——"

马塞尔悲哀地笑了笑。

"我已经不相信神明了。"他说,"你想做的事,请快做吧。马上就到他的睡觉时间了。"

伊斯多点点头,紧紧握住偷儿的命表,在脑中取出密钥,打开所有的记忆。

猫头鹰小子的外记忆在他眼前缓缓展开。伊斯多闭着眼睛,跳过大部分记忆,瞬目到在夜之迷宫坐滑翔机的那一夜——木星爆发之夜。

接下来,他记起自己就在那儿,在伊乌斯大峡谷之上,看着被自己的空中杂技吓坏的马塞尔,哈哈大笑。

猫头鹰小子觉得,马塞尔有时候真是娘娘腔。为了安抚他,他把滑翔机拉高,去看星星。这一夜繁星满天。有时候,他无法理解马塞尔,无法理解他对工作的执念,也无法理解他想要独处的愿望。可现在,在高高的夜空中,他觉得他们似乎注定彼此相属。

不识相的马塞尔偏偏选在这一刻扔下了炸弹。

"我一直在想,要不要离开这儿。"马塞尔说。

"离开?"猫头鹰小子反问。远远地,伊斯多尝到了他的失望,那刺透他胸口的苦涩,"你想去哪儿?"

马塞尔指了指上头,"你知道,上面,外头。"他将手掌按在滑翔翼平滑、透明的皮肤上,"这里只有一个愚蠢的循环,你不觉得吗? 而且这儿已经不再真实了。"

猫头鹰小子真的生气了。难道我是这种东西?某个愚蠢循环的一部分?你跟我玩玩,消遣消遣,然后就离开,去做更大更好的事情?他任由这种情绪从自己的回答中流露出来。

"你不就是干这个的吗? 制造不真实的东西?"

"不,"马塞尔说,"我的工作是让不真实变得真实,或者让真实的东西更加真实。在外面的世界肯定更容易。佐酷人的机器可以把想法变成实物,索伯诺斯特说他们要保存所有人脑中出现过的所有念头。但在这里——"

　　来了。伊斯多打起精神。自从当上国王后，他已经有了足够的历练，能在记忆之河中稳住自己的意识流动，一帧一帧地看着猫头鹰小子被冻结的念头。是不是因为自己对爱人说的最后一句话居然是要离开，马塞尔才一直守在猫头鹰的身边？

　　记忆中的时间慢了下来。马塞尔的手指按在玻璃上，指缝间，明亮的木星眨着眼睛。突然，另一段记忆，一段突如其来的断裂，像刀子一样插在猫头鹰小子的思想线上。

　　马塞尔有时候真是娘娘腔。木星在他指缝间十分明亮。突如其来的断裂——

　　伊斯多记起自己在回忆，被夹在记忆中的记忆里，被吞进了无限的镜子隧道。马塞尔的手指动得越来越慢。时间流变得冷冰冰，懒洋洋，伊斯多好像在冰河里逆流游泳。

　　不用问，肯定是偷儿给尾随而来的追踪者设下的陷阱。这是记忆坑，会把你困在某个不断循环的片段中。

　　但伊斯多不是普通的追踪者。他全知全能。他是火星之王。外记忆在他面前全部敞开。

　　他在记忆流中挣扎，再次拿出密钥，不情愿地唤出密钥的其他功能：开启记忆的后门，允许他编辑、改变或操纵记忆。滚烫的密钥很快融化了记忆陷阱之冰。时间像只松开了链条的狗，朝前狂奔。

　　木星在马塞尔的指尖爆发，把他的手指变成了发亮的柱子。猫头鹰小子眼中出现了星雨。然后，量子众神开口对伊斯多说话。

　　第一个声音是个孩子。仿佛有人用两根手指轻轻拉住了他的手掌。

你住在一个名为因果关系的孤岛上。声音说,这地方很小,先有因,后有果,就像行驶在铁轨上的火车。你只能一步一步前进,仿佛在沙滩上踩着某位神明留下的脚印。你明明可以直接跑进海中尽情玩水,为什么非得这么循规蹈矩呢?

笑声。他全身舒畅,感到水滴飞起,在阳光下闪闪发亮,脚趾深深扎入沙底。他知道,他可以跳起来,然后落到水里,溅起大大的水花。

因果关系——这就是我们看东西的透镜,一切事情发生的次序。但是,在量子时空中,这并非唯一的铁律。因果关系就像童话故事,事情的发展有先有后,必须遵循顺序:冒险的召唤——历险——死亡世界——重生——大团圆。

不尽然。不尽然。因果关系只是万物发展的某一个方向。

好好听,听我们解释。

你得先理解,才能成为我们的一分子。

另一个声音。一个苍老的男声,听起来就像琵可茜的缠结母,大长老,同样带着一丝历经沧桑的疲倦。

早在二十世纪,他们就想到了这一点——时空能用来计算。大型强子对撞机问世、实验室成功制造出迷你黑洞以后,他们就测试过。他们把计算任务编码进黑洞的事件视界[1],让黑洞

---

[1]Event horizon,黑洞周围有事件视界。在非常巨大的引力影响下,黑洞附近的逃逸速度大于光速,使得任何光线皆不可能从视界内部逃脱。根据广义相对论,在远离视界的外部观察者眼中,任何从视界外部接近视界的物件,其影像会经历无止境逐渐增强的红移。简单来说,进入黑洞事件视界的物体便无法真正看见,只能看见其永恒的残像。

互撞,以此探测黑洞信息佯谬①,看量子引力是否比图灵机②或量子图灵机更强大。对那种嗡嗡叫的强子对撞机来说,这可是个非常困难的任务。要知道,它不过才刚刚发现第一颗希格斯玻色子。

生命流碎片涌来,里面有黑板的图像、在隧道里嗡嗡叫唤的机器的图像,还有盯着屏幕的扭曲的脸。他感受到一阵沮丧——对此他再熟悉不过——两片拼图合不起来,没有模式可循。

没人觉得对撞的星爆中会有错误。起先,结果似乎只是噪音。他们重复了多次试验,但数据一直十分清晰。答案就摆在他们眼前,可惜,用的却是密码。时空不仅是一台计算机,而且是一台上了锁的量子计算机。想让它处理数据,必须用钥匙打开普朗克尺度的锁才行。

于是,他们认定:这是另一条自然法则,另一个光速不可超越的限制,另一条热力学第二定律。所以,让时空变成计算机这念头被遗忘了——直到我们降生。

我们是谁,我们从何而来?

第三个声音响起。这次是女人的声音,温暖圆润,就像马塞

---

①Black hole information paradox,黑洞信息佯谬,起源于量子力学与广义相对论两者的结合。具体内容是:物理信息可能永久消失于黑洞中,导致许多不同的物理状态最终会变为相同的状态。这现象违反了一个科学上的宗旨:原则上,某个物理系统在某个时刻的完整信息,能决定这个系统在其他任意时刻的状态,所以,不同的物理状态最终变成相同的状态理应不可能。

② Turing machine,又称确定型图灵机,是英国数学家艾伦·图灵于1936年提出的一种抽象计算模型,其更抽象的意义为一种数学逻辑机,可以看作等价于任何有限逻辑数学过程的终极强大逻辑机器。

尔的干邑。这声音让伊斯多心安。

我们是卡米纳里。我们是萤火虫,短命的、趋光的萤火虫。

大崩溃之后,地球已无法生存。我们想办法让族人逃出了地球。我们在小行星挖矿飞船货仓里匆忙添加了生命维持设备,把肉体堆在里头,又把意识和早期珠宝——能困住慢光①的笨拙离子阱②或钻石——绑在火箭里,朝木星和土星发射。这些火箭就像许多亮闪闪的小超人,逃离家园,而世界就在我们身边分崩离析。

于是,我们的冒险开始了。

我们慢慢成长,分化,繁茂。我们造出珠宝,用它盛放自我——比如我们跟他人的关系,还有不能复制、只能赠予或偷窃的东西。我们建造了异境,在里面玩耍。我们用智能物质覆盖了巨大的行星,跟索伯诺斯特打仗,还造出了许多小小的太阳,用它们给奥尔特人取暖。

现在,我们老了。卡米纳里人这游戏也不再刺激。但普朗克锁还在,在嘲笑我们。不过,我们觉得,这道锁究竟锁了什么,我们已经弄明白了。

这时,所有的声音合在一起,异口同声地说道:

这道锁,锁了一个美梦,一片阳光下无边无际的大海。

我们已经完成了大部分工作,在最不可能的地方找到了解决办法:答案就藏在大崩溃里,藏在我们的创世纪中。谁能想到,新开始,竟隐藏在大结局之中?

---

① 简单地说,就是在某种介质中降低了速度的光。

② 又称离子陷阱,是一种利用电场或磁场将离子(即带电原子或分子)俘获和囚禁在一定范围内的装置。

我们需要你的帮助,才能让美梦成真。

要是你也想离开这座孤岛,就伸出你的手,接受我们的缠结。把你的意愿跟我们合在一起。

这样我们就能成为你。这样我们就能一起在大海中畅游。

伊斯多看到一片光芒,其中站着三个人影,朝他伸出手来,摊开的手心里有星星在闪亮。他张开双臂拥抱他们,接受他们带来的耀眼念头。他的手指跟他们的手指交缠在一起。于是,他由单独的个体扩展为庞大的群体,变成了在星系中延伸的光芒之网的一个节点。他无法理解这张网,却能触摸到它——它就在马塞尔的指缝间,在天空中木星的光芒里。

缠结网以光速扩展着,从火星延伸到地球,到土星,一直向外。亿万个意识都接受了卡米纳里人的邀请。虽然他不懂其中的道理,但他们分享的光芒正在木星上制造钥匙,而这把钥匙已经开始在锁眼中缓缓转动。

不!住手!卡米纳里人齐声喊道。伊斯多也感觉到了。光芒之网中出现了错误,一根藏在网里的线突然抽紧了,就像一个绳套,一个陷阱。有人叛变。

光芒之网散开,着了火。远处,卡米纳里人正想尽办法控制局势。但对伊斯多或猫头鹰小子来说已经太迟了。光芒吞噬了他。同时,木星也在天空中死去。

伊斯多睁开眼睛,光线刺得他眨了眨眼。是火卫一照着他的脸。这颗速度飞快的星星刚刚运行到天顶,隔着赫拉斯平原扬起的漫天灰尘,投下金色的光芒。他又回到了猫头鹰小子的房间。木星爆发之谜如逆向的雪崩,滚过他的脑海。一片片拼图汇成了他想也不敢想的大画面。

他抓住自己的佐酷库扑特发讯器,发了一条密集讯息给偷儿。若昂!你肯定不会相信我的大发现!他把卡米纳里事件编成共同记忆,裹在库扑特讯息里发出去。不只这次的地球,木星爆发也是这种情况,大崩溃也是!你一定得看看——

链接断了。事情不对。屋子太安静了。空气中有微微的臭氧味儿。马塞尔一动不动地站在他身边,眼睛圆睁,嘴半张着,僵住了。

伊斯多跟外记忆的连接也断了。

屋子里静得太吓人,伊斯多愣了一会儿才注意到,房间里多了一个人——或者说,一个人形的不速之客,没有脸的黑色阴影,不会反射亮光。那东西的左肩旁,浮着一把银色的火箭形状佐酷Q枪。武器的尖端闪着危险的亮光,追踪着伊斯多的一举一动。

"抱歉给你造成不便。"影子说。隐约可以听出,说话的是个男性,但声音被扭曲了,带着金属质感,"这句话,我说得对吗?"

伊斯多在脑中飞快地计算。他不知道时间过去了多久——也许只有几分钟——只要再拖一会儿,他今晚的值班保镖,未来主义者,就能找到他。他摸索着外记忆,想发一条消息,却什么也没找到,只有一片空落落。他在尘区拜访佐酷殖民地的时候,也有过这种空落落的感觉。

"你不该掺和这事。"影子说,"可现在,太迟了,局面已经没法挽回。把密钥交给我,然后我会帮你抹掉刚才的记忆。"

"为什么?"

"因为你的发现太危险。让我永远抹掉对大家都好。你脑中的记忆要抹掉,外记忆里的也要抹掉。"

"你说晚了。我已经把这些发出去了。"

"啊。这个嘛,我听说已经有人处理好了。反正我没权管,也跟你无关。拜托了。我正好言好语请求你呢。把外记忆的钥匙给我。我知道你根本不想要。"

"密钥并不属于我,我无权给别人。"伊斯多回答。我得想法子拖延时间。"知道有钥匙存在的人并不多。你肯定是琵可茜的佐酷的一员,对不对?"

"对,也不对。我们在每一支佐酷中都安插了间谍。"

"可你为什么要这么做?"

影子不安地搓搓手,"因为我们得保护你。我们得维护现状的稳定,我们还得让世界有条有理。"

伊斯多瞪着他,"是你们。不管你们是谁,就是你们引起了木星爆发。你们阻挠了卡米纳里人的计划,这才害得木星爆发,害得这个人意识崩溃。而且,你们还一直隐瞒着自己的踪迹。你们为什么要篡改陈攻击地球的数据?你们到底是谁?"

"这不重要。你瞧,伊斯多,要是你不合作,我们就得采取更极端的措施。要是我们没法修改外记忆,我们就得……把它抹掉。现在星系中时局太不稳定,你知道的内幕有可能被坏人利用。我们冒不起这个险。拜托了,只要稍稍修改一下,就对大家都好。而且你根本不会注意到我们的改动。"

"不行。"伊斯多胸中腾起正义的愤怒,"解密者已经骗了我们够长时间。你们佐酷人也是他的帮凶。我不能再让历史重演。"

"你根本不明白。"影子的金属声音几近绝望,身边的Q枪也越来越亮,"你得理解,这不是我的本意,可我必须遵循佐酷的集体意愿行事,别无选择。我要从你脑中拿钥匙了,伊斯多,我会尽量轻一点的。"

"琵可茜说你们永远都有选择的权利，而且你们也随时可以离开。"

影子叹了口气，"她太年轻，获得的缠结还不够多。她慢慢就会学乖的。打岔拖延是没用的，伊斯多。你的义人不会及时赶来。别忘了，他们的技术是我们给的，我能控制他们看到的东西。之后，他们的记忆也会改变。"

伊斯多眨了眨眼。又一块碎片嵌进了谜题拼图，"你是长老。你是瑟吉温。"

影子爆开，露出一个佐酷真形。雾滴和珠宝汇成旋转的曼荼罗①，围绕着中间瑟吉温的脸。他仍旧戴着一边高一边低的尖耳朵面具。"唉，你得忘记的事情又多了一件。"他说。

伊斯多握住口袋中偷儿的命表。命表在手中又冷又沉。

"等等。"

"你没法逃进'静默'轨道，伊斯多。"瑟吉温说，"我已经堵住了你前往外记忆的入口。闭上眼睛吧。我很快就能结束。"

"这不是我的表。"伊斯多说，"不过，表匠贾斯丁为我改装过。我们忘川人虽说比不上佐酷和索伯诺斯特，但我们也有自己的技术。我早就料到会有人来抢密钥，所以设了保险措施。"他肠胃揪紧，手也发抖，但仍勇敢地直视燃烧的佐酷真形逼人的目光，"我脑中有个马赫–曾德尔触发器，还有一毫克反物质。足够把我们俩都干掉。密钥当然也会烧掉。"

瑟吉温变化成伊斯多第一次见到他时的形象：结实的男人，披着边缘毛糙的蓝色斗篷。他的肩膀低垂，看起来十分疲惫，闻起来有微微的汗臭。

---

①又译曼扎、曼达，是印度教密宗与佛教密宗在举行宗教仪式和修行禅定时所用的象征性图形，意译为"坛场"，指一切圣贤、一切功德的聚集之处。

"我就担心会有这种东西。我喜欢你,伊斯多。我喜欢你们所有人。我本想给你们一次机会。"

"我们不会让你们得逞。"伊斯多说,"你们的计划,不会成功。"

瑟吉温叹了口气,双手在背后交握,踮着脚前后晃动。

"我们的计划已经成功了,就在三十五分钟之前。"佐酷长老伤感地笑笑,"我一直想告诉你来着。"他转向天空,"他们肯定会把这事怪到索伯诺斯特头上。这也是游戏的一部分。所有行动都有目的。"

外头白光亮起,瑟吉温变成了黑色的参差剪影。寂静消失了,外记忆回到了伊斯多脑中。他通过一千双眼睛看到,火卫一正划着弧线朝赫拉斯平原落下,就像突如其来的飞快日落。地平线上有白柱升起,一切都在摇晃。城市绊倒了。

伊斯多看到的最后一样东西是马塞尔。他手扶猫头鹰小子的肩膀,望着强光,眼中露出哀伤。仿佛他早就知道,自己是对的。

四　偷儿和大炮俱乐部①

　　土卫八开始转向南方之际,我正跟大炮俱乐部的长老巴比康在一起,一同欣赏佐酷孩子们的全球热核战争游戏。

　　我们身处大炮俱乐部佐酷的红铜-黄铜天空列车,坐在镶嵌着桃花心木护墙板的会客厅中,喝着黑茶②。天空列车沿着俱乐部围绕土卫八的轨道环行进。轨道环是明亮的金色,列车又稳又快,快到让车厢内生成了舒适的半个G人工重力。我们透过宽大的圆形观景口望着土卫八,景致绝佳。现在,我们正通过卡西尼区,这是一片红褐色的暗色区域,就像白色冰面上的胎记,让土卫八变成了巨大的阴阳符号。我们正下方是直径五百公里的特吉斯陨坑,里面有个缩微地球——一个蓝绿色的碟子——大陆和海洋都被一道闪亮的银圈围在中间。

　　"他们自称冷战重现协会。"巴比康用巴松管般的共鸣低音开口。他伸出操纵臂,指了指底下的缩微地球。操纵臂上满是

---

　　①文中为佐酷人的一支。"大炮俱乐部"出自儒勒·凡尔纳的名著《从地球到月球》,是美国内战后建立于巴尔的摩的俱乐部,研究各种枪械,尤爱大炮。在俱乐部主席巴比康(本文佐酷"大炮俱乐部"长老同样叫巴比康)倡导下铸造了一颗载人炮弹,由特制大炮成功发射,射向月球。

　　②借助微生物酶的后发酵茶,如熟普洱。

闪闪发亮的分形叶子,十分华丽。金属手臂碰到观景口的玻璃,发出叮的一声。

巴比康戴着高顶大礼帽,琥珀色的佐酷珠宝光环围着礼帽旋转,就像个小小的太阳系。头顶光环的巴比康,仿佛古画中忧伤的圣人。跟大炮俱乐部佐酷的多数成员不同,这位长老的主躯体还留着自己原生肉体的一部分。他的头是一位年约五十开外的男士,长着颇为壮观的红色连鬓胡,一个高耸的大鼻子,蓝色的眼睛目光锐利。其余部分则全部是人工合成。躯干是圆滚滚的铸铁,一条操纵臂宛如丛生的灌木,另一条则是更粗壮的圆柱形枪械假肢。他的腿是黄铜桩,也是小小的离子引擎的排气口。他身上混合着微微的机油味、金属抛光剂味以及老男人的须后水味。

“太摩登啦,亲爱的拉乌,实在是太摩登啦!我习惯不了。不过我很欣赏他们的热情。他们甚至手工制作了导弹弹头,用的是老办法——同步加速器和钚!哎呀呀!”巴比康轰轰地笑了起来。

应该说,他们这回还帮了点忙。我微微一笑,想起前几天自己用另一个假身份跟这些佐酷年轻人做的交易。现在,我的身份是拉乌·当德莱齐①,来自谷神星的军火和古董商。只要把火柴交给孩子,他们肯定会点起火来。这道理亘古不变。

围绕着陨坑陡坡的银环是佐酷的魔法圈子。圈子限定了游乐场的范围,还有其中的物理定律。缩微地球上的北美大陆一片黑暗,只有城市星星点点的亮光。每隔一会儿,就有氢弹爆炸

①《亚森·罗平被捕》中的人物。《亚森·罗平被捕》是勒布朗的“侠盗罗平”系列第一部,故事发生的地点便是横渡大西洋的邮轮“普罗旺斯号”(下文还会出现这艘船)。拉乌·当德莱齐便是亚森·罗平的化名。

的刺眼光芒亮起,在一秒钟内照亮了整个北美大陆。

"赏心悦目。"我回答。此时,东海岸亮起核爆的星雨。北美的反击也已经上路。数枚弹道导弹划出白色的抛物弧线,直冲莫斯科和圣彼得堡而去,就像一只白骨森森的爪子。

突然,我脑中开始琢磨,当火雨降临的时候,忘川的人们会看到什么景象。

也许是索伯诺斯特干的,至少太阳系的流言这么说。也许是约瑟芬打算掩盖自己的行踪,也许是陈不喜欢这个活跃的佐酷殖民地的存在,尤其是地球这个缓冲带消失后,火星佐酷离内太阳系近得让他不舒服。也许是瓦西列夫和赫辛库不愿把自己劫掠多年的众多忘川人的意识让给别人。

我真希望自己能相信,以上说法中有一条是对的。这样,至少忘川公民还有一线希望,能作为魂灵儿生存在某处。但内心深处,我知道真相远比这些可怕。

我跟他说了别插手! 我特地叮嘱过!

火星没了。这世上我所有的朋友、爱人和吵架对手也一起没了。蕾梦黛、艾萨克、吉尔贝丁、雪雪,还有傻乎乎的天才伊斯多,还有我的另一个自己——国王若昂在监狱中的残躯。还有监狱本身、所有的默工和虎怖机,都没了。

他们本来就不是你的。他们是另一个若昂的。那个若昂背叛了他们,离他们而去。你大可不必想念他们。

"培蝴宁"说过,我是个善于扯谎的骗子。这话没错。可是啊,最精心编织的谎言,我是说给自己听的。那些谎言天衣无缝,牢不可破,闪闪发光,就像佐酷珠宝。

我的眼睛热辣辣的,想也没想就伸手捏了捏鼻梁。这时,我发现巴比康正注视着我。

"拉乌？你要不要再来点茶？"

我对他露出微笑，同时在脑中狠狠踢了自己一脚。我得保持警醒状态。巴比康可不是什么蒸汽朋克机械人绅士，他是拥有量子大脑的后人类，特意装扮成机械朋克而已。当然，对佐酷人来说，装扮和真实也没多大区别。在佐酷人看来，一切皆是游戏。屋子里的烟草味，桃花心木桌子和扶手椅，左轮手枪构成的煤气枝形吊灯，还有立山小种红茶的柠檬香味——都是列车圈子定下的规则。我们在游戏中扮演十九世纪的文明绅士，坐在俱乐部房间里谈生意。

"不，谢谢。我只是在想，他们这么小，就已经开始接触这一行了。"

巴比康叹了口气。

"这是佐酷意愿呀，亲爱的孩子，没法反抗。所有的佐酷人都是带着目的出生的！当然，除了我们这些老掉牙的以外。这些年轻人长得太快了，总让我觉得自己是个老古董。明天，他们就会造出我想也不敢想的异境、圈子和枪支来了。"他皱皱眉，"但愿比这个好些！"

"你好像不太欣赏原子朋克美学？"

"哈！那还用说！不加控制的核爆毫无美感！不过，你的东西就不一样了——"他冲我挤挤眼。

商务谈判开始。我心中暗暗松了口气。巴比康是个话匣子，刚才整整一个小时，他都在大聊特聊枪支。我根本不想了解这么多枪的知识——尤其是蹲过索伯诺斯特困境监狱之后。在那所监狱里，我亲身体验过众多枪支的射击效果。不过，现在好了，他显然十分有意购买我想出售的东西。

"这么说,你对此有兴趣?"

"拉乌,你很清楚,我绝对不会错过一颗真正的王氏炮弹,特别是从与之相配的150吨的凡尔纳大炮中发射过的炮弹。"

"我以个人名义向你担保,这颗炮弹的确发射过。"

"太好了!"

"不过,还有个小问题,就是价格……"我放下茶杯,交叠双手。

他扬起眉毛,"嗯,我们得问问俱乐部成员对此有何看法。"他眼中有一丝顽皮的亮光,"请允许我出圈片刻。"

我礼貌地偏了偏头,以示许可。我们周围的地板上显出一条银线,这是圈子的边界。巴比康从椅子里飘浮起来,穿过了边界。他的身影微微抖了抖,接着便举起自己的灌木臂。枝叶展开,变成了一棵金黄的树,扫过他头顶光环中的一串宝石,将他的希望编织进佐酷的意愿系统。

我敢肯定,这些都是表演给我看的。作为长老,巴比康已经进阶到所属佐酷的最高等级。能升到今日的高位,全赖他多年忠实践行佐酷的目标和价值观——具体到大炮俱乐部佐酷,就是建造更大更好的大炮,轰掉更多东西。对他来说,利用自己跟其余佐酷成员的缠结,拿到我要求的小小报酬,根本不成问题。我要的不过是一块超越城基础建设佐酷的高等级珠宝,等级高到能在超越城——这座位于土星的佐酷首都——里某个时尚区域中实体化一个属于个人的圈子。

巴比康不知道的是,我的真正目的比这个大得多。

一秒钟后,他微笑着回到座位。

"成了!那颗炮弹已经送到了军械库。现在我们喝杯酒,庆祝生意成功!酒比茶带劲儿多了!你想不想要——"

房间另一头冒出了一扇异境之门,空气随之流动,传来微微的臭氧味儿。门是亮闪闪的蓝色,直径两米。一个佐酷真形穿门而出:亮闪闪的功能雾团,中间是一张高傲的脸,佐酷珠宝曼荼罗围绕着那张脸旋转。不速之客走进圈子,施罗德技术锁咔嚓一声锁上。雾滴咝咝作响,排出废热,聚合成一位高个子女士——起先只是水晶雕塑,接着慢慢血肉丰满起来。还没等完全成形,她就大步走向巴比康,带来松树味儿的温暖微风。

"凡尔纳在上,你到底在干什么?"她喝道。

她的头发是蜂蜜金色,穿着布料吝啬的飞行员制服:短短的鞣革飞行夹克,腰身裸露。她足蹬沉重的靴子,戴着帽子、围巾,还有飞行员护目镜。她的脸呈三角形,眉毛墨黑,衬托出她的冷艳。此刻,红艳的嘴唇紧紧抿着,就像一条直线。

"我在干什么? 我在干什么? 我可是拿到了一件重要的历史遗物!"巴比康不敢相信地望着她,"亲爱的契诃娃,你实在太唐突了! 太不尊重客人! 这位拉乌先生可是绅士!"

"我知道他是谁,长老。"契诃娃回答,"问题是,你知不知道?"

我在主观时间一周前变成了拉乌·当德莱齐。那时候,我在"衣柜号"的拟境里,离"鲍勃·霍华德号"到达土星还有四天。

我坐在常坐的桌子旁边,面前摆着一面念镜。念镜是一块浮在空中的玻璃圆盘,实质上是拟境制造器,接入我后背的生命流。镜中,我是个有零星白发的中年男人,眉毛像铅笔勾画,太阳穴凹陷,还有双彼得·洛[1]的眼睛。慢慢地,这张脸变了,皮肤

—————
　　[1]匈牙利-美国影星。

变黑,年纪变轻,更加粗鲁。当然,只变脸是不够的。我的手下已经布下了精心安排的数据踪迹——而这只是开始。

"你在干吗?"马特杰克问。

我朝他皱皱眉。我花了好长时间才清理好"衣柜号"的拟境。趁我不在的短短时间,马特杰克让拟境忠实重现了辽阔的纳尼亚的景象,把"衣柜号"那点可怜的计算能力逼到了极限。我花了大把宝贵的时间,才抹掉独腿人居住的岛屿,抓住半人半马怪物,还有会说话的佩剑老鼠。我不知道这些生物有没有抓完,也不知道这孩子是怎么办到的。但他可是未来的索伯诺斯特天穹建筑师,现在就能黑进索伯诺斯特风格的拟境(拟境是我在飞船古老硬件的基础上建造的),这实在不足为奇。依我猜测,昂神也帮了忙。

我设计了一个沙盒,把他关在里头。之后,他就待在里面生闷气,呆呆地望着我们虚拟窗户之外的微蓝景色。窗外,枝丫横斜的彩色零重力珊瑚礁慢慢飘过,还有长着鲸鱼尾巴、皮肤光滑的类人生物穿梭其中,留下一串串银色的泡泡。王氏炮弹和"衣柜号"正安安全全地待在"罗卡复仇号"盛着许多水的肚皮里。"罗卡复仇号"是一艘鲸类生物飞船,目的地是土卫八,正在进行运输工作所需的改造。

或者说,去掉运输工作不需要的部分。

"我正准备变成其他人。"我冷冷地回答。我没想到自己的声音会这么冷,可马特杰克似乎并不介意。

"为什么?"

我的手指抚过镜面。我的脑海也跟镜面一样,一片光滑空白。自从接到伊斯多的库扑特讯息后,我不得不动用超我,才能平静下来。他最后随消息寄来的数据我还没能进行分析。那是一堆量子信息，"衣柜号"上的硬件没法应付。

"每个人时不时都会想变成其他人。"

内心深处，我真想大醉一场，或者大喊一通。我想把念镜摔成一百万个碎片，我想把拟境扯个粉碎，扯到天穹为止。我的太阳穴刺疼。

"我就不想。"马特杰克说，"我喜欢做自己。"

"你不是也喜欢跟绿色士兵玩战争游戏吗？"我轻声问，"你不是也想变成沉默吗？"

"那全是演着玩儿的。"

"这也一样。只要演得够真实就好。"

我摆弄了一下鼻子的形状。我从前见过巴比康，所以我得格外小心自己的伪装。伪装必须足够接近我的本来面目，免得自己认知失调①。"那，你打算演谁?"马特杰克问道。

我让拟境改变我的意识壳。宽肩膀，更有军人风度，面孔更黑，花哨的制服，带金链的背心。我从前挺喜欢扮演拉乌这个角色。我在火星上用过这个身份，不过稍加改造。

马特杰克的眼睛瞪大了。

"这就是拉乌·当德莱齐，"我用新的声音说，"古董商。"

突然，不知怎么的，我鼻中传来了火柴的味道。撒迪厄斯的呼吸。我跟蕾梦黛共饮的第一杯酒。该死的旧梦拟境。细节不够，没法真正感受饮酒，只有回忆。

我晃晃脑袋。演得更真实些，若昂。

"他很无聊，"马特杰克说，"你干吗要变成他?"

"就是无聊才好。他得看起来值得信任。有点儿疲倦，经验

---

①心理学名词，用来描述在同一时间有着两种互相矛盾的想法，因而产生了一种不甚舒适的紧张状态。

老到,很能干,见多识广。他累了,只想过舒服的生活,而且愿意为此扭曲一点儿规则。"

"真无聊。但我想知道你是怎么变的。告诉我。"

"不行。目前来说,你玩拟境已经玩够了。"

我恢复了平常的意识壳,把镜子放在桌上。"你为什么不去……"我想不出能让这孩子做的事情,卡壳了。这下惨了。

"这儿真无聊。你真无聊。鱼人也无聊。我也想变。"

"我跟你说了,这不——"

"我要我要我要!"

拟境的结构起了涟漪。马特杰克开始变了。他的面容流动起来,变成了镜子里的第一张脸——我的漫画形象。

"看哪!"他得意洋洋地喊道,"我自己想出来的!"

太阳穴的刺疼变成了白噪音。我胸中某个黑暗带鳞片的东西张开了爪子。我扬起手。马特杰克的眼中闪过恐惧。我的拳头砸在镜子上,在脑中吼出军阀苏曼古鲁①沾满血的始祖代码——死去的孩子,铁锈,火和血。

拟境时间停顿。马特杰克吓呆了,恢复了平常的意识壳。无数镜子的碎片浮在空中,锋利闪亮,就像高速通道的飞船。

我胸中的怒气退去。苏曼古鲁的代码在我脑中的回音也淡去。我无法直视孩子脸上的恐惧,转开了脸。

几乎同时,天穹负责运行拟境的软件干了件我没想到的事。软件读取了一段隐藏的缓冲存储,执行了一段我没搞懂的复杂命令。我深深吸了口气。

这孩子连天穹也去过了。

---

①索伯诺斯特始祖之一。

马特杰克开始动了，而且越来越快。一瞬间，他就在书架之间冲来冲去，还绕着桌子飞跑，我根本追不上。他就像一道灰影。

"马特杰克，等等！"我同步了我们的主频。

"请别生气，王子。"他说，"对不起，我弄出了纳尼亚。你当时不在，我不知道干什么好。你说我也能帮助米耶里，可你一直一个人工作。"

我从袖子里变出一块丝绸手帕，擦擦他的脸，"我知道，马特杰克，我不该发火。这不是你的错。发生了……发生了一件坏事，我一直抛不开这件事。"

"什么事？"

"小事。"我笑笑，"不过，你刚刚玩的时间把戏可真不错。你能告诉我怎么玩的吗？"

他耸耸肩，"以前，在海滩上，无聊的时候，我经常玩时间游戏。我得预备着这种触发器。万一我的速度变慢，它能帮我提速。这样，万一我眨了眨眼睛，也不会错过世界末日。"

哎呀，糟了。

本来，我的计划是把"衣柜号"的拟境装进沙盒，然后调慢马特杰克的主频。这样，我去土卫八干活的时候，他就不会察觉我外出了。现在看来，这计划显然行不通。虽然我能想办法设计更安全的拟境，但目前时间不够。而且，我开始怀疑，我能设计的所有结构，恐怕都困不住这位小祖宗。

我望着马特杰克，望着他的一头乌发（这头乌发在青少年时期就会开始变白），望着他翘起的小鼻子，还有认真的小嘴巴，胸中荡起一阵奇异的温暖。

我得找个临时保姆。要是我能拷贝一个自己，然后留在飞船上，事情就简单多了。可惜约瑟芬给我下了限制，我这个白人男性只能一个人孤孤单单，没法分出其他魂灵儿来。当然，我可以做部分分身，但马特杰克可不是部分分身能对付的。斯尔的人民都被压缩成了数据，要等我完成使命才能复原。从外头找人也不可能。马特杰克，这个索伯诺斯特始祖的早期魂灵儿可是人人抢夺的目标。

那就只剩下——

我叹了口气。没别的选择了，我只能跟昂神谈谈。

我小心翼翼地收拾起念镜的碎片，放到桌子上，"这样吧，我有个拼图游戏给你玩。要是你能把镜子复原，我就把镜子送给你。我得离开干点活，很快就回来。我一回来就给你做点热巧克力喝，怎么样？"

马特杰克装出乖乖的样子，在桌边坐了下来，胳膊肘放在桌上，用一只食指开始移动玻璃碎片。

"小心点，碎片锋利着呢。"我叮嘱道。

说罢，我朝书店深处装着斯尔的书架走去，一路上几乎能听到小家伙的脑袋开足马力嗡嗡运作，琢磨其他恶作剧的声音。

书店深处很黑，唯一的光源只有一排排夜蓝色的书本脊背上闪着微光的银色字母。在这儿，一切都像梦境一样柔软模糊。到了边缘，拟境已经放弃了对物理现实的详尽模拟，转而求助于大脑的自欺功能。一排排高大的书架隐在暗处。我走在书架之间的狭道上，觉得自己仿佛是一只昆虫，被压在沉重的书页之间。

我吞了口口水。我对昂神没有多少了解。依他们自己说，马特杰克在大崩溃之时(或者之前很久)释放了他们。他们宣称我是他们的一分子,是他们失散多年的兄弟。我不知道该不该信。我从没觉得自己是神。我只知道,一见到他们,我就直起鸡皮疙瘩。而且,唯一能跟他们交谈的办法,就是让他们变成你。

我伸出手指,抚过一排排书籍,找到我要找的那一本,打开。书页中袅袅升起非人类的地球之神,就像光之蛇,蜷曲又松开,虚幻的光芒照亮了身边的书堆。

我闭上眼睛,放他们进入我的身体。

进入我身体的这一位名唤烟囱公主。她开口跟我说话,就像我自己的声音在脑中响起。

你好,兄弟。

我不是你兄弟。

你是来加入我们的吗?

不是。

你是来把我们的孩子送到我们的新家去的吗?

不是。现在还不行。我揉揉太阳穴。斯尔。地球上最后一座城市,从龙的大嘴中被我和昂神好不惊险地抢救出来。我不只要照顾一个孩子,还要照顾一整个文明。我答应了塔瓦妲我会拯救她们的城市。我也只剩下承诺了。我咬咬牙。

你天生就是编织谎言的,兄弟。我们希望你没有忘记你的承诺。

我没有。你们会有新家的,斯尔的人民也会有新家。不过,我有些事得先做。

你有些东西要先偷。

对。我得离开拟境一阵子。所以,我需要你们帮忙照看那孩子。让他分分心,给他讲讲故事,别让他闲着。

这次你要偷什么？记忆？故事？灵魂？梦境？

这跟你们无关。

我们凭什么相信你会回来？你之前就曾弃我们而去。

因为我答应的事一定会做到。三位昂神全都在我脑中升起：海怪、绿兵和公主，我脑中响起思想的雷暴，雷暴用闪电卷须缠住我的大脑。

承诺很好，他们用雷鸣般的声音说道，恐惧更好。我们永存，我们永远倾听。别背叛我们。

我双膝一软，跪在地上。昂神离开了我的意识，积尘的黑暗重新包围了我。突如其来的寂静让我的耳朵嗡嗡直响。即便身处梦境意识壳，我也浑身筛糠。

"知道吗，"我说出了声，"我已经有点相信你们了，相信你们说我是花儿王子、是你们的一分子这事。家人果然是最可怕的。"

公主的声音又响了起来，这一次，轻柔得像雨滴。

我们会为父亲编织梦境，就像我们许久之前做过的那样。不过，他总有一天会醒来。

"对，现在别醒就行。"

"他的名字不叫拉乌·当德莱齐。"契诃娃直勾勾盯着我，问道，"对不对，上校？"

我不好意思地笑了笑。

"长老，这位是斯巴明托上校，来自泰迪熊路边野餐公司。这家公司是斯尔市的雇佣兵组织，位于地球。您的意愿冲动传来的时候，我被指派核查他的背景。他的背景是伪造的。"

巴比康什么都没说，眼睛瞪大了。

"那么,上校,"契诃娃接着说,"跟我们讲讲你的故事吧。"她交叉双臂抱胸,居高临下地斜乜着我,就像个动了怒的性感女教师。

我双手一摊。

"我能说什么呢?被你逮住了。我的确曾在泰迪熊待过。虽然名叫泰迪熊,里面的佣兵却并不全是熊形生物。当然,如果你喜欢蜂蜜,那更好。抱歉我说了谎,我只希望我的前雇主不会知道我的去向。熊有很多优点,宽容却不在其中。而且我跟他们……分开得很突然。"

给佐酷人设骗局是门精细的艺术。如果说他们有弱点,那就是认定一切都有谜底,认定任何问题都和游戏一样,既明显又清晰。还有,只要你让他们相信自己已经成功解开了谜底,他们就会放弃继续深究的努力。我的假身份中还藏着另一重更加牢不可破的假身份。上校这个身份有米耶里收集来的数据支持。她真的在泰迪熊公司干过。万一你钻得够深,还能戳破斯巴明托上校这重身份,看到下一重假身份。不过,我打赌契诃娃不会这么干。特别是现在,她正急着给长老留下深刻印象呢。

"这么说,你是个逃兵喽。"她开口道,"那么,你到底是怎么找到一枚有两百年历史的凡尔纳大炮炮弹的?"

"我想您一定知道,那时候,地球的形势有点儿……不稳定。"

"如果你说的不稳定,指的是被递归自进化非尤达意蒙①的介质吃掉,那么,没错,我知道。这是我的职业兴趣。"契诃娃眼中流露出强烈的渴望。

"嗯,在陈到来前几周,我和我的小队就嗅到了麻烦的味

---

① 希腊神话中的善精灵或天使。此处类似良知。"非尤达意蒙"意为非良知。

道。我们带着炮弹,还有野代码沙漠上挖来的其他货物,逃了出来。我们虽然在遵守命令这个问题上自由发挥了一下——我想你懂我的意思——可好歹我们总算活着出来了。泰迪熊公司的大部分佣兵都没那么幸运。"

我望着巴比康,"您刚才不是说,我们来喝一杯吗?我想用这杯酒敬我的同志们,那些可怜的兔崽子。不过,我很骄傲,自己曾跟他们并肩战斗过。有些人牺牲后,还留有家人要照顾——如果这些家人能去超越城,一定能过上美好的新生活。"最后这句话也是真的:米耶里有个牺牲的小队队友,在小行星带上还留有熊崽。"特别是现在,索伯诺斯特已经打定主意,要吃掉火星轨道以内的一切。所以我们才来这儿。不过,我想,现在这些都没意义了。"

巴比康叹了口气,就像风箱吹出了一股强风,"哎,上校! 这可真是个曲折的故事! 不过你够坦诚,也许我们还有办法做成生意。"

巴比康从椅子里浮起,飘到一个铜球旁边。铜球上刻着老式的地球地图。不过,铜球的主轴倾斜度很怪——南极居然靠近了赤道。他用操纵臂灵巧地打开铜球,拿出一瓶暗琥珀色的液体,还有三只玻璃杯,倒满,然后严肃地盯着我。

"名字并不重要! 对我们来说,缠结才重要。你给我们的这件时空产品临时简版①让人印象深刻,我仍然很有兴趣。"

---

①Spime,科幻作家布鲁斯·斯特林首创的科幻概念,由空间(space)和时间(time)两个词集合而成。指人类制造物的下一个阶段(此前分别是手工制品、机器制品等阶段)。到了这个阶段,人类的任何造物都是非物质化的信息集合。这里的信息,包括时间和空间两个方面,因此,在任何给定的时间或空间,其实体化呈现都只能视为该造物的一个临时简版。

"正相反。"契诃娃反驳,"要是上校的商品是真的,的确是刚从地球运出来的,我们就应该尽可能地远离这东西。"

巴比康疑惑地扬起眉毛。

"你知道伟大游戏佐酷最近盯我们盯得多紧,"契诃娃解释,"要是他们发觉我们弄了件新东西,而这东西有可能感染了龙,会有什么后果?"

巴比康撇撇嘴。

"没错。"他说,"伟大游戏佐酷,那些该死的家伙!"

"伟大游戏? 她在说什么呀?"

"佐酷中的一支,守卫者! 保护我们不受生存危机威胁! 反正他们是这么说的! 是木星爆发后新近崛起的势力。"巴比康脸色阴沉下来,"他们招安了某些年轻的大炮俱乐部成员。但凡我们进行稍有野心的实验,这些成员都会向他们汇报。嘁!"他忧郁地盯着手中的酒杯,"不过我得承认,上校,契诃娃说得有理,现在可是敏感时期。"我看着契诃娃。她到底在耍什么把戏? 难道她跟伟大游戏佐酷有关? 我不想冒险直接跟他们起冲突,现在还不是时候。但我花了很长时间、很大力气才为此次任务做好准备,我不能放弃。米耶里已经等不起了。

"我也有同伴等着我照顾,长老。"我开口,"正巧,超越城的另一支叙述者佐酷①对此也有兴趣。我想,他们会把这东西运进异境,用它做背景,炮制某出限定空间的戏剧之类——反正我是没听懂。"

巴比康嗤之以鼻,"把这东西给叙述者! 荒唐! 这可是核火焰造就的物质,生来就要大派用场的!"

----

①和伟大游戏一样,都是佐酷中的支派。下文中还会出现更多的佐酷支派,不再一一注明。

"可我们必须考虑——"契诃娃还没说完,巴比康枪支臂一挥,打断了她。

"把它变成——某种暗喻,这是对它的莫大侮辱!"他吼道。

我打算给他的怒火上再浇点油。

"我是认真的。我久闻大炮俱乐部的大名。正是你们的霍金黑洞船及时终止了协议战争,才没有造成更大的损失。我听说,黑洞船是唯一能干掉固伯尼亚的东西。可现在,你们居然告诉我,你们害怕另一支佐酷,怕他们认定你们在玩火?"我缓缓摇了摇头,"我觉得我还是去跟叙述者谈生意好了。在我看来,你们玩核战游戏的孩子,都比你们有勇气。"

我说话的对象不止他们两个。我在对整支佐酷说话。面前的两人不过是佐酷在列车圈子里的化身而已。

"我给你们送来一件历史文物,是前大崩溃时期建造、有史以来最大的大炮发射的炮弹。可你们居然不想要,只因为它可能被污染?拜托。"我站起身,"我这就去别处谈生意。"

巴比康升到空中,慢慢旋转,推进器腿在椅子的饰面上烧出了洞。他的眼睛紧闭,正紧张思考。接着,他转过身来,枪支臂直对着我的脸。

"啊哈!我有办法了,上校!我们彼此都退一步,就能满足佐酷的意愿!这位契诃娃是龙专家,她会在军械库中检查这颗炮弹,一直查到分子水平!这样就不会有危险了。这下大家都高兴了吧?"

是啊,大家都高兴了,只有我不高兴。我可是在炮弹里藏了一具缩微身体,里面有能发库扑特讯息的 EPR 态。我本打算用这具身体从军械库中偷回我的飞船。

但我没露声色,只是微笑着点点头,同时开始思考 B 计划。

五 米耶里和深渊

米耶里站在阳台上。天空宽广得不可思议,浅浅的蓝色,中间有道白线将天空切成两半。照在她脸上的阳光温暖明亮。这是散射的阳光,是设在太空中的巨镜收集并过滤的温和辐射。不知怎么,这让她想起了家乡奥尔特。

跟她家乡相像的,也就只有阳光而已。除此之外,没有任何相似之处。

她身处的大厦是白色的,由圆形的有机物(像是贝壳)构成,错落分布着露台和阳台。皮肤晒成小麦色的人们在露台和阳台上或躺或坐,沐浴着阳光,身边围绕着珠宝光环。

脚下是条运河,仿佛一条线,一直延伸到看不见的远方,最后消失在迷雾中。两个紫色的气球吊着一艘金色的刚朵拉船,懒洋洋地漂浮在运河上方。运河两岸散布着各种各样、毫不搭调的建筑和街景,被条条银色的线段隔开。她看到一片布设简洁、颜色阴沉的电路场,电路场上却耸立着一座寺庙,还有洋葱形状的宝塔和尖顶;一排珊瑚城堡;远处还有一座裹在雾里的灰色城市;再远处绵延着山脉,还有白雪覆盖的峰顶。长着红翅膀的东西绕着山峰飞翔。那些东西太大了,肯定不是鸟儿。

目力所及的最远处,是一座几乎和天空一样大、高得吓人的宽阔拱门,泛着金属光泽,由细细的白色柱子支撑。视野的左端和右端各有一堵琥珀色云墙,把这个世界突兀地夹在中间。

米耶里有点眩晕。她向来不喜欢行星,于她而言,行星太大了。而且,这颗行星的地平线和天空,还是她见过最高最远的。她收回目光,望着脚下的运河。几百个佐酷真形正沿着运河飞奔。珠宝和雾滴组成漩涡形和降落伞形,像鸟儿一样成群移动。这情景让她突然回忆起带她来到这儿的梦境。

这里就是超越城。

"要不要来杯茶?"

米耶里转过身,体内的系统警醒过来,却没有侦察到威胁。说话的是兔子浪人。她赤着脚,穿着破烂的蓝裤子,还有一件朴素的绿色衬衣。在这儿,她比米耶里个子矮,肤色像牛奶巧克力。以她的脸型而言,她的嘴巴有点儿偏大,但眼睛十分明亮。她正托着一个茶盘,里面放着小小的碗,还有一只绿玉茶壶。她示意米耶里跟她进房间。

米耶里谨慎地照办。两人所在的公寓不大,白墙上装饰着色彩鲜艳的纸张,纸上是古老的二维照片,照片上是些年轻人。照片组成了显眼的大字:马娜亚大厦。公寓中没有智能物质,仅有的几件家具都是木头和手工织就的彩色纤维制成。跟外头的疯狂相比,这地方的简约真让人赏心悦目。当然,这肯定是故意的。

兔子浪人优雅地放下手中托盘,放在小桌子上。接着,她在坐垫上坐下,盘起双腿,"尝尝。这是参茶。要不要加些点心?"

米耶里小心地跪坐在坐垫上。这儿的引力跟地球差不多,比她习惯的大得多。但她仍感觉身轻体健,腿脚也不再因为连日攀登高峰而酸痛。她的衣着跟在"培蝴宁"上一样,一件黑色托加长袍,还有席丹的珠宝链绕着脚踝。她发觉自己握着救了她命的佐酷珠宝——蓝色的椭圆形宝石,比手掌略小,闪着微光,散发着隐约的花香。她把珠宝放在面前的桌子上。

兔子女浪人看着珠宝,笑了。她在米耶里面前放了一只茶杯,斟满热气腾腾、清新好闻的液体。

"对不起,让你在异境中受苦了。"她开口道,"就是那些雪山啊什么的。我现在明白,对你来说,异境里的那些东西肯定莫名其妙。不过,要是有孤儿想回归,我们一般都会这么做。我们会让他们经历一次异境,给他们解决自己心结的机会。之后,他们就能得到叙述权利,可以在我们给定的框架内设置自己喜欢的环境。顺便提一句,你干得太漂亮了。我一点儿也没料到会有这种结局。汗毛倒竖啊。"她用小小的手捧着杯子,细细地啜了一口茶,"而且,我也没料到你的真形居然经过这么多改造,其中某个亚系统甚至开始反抗。我实在不擅长应对这种军用品——我是个爱人,不是斗士。所以,在你得到异境的结局之后,我觉得还是带你来这儿、重新开始比较好。你觉得呢?"

米耶里紧紧盯着这姑娘。她体内的索伯诺斯特强化装备的确还在正常运行。于是,她派了几个情报魂灵儿扫描周边环境。它们即刻回报。果然不出她所料,她身处土星赤道附近,在高密度智能物质构成的狭带上。这条狭带长达几千公里,宽度则为几百公里。不过,它们没法进入当地的时空模拟视界——要么因为她在防火墙内,要么因为她没有正确的协议。

"我为什么会来这里?"米耶里问道。

"因为在这里,你想干什么就能干什么。首先,喝点茶怎么样? 你还没碰过呢。对了, 在这个圈子里, 我的名字是辛达。"

米耶里皱皱眉。她只在战斗中接触过佐酷人, 那也是将近二十年前的事了。协议战争时, 她在超越城的几个拟境中受过模拟被俘训练。但那几个拟境跟这儿完全不同。她身上探测器的数据表明: 一直到分子层面, 这间公寓都跟表面看起来的一样。只有辛达是个化身, 是雾滴和佐酷珠宝的混合物。虽然只是化身, 但她的模拟人类躯体还算可以, 拥有内脏的外形, 还有消化系统。

"我想知道我的飞船怎么样了。"

"啊, 这个我们等一下再说。"辛达回答, "不过, 我先回答你第一个问题: 你来这儿, 是因为彩虹圆桌佐酷找到了你——顺便说一句, 你就属于那个佐酷。他们不知道该拿你的意愿怎么办。他们处理的大部分都是路由器和异境之门之类的事情。比起人类, 他们对极微技术更感兴趣。所以呢, 你的意愿就传递到了我们的佐酷——马娜亚大厦佐酷来了。这么说吧, 我们负责照顾……失散的羔羊, 愿意回归的人。"辛达温和地笑笑, "比如你。"

"我不明白你在说什么。"米耶里小心翼翼地尝了口茶。这东西的口感跟外表一样, 有点苦, 而且有点凉了。尽管如此, 米耶里却不得不承认, 自己喜欢这味道, "我不能留下。我得回我的飞船上去。"

"哎呀, 天哪!"辛达正色道, "当然, 你随时都可以走。可你对珠宝发出的意愿却是留下。那时候, 你想回家。现在, 你已经到家了。"

米耶里慢慢站起来。

"我的名字是米耶里, 卡尔胡的女儿, 家住奥尔特的沉静柯多。我跟你们毫无关系。"可是,她身体深处却升起一股寒意。当作什一奉献[1]的孩子,太阳工匠之子,跟小太阳一起被送到柯多,由柯多保护和珍惜。

"佐酷意愿是个很有趣的东西。"辛达回答,"珠宝不是简单满足我们的要求,而是满足更明智、更聪慧、见闻更广的我们的要求。佐酷作为一个整体,不会只看你要的是什么,而是在所有成员福利最大化的前提下,推断你真正需要的是什么。给你举个例子。告诉我你最喜欢的某样东西,食物之类。"

米耶里犹豫一下,"这毫无意义。"

"哎呀,别这么严肃嘛!"

米耶里叹了口气,"甘草。我喜欢甘草。"

"太好了! 那么,比如说,我有两个盒子,A盒子和B盒子。"她把两个杯子倒扣在桌面上,"A盒子里有甘草。我知道你很喜欢甘草,而且想要。而你却让我打开B盒子。那么,我该打开哪个盒子呢?"

米耶里眨眨眼睛。

"看来你明白了?"辛达问道。

"这不是一回事。"

"当然,意愿计算要困难得多。真正的意愿推断难得令人发指,总有PSPACE[2]难度吧。所以我们通常都走捷径,只算个大概。也许现在的你不想待在这儿,但未来的某个你想在这儿。"

①什一奉献(或什一税、什一捐)在欧洲封建时代,指教会向成年教徒征收的宗教税。

②PSPACE,是计算复杂性理论中的难度概念,Polynomial SPACE 的简称。计算复杂性的难度分类依次为NL,P,NP,PH,PSPACE……后文还会提到NP完全难度。围棋的计算复杂性就属于PSPACE难度。

"我不这么认为。"米耶里回答。

辛达给她一个鼓励的微笑,"照料孤儿回归这事我干过很多次。你现在会困惑,这很正常。干吗不先试试,在这儿住一段时间呢? 我们又不是索伯诺斯特人,不会夺走你的自由——看得出,你跟索伯诺斯特人待了不少时间。我们只会给你一个量子自我,让你的意识延伸更广。我觉得,你很容易就能适应。"她给米耶里和自己的茶杯都斟满茶,"你在异境里的时候,我们对你进行了细致的研究。你的身体和意识都带着清晰的佐酷设计风格——要我猜,应该是木星艾贡佐酷家族。木星爆发前,他们跟奥尔特人曾有贸易往来。我不想打探你的隐私,不过容我问一句,你难道真的从没想过这个?"

米耶里慢慢坐了下来。

"他们为什么要把孩子送人?"她轻声问道。

"原因很多。我们每个人都是佐酷意愿系统的一部分。佐酷孩子都是带着目的出生的。制造孩子也是佐酷的游戏之一。也许你父母想让你过一种不同的生活,不受佐酷意愿的左右。如果你希望,我们可以想办法找到他们。不过,要是他们原本生活在木星,那可就……难了。"

从前,席丹曾拿这个开玩笑,说米耶里就像某本祖先留下的书里的角色,一群还没发展出智慧的猴子中间的女王。米耶里只知道她是个什一奉献来的孩子,交由奥尔特人抚养。这是给柯多提供小太阳的合同的一部分。所以,她小时候一直待在布里汉奶奶的房子里,足不出户。等她长到一定年纪,才和柯多的其他成员共同生活。不过,除了席丹,从没人提过这件事。而父亲卡尔胡也毫不在意。可正因为这个,她总是比其他孩子更努力。她不停地练习瓦奇歌曲,直到声音嘶哑。她是完成大工程的年龄最小的人。她还从阿利内带回了先祖的灵魂。

我一定要找到"培蝴宁"。米耶里摇摇头。她提升了战斗系统的准备级别。于是,感官变得十分敏锐,锐利得刺痛了她的大脑。她正需要这种痛苦,免得自己惦记辛达的话。这一切也许都是陷阱。偷儿教过她,什么叫被人玩弄于股掌之间。面前这个佐酷生物的每一句话可能都经过精心设计,目的是从她身上套取信息。她记起了跟自己一起爬雪山的浪人辛达。那时候,她可以轻易将性命托付给她。就算现在,也很难不相信她。不过,话说回来,这正是佐酷人的目的。

她盯着辛达。"你知道,协议战争的时候,我杀过你的族人,"她说,"足有几百个,可能更多。我还用一枚奇异夸克团炸弹轰掉了木卫十六。你们真的想要我跟你们一起生活吗?"

"哦,我们可没那么容易死。我自己就死过好几次。麻烦当然麻烦:重生以后,你还得以幽灵的形体去拿回自己的珠宝和其他手工制品。大多数人都把这些东西放在佐酷银行里,以防万一。死的时候,你还能看到平常看不到的东西,就像某个游戏中的游戏。死神佐酷本想重新设计死亡,但没什么人响应。我个人觉得可以在死亡中引入叙述元素,在宽度为几个世纪的空间中玩这个游戏。你每死一次,都会推进故事的进展。这岂不是很妙?不过,艾贡和阿利家族可不会听我这个小小叙述佐酷成员的话……"她摇摇头,"抱歉,我扯远了。我想说的是,死亡对我们来说并不算大事。可能会有人怀恨,不过,你加入的任何佐酷都不会。而且,要是你在协议战争中真这么厉害,也许这儿还有你的拥趸佐酷也说不定哩!"

辛达用手指笃笃地敲敲桌子,"对了,我们得给你多弄点缠结。哪怕你暂时不打算加入任何佐酷,也得弄一颗超越城珠宝。没有超越城珠宝,在这儿寸步难行。你的那颗彩虹圆桌珠宝没什么用。"她托出一个金叶子似的盒子,里面装着一颗小小的绿宝石,"有了这个,你在这儿就会方便多了。"

米耶里警惕地接过珠宝。跟其他宝石一样,这颗宝石摸起来也很温暖。

米耶里,你这个傻瓜,佩莱格莉妮的声音在她脑中响起,你不记得我跟你说的话了?

这时,她体内系统警报大作,报告渗透。她的超脑皮层向她展示,有许多细细的卷须正从珠宝中伸出,挤进她的神经元中,粘住她脑中的决策中心,还企图在她的希望和梦想中扎根。

她放开珠宝,站了起来,开始预热武器。

"哎呀,别!"辛达叹道。

"这肯定又是个游戏。"米耶里说,"这一切都是游戏。你想用这一套来博取我的信任,对不对?你也是伟大游戏佐酷的一员。你不是来照顾孤儿的,而是来处理战利品、收集情报的。"埋在她右手中的Q粒子枪已经启动,"行,我就给你点情报。你本该把我放在安保措施更强的环境里。现在,你很快就会知道他们究竟有没有改进那个死后的幽灵游戏了。"

"不,等等!你不明白!你干吗非得打破圈子不可?我是说,对,我是伟大游戏佐酷的一员不假,但我也是马娜亚的一员。我说的都是真话!我们隶属许多佐酷,我们身上有多个佐酷的叠加态,同时位于这些佐酷之中。我只想帮你。"

辛达眼中含着泪水。

"是你的到来激活了我。说实话,要应付你,我真有点不够格。你能不能坐下来,我们好好谈谈?我实在不想跟你打,米耶里。可我也必须遵从佐酷意愿。要是你非打不可,我有个战斗怪物化身可以奉陪,但我讨厌他身上的味道。"

"我要走了。战利品也好,责任也好,随你便。"米耶里让自己的声音尽可能又硬又冷。

辛达深吸了口气,"就等一分钟,好吗? 你得明白,在这儿的不仅仅是我。为了分析你,我们还创建了一支小小的佐酷。我们对你很了解,米耶里。只要我们希望,就能摧垮你的精神。"她吸吸鼻子,"我知道这话听起来刺耳,但这是真话。我们可以设计某个异境,让你变成对我们俯首帖耳的奴隶,说出你知道的所有秘密。但我们不想这么做。我们需要你。"

"需要我做什么?"

"哎呀,现在可是战争时期! 始祖们正以死相拼呢! 据我们所知,占上风的是陈。下一步,他们就会找上我们了。陈一直是我们的威胁。协议战争后,长老们原本谋划让陈这一族……保持中立,但——"她咬住下唇,"算了。不过,你了解地球上发生的情况,了解佩莱格莉妮和陈,还有他们的科技之类——这些都对我们有用。不用担心你脑中的饵雷或者防卫系统什么的,只要你愿意,花点时间我们就能破解。"

"更不用说你还能加入伟大游戏。你知不知道加入伟大游戏佐酷有多难? 首先,你得先找到他们。我花了好多年才找到。我在等级佐酷、易萨吉佐酷和一大堆其他佐酷里都争取了缠结,才能分析他们留在我们叙述佐酷中的暗示。就算这样,我也不过是个潜伏间谍而已。可你,你能做个前线特工,亲身跟存亡危机做斗争,干大事。你甚至可以拯救世界,就像带翅膀的007詹姆斯·邦德。"

米耶里眨眨眼睛,"谁?"

"你说好不好？快答应吧，这好玩着呢。"

米耶里在指尖形成一粒Q粒子。"不。"她回答，"给你十秒钟时间，告诉我我的飞船在哪儿，还有我怎么离开这颗行星。"

"啊，这个嘛——"

"九。"

"你真的想知道——"

"八。"

"我会呼救哦。"

"七。"

"好吧，好吧，冷静一点。"辛达叹了口气，"我本来想等到你安顿下来，再告诉你的。我们跟踪了你的原始矢量，结果看到了这个。"她一挥手，一幅小小的Q粒子屏幕出现在桌子上，上面显示了地球，还有另外一样东西。她立刻认出，那是"培蝴宁"。"培蝴宁"被包围在名为猎手的索伯诺斯特匕首武器群中，就像夹在风暴当中。她的嘴巴发干。你这蠢姑娘，怎么会干出这种蠢事来。

飞船呈蜘蛛网状，连着各种模块，夹在一对太阳帆中间。猎手袭来，飞船散开，快得就像光芒闪过。猎手每攻击一次，扫描光每闪一次，飞船就被削掉一块。

这时，飞船慢慢掉头，朝地下的蓝白球体俯冲而去。顷刻间，它就变成了燃烧的火团，从地球表面划过，就像添了一道火焰伤疤。然后，它越过了地平线，消失了。

"之后我们就失去了它的踪迹。"辛达说，"再以后，龙就攻击了地球。对不起，给你带来坏消息。我很难过。"

米耶里闭上眼睛，可世界却没有消失。她的增强系统为她描绘出一幅冰冷的、幽灵般的景象。公寓的四壁就像她的颅骨，挤压着她的大脑。

她发出无声的呜咽，跑到阳台上，展开双翅，跃入空中。

米耶里漫无目的地飞着，把翅膀中的微型风扇开到最大，一直升到空气稀薄之处。脚下的狭长区带仿佛变成了一条条狭窄的道路，消失在地平线外。这样的狭带居住区一共有几百条，纵横交错，像带子似的紧紧捆在这颗巨大行星的表面。许多爱玩耍的佐酷真形想跟着她一块儿飞。但她逼着自己越升越高，让大腿上的聚变反应器哀鸣不已，这才远远甩开了佐酷人，飞到了天空蓝色渐渐褪去、黑色降临的地方。在这里，她能微微感觉到虚空黑神熟悉的触摸。她渴望这种熟悉感，渴望绝对真空，渴望那儿的辐射和气压剧降，渴望在滚烫的奥尔特桑拿后扑面而来的刺人黑暗。但是，土星不肯轻易放她走。

"培蝴宁"没了。猎手来的时候，飞船对她说，我一直爱着你，爱得比她更深。然后就把她连同佐酷珠宝一起射进了太空。

她任由行星的重力拉着她快速滑翔，一直滑到世界的尽头。

世界尽头有一堵墙，像是晚霞般的云团，从地面一直升到天顶，足有二十公里。凑近了看，这堵墙由充了气的细胞构成，被细细的智能物质线悬吊着，竖在居住区边缘，维持着居住区中的大气层。

在极为稀薄的空气中，她逼着不住哀鸣的双翅飞到墙顶，看到了墙外的深渊。从这里望去，支撑狭长区带的柱子密密麻麻，仿佛蛛网，不断延伸，最后消失在脚下黄赭色的土星雾中。土星表面刮着剧烈的风暴，就像巨杯中冰蓝色的奶油漩涡。

也许，像"培蝴宁"一样掉下去，也挺好。

这都是她的错。可是，她当时的选择是对的。在地球上，她死了一千次，才有了勇气直面佩莱格莉妮。她画了一条绝不会越过的红线，不允许他们偷走一个小孩子的自我。她当时已经下了必死的决心。

她应该让土星把自己带走。她应该跳进脚下的深渊，跳进铵离子水晶云团和水蒸气中，直到这颗行星深处坚硬的金属氢给她一个应得的结局。这多简单啊：她的动量足以带着她翻过墙顶，落到风暴和风眼之中。这儿有一连串的超级风暴，每个风暴都有奥尔特彗星大小，就像珠子穿在线上。就像珠宝。

就在这时，比重力更强的东西——从心底升起的记忆——攫住了她。席丹。

她抵抗着动量，减缓速度，收起翅膀，一头扎了下去，落在墙顶。翅膀里的微型风扇过载，吱吱作响。她像只受伤的鸟儿，重重摔落在墙顶边缘，一路翻滚。云墙很柔软，也很滑，如水般吸收了她带来的冲击。她在这堵巨大的气袋墙上激起了涟漪，涟漪慢慢荡漾开来。云墙表面只有肥皂泡这么薄，却足够支撑她的重量。一时间，她就这么躺在墙顶，气喘吁吁，疼痛不已。这儿的空气就像掺了水的牛奶，稀薄无味。

片刻后，她站起身。脚下的气袋不停地律动，她每走一步都会弹一下，挺滑稽的。她慢慢走到边缘，坐下来，双手抱膝，望着眼前的土星表面那无垠的浅黄色。气袋轻柔地载着她上下摇晃，就像坐在母亲膝上。

用稀薄空气中几不可闻的声音，她向库乌塔和伊尔玛塔祈祷，祈祷他们的力量能延伸到这个万物不停变化、毫无真实可言的黑暗地方。

稍稍平静后，米耶里听到了脑中的呢喃。是彩虹圆桌珠宝在对她说话。不知为什么,这颗珠宝还留在她袍子的褶皱里。她皱皱眉:她不记得自己捡起过这东西。她拿出珠宝细看。珠宝告诉她,附近有路由器和异境之门,同时在脚下的质量投射流和Q管中为她精确标出位置,让她产生了去修正其中的质量投射流缓冲控制器的念头。

她给超脑皮层下达指令,迅速扼杀了这念头。她感觉到珠宝十分不满,其中的缠结也开始松散。她没理会,把这东西从边缘扔了下去。她注视着下落的珠宝,直到珠宝从视野中消失。

"我觉得这挺滑稽的。"一个温和的声音开口道,"你一直固执地向自己的神祇祈祷,可唯一回应过你的神明,却是我。"

佩莱格莉妮从深渊中缓缓升起。高高的个子,赤褐色头发,一身白色衣裙,双臂展开,仿佛要拥抱米耶里。

米耶里瞪着这位索伯诺斯特女神,"走开。我告诉过你:我不再替你卖命了。"她心中既冷又空。即便是这位在她脑中待了这么多年的女人,也激不起她的愤怒。她心中只有闷燃的余烬,越来越暗。

佩莱格莉妮翻翻白眼,"我简直不敢相信,你花了这么久才摆脱那块荒唐的珠宝。在这之前,我不能冒险出来,免得被人发现。在异境里,我试过对你说话。但很明显,你根本没听进去。"她打开身边的小包,拿出一根恶心的白色小棍子,用雕刻精美的打火机点燃,吸了一口。接着,她优雅地把小棍子伸到一边,弹了弹烟灰,落到脚下土星的风眼中。

"至于我们目前的关系嘛——你怎么说都行。但要我离开没这么简单,米耶里。我在你脑袋里,是你让我进来的,记得吗?"她又吸了口小棍子,"现在,平静下来想想,我得承认,你在地球上表现出的骨气真让我刮目相看。只是,你选的时机实在不对，真可惜。

"这样一来，我们就落到了这里。你被抓的时候，我本该自毁的。但我被做成魂灵儿的时候，年纪已经大了。所以，采用这种极端的手段对我来说很……难。"她笑了笑，"看来你也一样。虽然失去了这么多，也没能自毁。不管你喜不喜欢，我们俩都算是上了一条船啦。"

"我可以向他们告发你。"米耶里说。

"当然可以，但这并不明智。别看他们现在既礼貌又友好，一旦发现你脑袋里有个索伯诺斯特始祖的魂灵儿，他们就会不惜一切代价把我弄到手。而我藏在你脑中极深处，只有把你撕开，才能弄到我。"

"也许我并不害怕被人撕开。"

"你不怕死。这你已经多次证明过了。但这不是死亡。你知道我在说什么。你自己也审问过魂灵儿。再说佐酷人也不会制造备份。他们会把你运到某个异境里，用游戏的办法一点点把我切割出来。而你呢，会被彻底改变。相信我，你不会喜欢那种办法。"

米耶里打了个哆嗦。虽然佩莱格莉妮为了达到目的什么谎话都会说，但她有种感觉，这一次，这位女神没有说谎。

佩莱格莉妮用白色小棍子发亮的那头指了指。

"而与此同时，我却需要你。我一直需要你。跟我的若昂一样，我答应过的事就会做到。我终有一天会把你的小席丹还给你的。"

米耶里紧咬牙关，"'培蝴宁'一直告诫我，从一开始，席丹想要的就不是我，她想要的只是逃出奥尔特。没有她，我会过得更好。"

　　"既然这样,你为什么不翻过边缘坠落下去? 还戴着那个不值钱的小玩意儿。"她指指米耶里脚踝上的珠宝链。这条链子是米耶里和席丹一同建造的大工程的缩微模型,是一条不断舞动的彗星链,用Q粒子纤维连在一起。突然,米耶里觉得这条珠链冰凉刺骨。

　　"让我告诉你吧,米耶里。当你获得永生、得到了自己一直想要的东西后,你就会疑惑,自己当初干吗想要这东西。席丹很后悔放开了你的手。她想念着你。"

　　她在撒谎。米耶里紧闭双眼,用翅膀裹住自己。她不会再替佩莱格莉妮卖命了。"培蝴宁"会怎么说? 会让她做她自己。飞船从前一直想让她放弃寻找席丹的无尽使命,去过新生活。

　　新生活。究竟什么是新生活? 我这样子怎么能回奥尔特? 偷儿说得对。我已经不再属于奥尔特了。我已经被女神改变了。

　　米耶里从脚踝上拿下珠链。不知道偷儿当初是怎么轻轻松松就拿下来的。得给这串奥尔特珠宝唱一支特别的短歌,连着的线才会松开。她现在离边缘很近,只要一松手,珠链就会掉下去,掉到土星张开的大嘴中。这张大嘴仿佛饥饿的巨兽,等待着喂给自己的孩童。她用手抚摸珠链。每颗珠宝的颜色都不一样。她们俩所做的选择,还有当时的回忆,穿在线上,一颗一颗历历在目。她记得她们俩的初吻:那是在冰洞里,席丹的防护服打开,流动着生命维持液,温暖湿润;还有她们坐着"培蝴宁"离开奥尔特的那一天;还有金星,金星上的奇点吞噬了席丹。米耶里看见的最后一样东西就是她的脸,脸上挂着哀伤的小精灵般的微笑,随后就被安慕托黑洞的信息风抹去,就像倒进咖啡中的牛奶,却仍然望着自己。

朝后望着。

席丹朝后望了。

米耶里攥紧了手中的珠链。接着,她小心翼翼地把珠链慢慢重新绕在脚踝上,哼唱短歌,让智能珊瑚连成牢不可破的整圈。

"你要我做什么?"她问佩莱格莉妮。

佩莱格莉妮扯了扯嘴角,红嘴唇抿成的直线弯了起来,"这问题真有意思。我们被困在这儿,东躲西藏,也没办法联络我的姐妹。她们肯定已经开始了终极游戏——这是个后备计划,以防你和若昂偷窃陈的卡米纳里珠宝失败。"

"什么计划?"

佩莱格莉妮叹了口气,"该怎么让始祖们联合起来?当然是树立一个共同的敌人。你从困境监狱中救出的不只若昂、米耶里,还有个叫作终极背叛者的家伙——就连萨沙的阿尔肯也拿它没办法。它好像是游戏理论的畸形产物,我也不太懂。不过魂灵儿告诉我,在龙之后,这东西就是宇宙中最危险的生物。内太阳系的混乱表明,我在若昂脑中的姐妹已经用上了这家伙。固伯尼亚也要燃起战火啦。"她皱皱眉,"我真想知道,为什么我的姐妹没能先拿到珠宝。要是她拿到了,我们都会知道的。整个宇宙都会知道的。"

米耶里做了几个深呼吸,命令超脑皮层在自己的情绪上浇盆冷水,让自己恢复冷静坚定。之后,她会再好好花时间哀悼,为"培蝴宁"创作歌曲。

"辛达提到,"她说,"伟大游戏佐酷认定陈是威胁,还策划过什么阴谋除掉他,不过没能成功。与此同时,偷儿已经打探出,陈是从木星遗迹附近的佐酷舰队中弄到卡米纳里珠宝的。"她深吸一口气,"所以,珠宝会不会是佐酷人有意给陈的?"

佩莱格莉妮哈哈大笑,声音就像珍珠相互碰撞。她在米耶里身边坐下,一只手捂住眼睛,乐不可支。

"想必如此,理所当然。"女神擦去从眼中笑出的泪水,"哎呀,我的若昂,你把我骗得好苦。"

米耶里发觉自己想着偷儿。在失去"培蝴宁"的刻骨痛苦之中,他的逝去激不起她多少情绪。不过,尽管他们有分歧,但仍然合作愉快。而且,有时候,她几乎觉得能够理解他。想到他也跟"培蝴宁"一起葬身地球,或者被陈折磨,她心中也有几分刺痛。

"什么意思?"她问道。

"这已经不重要了,亲爱的。重要的是,你说的一点儿也没错。可怜的、过度自信的马特杰克,不知怎么,被伟大游戏佐酷要了一次。他们让他以为自己弄到了卡米纳里珠宝——也就是说,卡米纳里珠宝其实还在佐酷人手里。"

佩莱格莉妮摸摸米耶里的面颊。她手上的戒指碰到米耶里的伤疤,冷冰冰的,"我亲爱的、美丽的米耶里,我们还有机会拿到自己想要的东西,以及别的一切。不过,首先,你得先高高兴兴地继承自己的家族产业——你得加入伟大游戏佐酷。"

六　偷儿和军械库

"那么,上校,你觉得如何？绝妙的主意,是不是?"巴比康对我露出一脸灿烂笑容。我握着玻璃杯,旋转杯中的酒液,让思维跟着酒液一起快速旋转。

核聚变的闪光刺得我眨了眨眼。土卫八伤痕累累的地表又多了个弹坑。孩子和火柴。我紧抓着这念头引起的一连串联想。顿时,面前的困境迎刃而解。

我朝巴比康微笑。

"赞成！我和我的同志们非常感谢您的坦诚和公正。您能否准许我出圈片刻,向他们汇报事情进展?"

佐酷长老偏偏头,头顶上的高礼帽前后摆动。"当然可以!"他朝圈子的银色边界指了指。

我饮尽杯中的酒,朝契诃娃点点头,跨过边界。

圈子的施罗德锁突然打开,让我有点儿头晕。我身上装备的时空交互界面在眼前瞬间成形。同时,会客厅的幻影粉碎,我身处毫无特色的白色智能物质管道,周围空气里飘满了功能雾粉末,没有任何生气,就像花粉。

我立即调整体内时钟,拨到这具便宜的合成生物身体能承受的最快速度。身后,巴比康和契诃娃都变成了雕塑,一动不动地站立在小小的绿金色区域中,身边是维多利亚式木制品、铜器和家具。对我来说,这算是个小小的恩赐:大炮俱乐部的成员十分讲究礼仪,不会因为我临时出圈,就把整个圈子都取消。

我从肩袋中取出计算质蛋,握在手中。这是颗美丽的铜蛋,花纹繁杂,又重又冷,仿佛是某种法贝热①工艺鸟儿产下的卵。铜蛋表面的新艺术花饰下,内部其实藏着复杂的废热管理结构,还有微小精确的纯原子尺度计算能力。光是这只蛋,就耗掉了我从金字塔骗局中弄来的大部分利润,但这是必需的。我要运行书店拟境,还要储存斯尔市的数据。把王氏炮弹交给大炮俱乐部之前,我已经小心地抹掉了这些东西的一切痕迹。

我一转念,朝蛋里发了一条库扑特讯息。

马特杰克?

过了一会儿,才有回应。

嗯?

你问过我,你能不能帮助米耶里。你还记得吗?

片刻停顿。

那是很久以前的事了。不过我还记得。

他的声音听起来……成熟多了。昂神的时间概念很奇特。拟境里的时间到底过去了多久?

嗯,也许你还能帮上忙。我说。

快告诉我该怎么做!他回复的库扑特讯息太过热情,刺疼了我的牙齿。

我犹豫了一会儿。也许我应该立刻罢手止损,暂时离开,再

①著名的俄罗斯珠宝品牌,以精美卓绝的复活节珠宝彩蛋而闻名。

想办法回来？也许不该把马特杰克也卷进来。我没这个权力。

我摇摇头。没时间了，再说我也别无选择。

好，马特杰克，仔细听我说。记住：按照我说的做，一丝一毫也不能错。

我构思了一个复杂的念头，在时空视界内一一布置好，然后发给他。他急切地吞了下去。

接着，我检查了一下卖给佐酷孩子们的核弹头。我对他们说，这些弹头是沙皇核弹①的精细复制品。如果不仔细核查，它们的确很像那枚地球上最大的氢弹。但它们其实是经过伪装的库扑特发讯器。其核心藏着离子阱，跟王氏炮弹中的双胞胎兄弟保持着纠缠态，还设有复杂的氙氛层，会发出精心调制过的中微子信号，可以穿透厚达几光年的固态铅——或者大炮俱乐部军械库的城墙。

我发现，尽管脚下的热核战争正在不断升级，但还有几枚沙皇弹头没被用掉。我顿时松了口气。我看着马特杰克沿着库扑特链接闪入其中一枚，就像精灵钻进瓶子里。我对自己发誓，将来一定会补偿这孩子；同时向所有保护偷儿的神祇祈祷，让我有足够的力量，扛起我做过的承诺。

否则，就像佐酷人爱说的，这将是一次史诗级的失败。

"我们乐意接受您提出的建议。"我回到圈子，对巴比康说，"不过——"

"什么？"

我望着这位佐酷长老，神情迟疑。

---

①指一枚在冷战时期由苏联制造的实验氢弹，是人类迄今为止引爆的最大的炸弹，爆炸当量相当于5000万吨的TNT炸药。

"作为回报,您能不能答应我一个请求呢？我想跟着您,参观一下著名的军械库。我是个逃兵不假,可我仍是个战士,热爱自己的职业装备。"

"当然可以！"巴比康一口答应,"这点小事,乐意效劳！"

契诃娃有点失望。我敢保证,她巴不得马上变回真形,立刻着手检查王氏炮弹。但这么做太失礼了。要是她擅自离开,创造这个圈子的巴比康会大丢面子,还会丢失缠结。我给她一个温暖的笑容,她则回我一脸怒容。

脚下的特吉斯陨坑中亮起格外巨大的核爆,就在缩微地球的英伦三岛上方。

"那是沙皇核弹吗？"我问道。转换成纠缠态和中微子的马特杰克,已经被传送到藏在军械库王氏炮弹中的那具身体里了。

"朱庇特在上,你说的一点不错！"巴比康回应道,"观察力多么敏锐！契诃娃,亲爱的,我们的客人可真是一位古代武器的行家里手！你一定得看看军械库！"

接着他皱皱眉。"可惜爆炸光谱有点儿不对。小家伙们还有东西要学呀,哈！"他用枪支巨臂粗鲁地捅捅我,"没关系,我们要去的地方,有的是真家伙！"

前方,轨道环分出金色卷须,朝土卫八表面延伸,指向土卫八巨大的赤道带。赤道带向外膨出,让这颗卫星看起来像个核桃。轨道环是条管子,里面装着永不停歇的磁粒流,加了电磁场,速度快得可怕——换句话说,就是把巨型环流枪。轨道环分岔后,一部分磁流延伸到表面的接收器站台,就像天空中分出一条铁轨。列车沿着这条铁轨朝下行驶。我们喝着酒,观赏列车两边的景致。一边是巨大的黄色眼睛般的土星,另一边则是孩子们点燃的核爆火焰。

大炮俱乐部佐酷的军械库。

它位于土卫八雄伟的赤道山脉之下，由一系列房间组成，顶上压着数座太阳系中最高的山峰。军械库的房间很大。有些空间长达几十公里，直径数公里。房间内照明十分奇特，呈蓝绿色。墙壁不是石质，反而像是蔚蓝的天空，还会自行伸展折叠。光滑的蓝色墙面一眼望不到边，让眼睛十分不适——任何东西都没法在墙上留下影子。不知道这墙是什么做的，也许是某种伪物质，某种极微技术结构，比任何原子构成的物质都要牢固。

军械库内，死亡武器大集合飘浮在空中。一排排的步枪、手枪和大炮，颜色单调、醒目：黑色的枪支金属，夹杂着橄榄、迷彩和银色。我觉得自己仿佛在大洋底部漂游，身边围绕着一群群致命的彩鱼。

巴比康、契诃娃和我乘坐小小的Q粒子泡泡参观。我们仍然身处圈子，坐在房间里的扶手椅中。为了补偿土卫八的低重力，泡泡在我们四肢上施加了柔和的雾滴压力。我不喜欢这种压力。额外施加的压力就像捆在我身上的锁链，而我本来已经够焦虑的了。契诃娃不耐烦地躬身坐着，看也不看我。不过巴比康倒是很喜欢导游这个角色。

"这些东西可是花了不少时间才收集起来的！"他说，"另外，凡是本俱乐部成员制造的武器，这里都留有样本，至少一件。武器保存完好，随时可以射击。"

蛇发女妖般的佐酷真形在枪械间穿行。

不时有光芒闪过，接着是枪炮发出的巨响，在巨大的空间中空洞地回荡。

"哈！"巴比康见我吓了一跳，解释说，"别担心！安全第一！

不过,既然是枪炮,就一定得用。这又不是收藏漫画书,只要封在塑料膜里就行。所有的武器都连接着我们的枪支视界;只要是我们的佐酷成员,不管身在何方,都能通过视界发射这里的武器!"

我朝他微笑,同时在脑中读秒。我得拖住巴比康和契诃娃,直到马特杰克完成他的工作。他到底在干什么,怎么花了这么久？可惜我不敢再次离开圈子,没法看他的进展。

"真让人印象深刻。"我说,"古董虽然好,可我觉得,你们佐酷人自己的设计更……有气魄一点儿。请告诉我,你们这里,哪一架武器最大？那东西我可一定要看。我听说索伯诺斯特有太阳激光,我一直在想,你们是否造出了与之匹敌的武器？"

契诃娃根本不屑回答我的问题。但巴比康朝我挤了挤眼睛。

"哎呀,最大的大炮这里可装不下。"他说,"比如说,我们为超越城的动力支撑佐酷建造了质量投射器。不过,我可以带你看看最有趣的!"他捅捅契诃娃,"不用假装谦虚啦,亲爱的。给他看看!"

她叹了口气,打了个手势,指挥Q粒子泡泡朝下飞去。

下一个房间可真大。

里面装着几艘黑洞船,模样像是没有翅膀的巨型蜻蜓。单调的灰色球体,加上线形加速尾部,长达几公里。球体内部是绝对反射层,用来存放黑洞。反射层会将黑洞的霍金辐射反射回黑洞内,以保持黑洞的稳定——直到发射时机来临。

不过,让我发愣的是房间中央的东西。这东西有一点儿像巨型昆虫的头部。头上有两只复眼,一个个透明的六边形构成了一排排凸出的球体。两只复眼在中间相连,连接处有什么东西在缓缓转动。那是一个个银色的小球，以辐条相连，就像分子模型。但是，转动的时候，这东西的某些部分会消失，接着又重新出现，让人完全摸不着规律。

"这是什么？"

"我的宇宙大爆炸炮。"契诃娃厌倦地回答。

"看起来没有宇宙尺度这么大嘛。"

"这只是主要部件。得把它丢到气态巨行星规模的物质里，才能发射。木星爆发后，能符合要求的物质就很少了。"

"这东西有什么用？"

"它会制造引力波动，让我们的时空朝高维度空间放出膜。我们时空放出的膜会在普朗克膜上反弹回来，跟我们的时空再次碰撞。碰撞后，就会发生微型宇宙大爆炸。"

蓦地，我发现自己能够理解伟大游戏佐酷的担忧了。

"听起来，这门炮很难瞄准啊。"

我检查了一下自己的内部时钟。马特杰克到底在干什么？我的指令清晰明确，他应该早就进入"勒布朗号"了。我原先的计划是，做成这笔生意，然后利用沙皇核弹的中微子信号，沿着库扑特链接，把我自己发送到藏在王氏炮弹里的身体中去。那具身体隐藏得非常好，它是智能尘埃的松散组合体，可以逃过几乎所有的检测。只要利用那具身体，我就能登上自己的飞船——藏在军械库里某个地方的"勒布朗号"。一旦上了船，就再也没有什么能阻止我们逃出这地方了。

那孩子大概被什么东西分了心。

"长老，参观能否告一段落？"契诃娃问道，"我还有正事要做，不想当导游……"

我思忖着能不能打破圈子片刻。不过，军械库内部安保系统严密,我不敢冒险。来这儿之前,我们得穿过一扇异境之门。在门里,我们被一一拆开,进行原子层面的扫描,以防潜在的威胁入侵军械库。当然,珍贵的古董不必经历这一关,免得伤害其中宝贵的量子信息内容。我正是利用这一点,才设计了原先的计划。

我打断了她的话,"真有意思,这儿倒有这么多飞船。我还以为你们是大炮俱乐部呢。"

"大炮和飞船是一回事! 就像你的王氏炮弹一样。飞船不过是炮口不朝敌人的大炮罢了。罗布和尼莫协会①就是从这儿得了灵感。"巴比康捋捋胡子,"我们经常被人误解。我们造的东西并非用来毁灭,而是用来挑战我们自己的。炮弹打盔甲,飞船对空间—— 一回事!"

远处传来隆隆声。

听见声音,巴比康和契河娃都抬头望去。我还得再拖延几秒钟——于是,我决定问个形而上的问题。

"其他人把这些东西用于战争,照你的说法,你们理应对此持无所谓的态度——"我开口道。

就在这时,身边的藏品一个又一个、接连不断地炸了开来。

四周响起一连串低沉的隆隆声。此刻,置身军械库,仿佛置身一面被人重重敲击的大鼓里。导弹在我们身边呼啸而过,炮弹和子弹射中我们脚下的伪物质墙,接着弹开。在我们身后的房间里,步枪和大炮一个接一个开火,就像爆炸的多米诺骨牌。受到常规武器的攻击之后,包围我们的Q粒子泡泡变成了无比坚硬的物质。于是,在我们的视野中,外面的炮火就像夜空中闪

①罗布和尼莫都是凡尔纳名著《海底两万里》中的人物。

烁的星星。噪音震耳欲聋,逼得泡泡启动了声音过滤。

一艘黑洞船开始慢慢移动。线形加速尾部前后摇摆,像是被酒鬼挥舞的武器。

泡泡拉着我们远离黑洞船。不过,要是黑洞船真的开火,逃到哪儿都没用。只要一发,整颗卫星就都完了。

巴比康和契诃娃打破了圈子。一声爆裂,她变成了雾滴和珠宝的明亮组合,而他变成了一颗孤零零的头颅,带着高礼帽,镶在钻石圆球风暴的风眼中。管不了这么多了。我加快速度,朝马特杰克扔了一条库扑特讯息。

你到底在干什么?!

回应来了,间隔了一毫秒,以示道歉。

我弄到了所有武器的操纵权。我只想玩玩。

好了,立即住手,快来接我!这条讯息中带着怒火,语气比我想的更加严厉。马特杰克的回应中含着热泪。

好的,他小声说,对不起。

别管了,快来——

看不见的肢体抓住了我。我发现自己被雾滴卷须吊在空中,双臂伸开,夹在两个佐酷人中间。斯巴明托上校的伪装就像肥皂泡,噗的一声破灭。远处爆炸的火焰让两个佐酷真形仿佛真的在燃烧。

等等。我又给马特杰克发了条讯息。别停。继续开火。不过,别动黑洞船!

巴比康的眼睛愤怒地凸了出来。

"是你。"他说。

"你好啊,巴比康。"我喘了口气,"好久不见啦。"我想朝契诃娃点点头,可惜没法动弹,"赌王若昂,愿为您效劳。"

"你给我们造成了无法弥补的损失！"巴比康声如雷鸣，"马上滚出我们的枪炮视界！"

脚下另一个房间中又传来一连串炮声。我敢肯定，这一次，里头还夹杂了一两颗核弹。弹片弹到最近的黑洞船外壳上。我闭上了眼睛。不过这也没什么用：透过眼皮，一轮红日刺着我的双目，二度烧伤的金属刺痛爱抚着我的皮肤。

"恐怕不行。我得拿到想要的东西才成。不过，如果你打开军械库的出口，我还能想想办法。"

"你要的不就是'勒布朗号'吗？你干吗不直接问？"

"因为你身边的伙伴我信不过。"我说，"而且，直接问就没意思了嘛。那么，我们的生意怎么样？"远处，有个又黑又细长的东西在动。快呀，孩子，我可没一整天时间来浪费。

"谈判破裂。"

"随你便吧。"黑洞船塔楼还在缓慢无情地移动。它撞上了一枚银色的贝壳——我在军械库混乱的时空视界中看到，这是协议战争超物质斗篷发生器——贝壳应声而碎。"哎呀，天哪。那东西看起来挺贵重啊。"

还不够。他们随时会发现马特杰克。我得想点别的办法——得想出一件哪怕在圈子之外也能刺痛他们的事。

跟我记忆中相比，现在的巴比康有了些微妙的变化。但是，佐酷长老应该是不会变化的呀。除非他们的Q自我变了，或者，加入了另一支佐酷——他成了间谍，这可能吗？

值得一试。

"契诃娃小姐，有件事，您可能得考虑考虑。"我开口，"您的长老，其实效命于伟大游戏佐酷。"

契诃娃瞪着巴比康。两人瞬间交换了洪流般的对话，在时空视界中也模糊不清。她的真形脸上满是震惊和愤怒。

他们之间涌起狂风暴雨般的库扑特讯息。我的低等级超脑皮层只能从中识别只言片语，而且没法翻译。但我能想象他们在说什么。

"我真不愿意相信，不过这样一来，很多事就说得通了。"

"他在唬你！你看不出来吗？为了脱身，他什么都会说！"

"就是因为这个，你才阻碍了宇宙大爆炸实验，你这王八蛋，这就是为什么——"

眼前亮起刺目的闪光。我的生物合成身体震得骨头都疼。肯定是马特杰克引爆了一颗霍金炮弹。这下全完了。我还有时间思考。等等，我的意识还在延续——这就是说，我们的生命还没被某个垂死的黑洞终结。

我的视野渐渐清晰。我看到巴比康又回到了他的蒸汽朋克身体里。不过，这一次，他的脑袋旁边飘浮着一把银色的蛋形Q枪。我慢慢倒在泡泡底部。空气浑浊，满是无生气的功能雾滴，还有四散的佐酷珠宝。契诃娃不见了。

"瞧瞧，你都逼我干了什么事啊！"巴比康说，"不，是我逼你干了什么事啊！她可是正式版本！"

"年纪大了，心也软了，是吗？巴比康，你从前可是有点无政府主义者的风范啊。还记得太阳挖掘厂那件活儿吗？你那时候对打破规则可是满心喜欢哪。就是因为这个，我才让你的佐酷造了我的飞船。"

"现在我已经在玩另一个游戏了，若昂！你也该转行玩玩这个游戏。"

"哦，我可没玩。至少这回不是游戏。"

"若昂，别当傻瓜！跟我们合作吧！我们知道你去过地球。

我们需要情报。索伯诺斯特已经疯了。要是你拒绝,以后再也别想拿到这么优厚的条件了!"

我摇摇头。

"我不替警察卖命,哪怕是戴高礼帽的警察也不行。"我回答,"对了,我开出的最优厚条件是:我这就离开——当然得开着我的船——否则我们就瞧瞧,里面装个黑洞的土卫八,会变成什么模样。我猜啊,肯定跟死掉的火星差不多。不过,火星那事儿你可是一无所知呀,对不?"

巴比康犹豫片刻。我能感到看不见的Q枪扫描着我的前额。我咬紧牙关,不让自己眨眼。在漫天的激光表演中,不眨眼还真难。粒子束和动力弹头把顶上的房间变成了红白两色的蜘蛛网。

"滚吧!"他终于高声咆哮。

在时空视界中,我看到军械库的大门打开了。

你可以住手了。我对马特杰克说。

我非得住手不可吗?

对。而且,年轻人,我们等会儿要好好谈谈。

"勒布朗号"从我们脚下升起。通过跟马特杰克的库扑特链接,我能感觉到它凉爽的非意识触碰着我的意识。这是一艘细长的飞船,颜色是午夜蓝。体积不大,顶多十米长,就像劳斯莱斯银色幻影和宇宙飞船的混合体。飞船耀眼的霍金驱动穿透了军械库的混乱。

"你犯了个错误,若昂。"巴比康说,"那个奥尔特人已经加入了我们。她现在隶属伟大游戏佐酷,在我们意愿系统的关照之下。她把一切都说了。"

糟糕。

"我们知道你已经不是从前的你了。要对付你,只要组建一支小小的佐酷就够了。我们一定会抓到你的。"

"那就来试试吧。"我回答,"至于那个奥尔特人嘛,归你们好了。"我瞪着他,"下次见面的时候,我要拿走的就不只是你们的玩具了。"

接着,我跳出Q粒子泡泡,朝下方的飞船慢慢飘去。

我们会做好准备的。巴比康的嘴唇无声地动着。

我们身旁再次响起嗒嗒的枪声,仿佛热烈的告别。接着,"勒布朗号"冰冷的蓝色皮肤把我一口吞没。

插曲　女神和花儿

　　约瑟芬·佩莱格莉妮跨了一步，又一步。她的腿很疼。湿湿的沙子粘着她的脚。

　　沙滩暗了下来。天空中蜘蛛网般的太阳系地图淡去，变成了隐约闪烁着的微光。就连大海也静了下来。造物魂灵儿忙碌着，倾听她的命令，制造她的部分分身。魂灵儿的造物在她身边慢慢成形。现在，那还是个空洞的幽灵，沙做的女人。细沙在空中打着旋儿，构成了她的身体。沙女亦步亦趋地跟着她，等她用念头和目的填满自己的脑袋。

　　约瑟芬先给她一些记忆。这些记忆不属于她，而是属于她们的原型。这些记忆保存了几个世界，仍像钻石般完美。她的拷贝母给了她这些记忆，让她变成自己。她紧紧握着这些记忆，让它们从自己身上流出，进入部分分身饥渴的大脑中。

　　她被拷贝母分支出来的时刻，当时她在库娜皮皮①山阴影中的迷宫神庙里，她的若昂最后一次来到她身边。

　　此刻，尽管她拥有原型的记忆，却零零碎碎，没法连贯。

_____

　　①澳大利亚土著神话中的女神，人类之母。

她在灵魂工程师的花园中穿行,帮他放牧意识群。她在深时跟自己作战,对方是她的一个魂灵儿分支,想把整个固伯尼亚都拖进深深的戴森睡眠,避开所有的烦恼,直到仙女座银河填满天空的时候才醒来。跟她的迷宫一样,这些念头也是某些规模更大、维度更高的东西的影子。现在,她的意识困在梦境拟境中,没法理解那些东西。

不过她记得非常清楚:那时候,偷儿的出现,带给她怎样的惊讶。

前一刻他还不在;不知怎么,他突然就出现了,出现在她的迷宫心脏部位,一间圆柱形的房间里,在她的奇点火焰旁烤火暖手。她的魂灵儿很快就弄清了谜底。他不过耍了个小把戏而已:精心安排了几个时空斗篷,遮蔽了他的踪迹,就连她也没发现他进了迷宫。

他肉身前来,还穿着沉重的蓝色佐酷护甲。护甲不是物质,也不是光,身旁还跟着一圈量子珠宝。她希望这些珠宝不是送给她的。他给她的珠宝已经够多了,而且没一件让她满意。

他比她小好多。她是岩石、大气层,是行星地壳下的计算质,还是黑洞事件视界的线性模式。他不过是一堆碳原子、缠结、Q粒子和水,跟她最低级的魂灵儿差不多大。

可是——

她用调制后的霍金辐射造出自己的形象,从耀目的黑洞中走出来见他。通过魂灵儿,她看到了他眼中的自己:高高耸立的蓝色火焰人形,戴着星辰组成的项链。见他吓了一跳,她笑了。她把身形的辐射量调低,低于他的Q石护甲能承受的最高限度,不过低得不多。

"这么快就回来了?"她的声音是伽马射线。她的言语烧掉了他的护甲表层，"只过了一两个世纪嘛。这么快就厌倦火星了？"

他举起手，遮住脸。"火星非常……有教育意义。"他回答，"你能不能别发光了，拜托？刺得我眼睛疼。"

"可以。"

只一转念，她就将他气化，注入拟境中的意识壳里。她的魂灵儿没法处理佐酷珠宝，所以她把珠宝撒在奇点房间的地板上，仿佛被丢弃的玩具。

他们俩一同站在她的心境拟境中。身边有一座汩汩的喷泉，头顶是缀满繁星的天空。她也进入了肉身，穿着最喜欢的裙子，还从图书馆里找来了自己最华美的意识壳。而他用的就是来时的肉体，不过由魂灵儿翻译到这个拟境罢了。他比她记忆中老了些，穿着修身的暗蓝色衣服。他揉着鼻梁。

"这样就好多了。"他说。

"是吗？你难道不满意火星上的那个自己？你的蕾梦黛可很喜欢啊。可怜的姑娘。她肯定想死你了。"她转转手上的戒指，"我看我带她来这儿好了，顺便把所有的火星人都带来。"

"约瑟芬——"

"你没经过我的允许就随随便便离开了我，去找小人儿玩，玩腻了又爬回我身边。你以为你这么做不用付出任何代价？你的其他分身也做过同样的事。你猜猜他们有什么下场？"

"我猜，他们应该获得了富于诗意的、公正的裁决。"他两手一摊，"我听人说，来这地方，就能向女神祷告。所以，我就来了。"

"你想要什么？"

"你可能不会相信——我来这儿,是跟你谈生意的。"

"哦,谈生意?我看我不如让魂灵儿直接吞了你,然后再细细查找你脑中到底有没有可用的东西。这样岂不更好?"

"难道你以为我会无备而来?那可太小看我了。"他敲敲太阳穴,"只要你一碰我,我拿来跟你谈的生意就会全部烧掉。当然,这个'碰',指的是不恰当地碰。"他咧嘴一笑。

"别考验我的耐心,若昂。"

"不必考验,我知道你没耐心。"

"那你就该知道,你得赶紧说。"

"在这儿,我们可拥有全世界的时间哪。这儿的一分钟,还不到基准时间的一微微秒①。而且,我们没见面——好吧,是我没见你——已经将近两百年了呀。你可真是越老越没耐心啦。"

她叹了口气,坐到喷泉旁边的台阶上。

"也许是吧。"她说,"有可能。我得对付一帮总想在背后捅我刀子的始祖兄弟姐妹,还得稳住那个只惦记着征服死亡的疯子②。简直就像走钢丝。这还不够,我还得保护太阳系,免得他们再引发荒唐的战争,把太阳系撕个粉碎。这可不像在火星上造造房子、玩玩女人这么简单啊,若昂。"

他来到她身旁,特意选了比她低一级的台阶,也坐了下来,手指交握,抱住膝盖,朝后一靠,"我知道,所以我才来。局势只会越来越糟。"

"什么意思?"

"马特杰克·陈已经弄到了卡米纳里珠宝。"

她倒吸了一口气。

①万亿分之一秒。

②指始祖之一,马特杰克·陈。

106

"你告诉我这个干什么？"

"你以为呢？我打算从他那儿偷走。"

她大笑。"这我可一定要看看，"她说，"我猜，你是来找我帮忙的？"

"不是。"他把她的手握在自己手里。他的手温暖有力。"约瑟芬，要是我失败了，你知道他们会把我关到什么地方去。"他空余的手一挥，拇指和食指中间突然多了一朵花儿。这朵花儿，有彩色的锥形花瓣。

"这东西能帮你找到我。当然，如果你愿意来找我的话。"

她举起花儿。聪明的小贼。这是编码成物质的信息，由她的魂灵儿翻译到这个拟境当中。从分子层面看，每片花瓣都是尖顶大教堂，一排排，一列列，都储存着数据。这东西定义了一套模态逻辑①限制，是一处合法的、可供神经网络入住的产业——就像个魂灵儿。这朵花儿是个人形的空壳，一个影子，等待填充。

"真浪漫呀，若昂。"她说，"你居然希望我免费把你救出监狱。还是给你送个蛋糕，里面夹把锉刀更好吧？"

"你做菜不行，烤蛋糕就更不行了。还有，我一秒钟都没指望过，你会免费救我。"

她暂时把他冻结在拟境的慢时里，唤来战脑魂灵儿家族，细细查验这朵花儿，看是否有陷阱。没有。这以后，她才让时间继续前进，同时吸了一口花儿的香气。花香精致甜美，带着夏日的记忆，还有微微的蜂蜜味。

这味道让她心中一软，"若昂，那可是马特杰克，你肯定斗不

———

①逻辑的一个分支，它研究必然、可能及其相关概念的逻辑性质，处理用模态如"可能""或许""可以""一定""必然"等限定的句子的逻辑。

过他。这一点，我看你也清楚。既然如此，你干吗还非得去偷什么珠宝？在火星上，你不是跟小人儿过得很开心吗？"

"没想到你会在乎我开不开心。"

"我不在乎。我只是觉得，多留心你的动静，就是为太阳系做了件大好事。"

他垂下眼睛。

"有一回，我跟一个卡米纳里女子聊过。"他说，"就在木星爆发之前。别这么看我——我们只是朋友。有天晚上，我们在木卫三上，不知不觉聊起了形而上的哲学问题。她说，我们的宇宙就是一场游戏。在这个宇宙里，不管愿不愿意，我们都是游戏的玩家。这场游戏就像国际象棋。我们似乎有完全的自由，在黑白棋盘上想怎么走就怎么走；可实际上，我们都被无形的规则之墙所困。规则不允许的棋步，我们根本看不见。前进两格，就得左移一格。再左移一格，就得整排前进或后退，然后右移一格。你能看见的只有这些。

"为什么会这样？她说，其中自有原因——算法的复杂性。宇宙是一台量子计算机。只要时间够长，从这台计算机中，产生有意义结构的可能性，就会大过产生无意义噪音的可能性。这种结构就是规则、模式。于是，游戏就产生了。只要进行长时间探索实验，我们就能看到这场游戏的引擎——一座量子电路迷宫。在这个迷宫里，成圈的线路相互交错，头尾相接，前后移动。"

"佐酷人就喜欢这一套。"约瑟芬轻蔑地评论道。

偷儿叹了口气，"或许吧。之后，她还给我讲了个佐酷的古老传说。说有个名为'沉眠者'的生物，生命点达到十亿点。最后，一千个同业公会联合作战，这才消灭了这个生物。死后，这个生物丢下了一把生锈的小小匕首。

"这个传说引起了我的兴趣。我已经厌倦了游戏。火星满足不了我。而且,你说得对,火星被我搅得一团糟。我需要新东西,不一样的东西。"

"你觉得珠宝能给你这种新东西?"

"不知道,我只能试试。"

"我了解你,若昂,我是这世上最了解你的人。你永远都不会停下脚步,永远都会有你想偷的东西。"

他装作非常厌倦地看了她一眼。"哎呀,这可不一定。"他说,"我觉得再偷一件就够了。也许我一直都是这么想的吧。"他站起身来,"再见,约瑟芬。之后我们会不会再见面,就由你来决定了。"

"我什么时候允许你离开了?"她让声音变冷变硬。

"哦,我没说我要走。要是我指望着离开,我压根儿不会到这儿来。这一支魂灵儿是我专门为你创造的。而且,我早就偷来了你的自毁循环。"

"若昂——"她伸手摸向天穹,想控制他的意识壳,但为时已晚。

"这次是挺好的演习机会,为将来做准备。就算分出了魂灵儿,主动往虚无里跳,也得下不小的决心。要是我没有先分出魂灵儿,而是先来找你,恐怕就很难有自毁的勇气了——这是对你的赞美,约瑟芬。好好保重。和你相处的日子,我很愉快。"

他闭上眼睛,抽搐了一下。意识壳仍然站立着,胸膛一起一伏。但约瑟芬知道,里头的魂灵儿已经不在了。

她在台阶上坐了很久,望着偷儿一动不动的躯体。他站着,一脸平静祥和。她把手中的花儿翻来覆去地看。最后,她站了起来,用戴着戒指的手温柔地摸摸她的若昂的脸颊。

接着,她开始思考,如何才能不露痕迹地把他出卖给马特杰克·陈。

七　米耶里和甘草佐酷

量子垃圾雨点般落下时,米耶里正在对着自己的新花园歌唱。

她坐在气泵树幼苗的树荫中,哼着无词的歌,轻柔地转换音调和频率。这支歌让花园土壤中的智能珊瑚长出细细的卷须,牢牢地固定住柔软的土壤。遥际板块的引力不大,土壤需要智能珊瑚加固。空气湿润温暖,气泵树一呼一吸,吐出大黄的味道。小安纳西蜘蛛唧唧的叫声混杂在米耶里的歌声中。蜘蛛在树枝间窜来窜去,织出钻石蛛网。地平线弯成弧形,犹如掬水的双手。远远地,能看到微微透明的冰之天空。天空之外便是这颗彗星的姐妹星体。

如果用某些特定的真实标准来衡量,这里只有一部分是真实的。跟超越城的大部分居民一样,她也加入了赫伊津哈①佐酷——可以使用圈子的佐酷。在她自己的圈子里,她可以随心所欲地定义现实、统辖现实的物理定律。起先,她想靠自己摸索造圈子的技巧;可惜探索失败,她先是把自己的魔法地盘变成了二

---

①荷兰语言学家、历史学家。他提出了"游戏论",认为文化始终具有某些游戏的成分和特征,倘若游戏成分在文化中衰退,势必会危及整个社会的存亡。这一点跟佐酷的观念有些相似。

维的漫画世界,接着又变成了一片灰色的雾,唯一具有实体的反倒是声音。

在辛达的建议下,她勉强动用了赫伊津哈珠宝,将自己想造出一个奥尔特圈子的希望织入了佐酷的意愿系统。一瞬间,就有几百个赫伊津哈成员给她发了消息,传来已完工的奥尔特圈子和异境的临时简版。其中有超大工程建筑游戏异境,还有探究奥尔特柯多性别动力学的详尽叙述圈子。米耶里觉得后者挺符合自己的要求,可惜仔细一看,才发觉那个圈子只准用唱歌和挥翅膀交流,而且彻底排除了所有的性活动。不过,凭着这个圈子的资料,拼拼凑凑,她也能创造出符合自己回忆的圈子现实了。

现在,她几乎相信,自己正身处奥尔特。

歌曲从她口中自然流出,她能感觉到脚下土壤中有了动静。她已经种下了一些云莓,之后可以种些维克灌木,说不定还能种一小片凤凰木林。她深深呼吸着花园的味道。这味道几乎填补了她胸口的空洞。

在心底,她有些害怕这首歌结束。因为,给生物唱完歌后,就得为死者歌唱了。几周以来,她一直在创作献给"培蝴宁"的歌。只有阳光和舒适掩盖住悲伤的时刻,她才能够创作。所以,这首歌只完成了一些片段。跟佐酷打交道的时候,她离不开超脑皮层,它能过滤她的思想和情感。她觉得自己就像一只压在两片玻璃板中的蝴蝶,薄薄一片,毫无生机。但她不敢触碰自己的悲伤。因此,在她脑中井井有条的花园里,只有悲伤变成了荆棘,疯狂生长。

第一块珠宝落下来的时候,她还以为是安纳西蛛网上落下了水滴。可是,紧接着,珠宝接二连三地落了下来:开头挺慢,就

システ

像一闪而过的阳光落进草丛；接着，就变成了无情的玻璃冰雹雨，打落了气泵树的树叶，就像消了声的机枪嗒嗒开火。一块小珠宝打中了她的面颊。她脑中瞬间接到了加入某个佐酷的邀请，这个佐酷立志要用土卫五表面的等级方块，建造某艘远古神话飞船的完美等身复制品。她把这念头扔到一边，把身子贴在气泵树不停脉动的树干上。

更大的珠宝落了下来，从安纳西蜘蛛网上弹落，把小蜘蛛们从蛛网上扯了下来，还在她花园的土壤中砸出一个个弹坑，彻底毁了云莓田。米耶里手忙脚乱地摸索出板块佐酷①的链接，发出一条急得发疯的库扑特讯息，请他们给自己的花园罩一把Q粒子大伞。板块佐酷很快回应：这跟您圈子的施罗德锁相冲突。米耶里呻吟一声。她的圈子暗含着某些微妙设定，排除了所有非奥尔特的技术。

她跑进雨中，展开双翅，想保护云莓田，哪怕只护住几颗也好。不断落下的珠宝就像一场火烫的石头雨。随着雨点砸下，闪电般的缠结请求不停轰炸着她的大脑：建造时间机器的超级工程！解决费米悖论！复活圣人麦克高尼高，让他拯救我们大家！

"该死的！"她高声骂道，在思维垃圾邮件的狂风暴雨中塞进了一条发给赫伊津哈佐酷的请求。银光一闪，她的圈子散去。冰之天空消失，地平线从熟悉的碗状柯多天空变回土星一望无垠的苍穹。蓝绿色的弧形狭带和细细的质量投射流支柱在天空中相互交错。她小小的魔法地盘位于遥际板块内。遥际板块是一座巨型楼梯，由质量投射流支柱支撑，一级一级下降。每下降一级，重力就大一点。下降约两千级梯级、接近巨大的土星表面

---

① 即负责满足所有基础设施需求的佐酷。

（这颗巨行星的表面就像被凡·高赤褐色的画笔涂抹过）以后，重力才变为一个标准G。

终于，随着"噗"的一声，微微的臭氧味传来，一个Q粒子防护拱顶在她花园上方亮了起来。最后几块小珠宝从气泵树的枝丫间以及拢起的叶子上叮当落下。接着，花园里静了下来。

米耶里望着眼前的一片狼藉惨状，她的翅膀疼，头也疼。珠宝在她脚下咯吱作响。所有的绿色植物上都覆盖着闪闪发亮的宝石层。她叹了口气，从板块佐酷那儿唤来一群功能雾滴小机器，让它们清理残局。这一次，愿望立刻实现：空中弥漫起滚烫的雾，垃圾珠宝化成气流，盘旋而去。她考虑了一会儿，要不要让它们隐藏花园的损失，恢复花园原先的样子，最后决定还是保留现状。卡尔胡一直告诫她，要是犯了错误，就要让这个错误时时出现在眼前，免得自己忘记。

米耶里？有人发来库扑特讯息。是辛达。讯息带着多种感官印象：她闻到熏香味，仿佛站在这个伟大游戏佐酷姑娘的阳台上，看到被星环分成两半的天空，还感受到对方清晰的关切。你还好吗？

我很好。米耶里回答。她过滤了自己发出的讯息，只剩语言，没有其他。你想干吗？

我就想看看你是否安好。我接到意愿通知，说你需要帮助。因为我们已经缠结了嘛。她顿了顿。天哪，真是一塌糊涂。我就知道不该让你住到遥际板块里去。垃圾佐酷肯定觉得新来的异乡人好欺负。板块佐酷在筛查方面太宽松了。你真的不想要个异境吗？

米耶里心里暗暗骂了一句。很明显，她对自己的念头看管得还不够紧。她的意愿有一部分已经泄露给了伟大游戏佐酷，她却浑然不觉。而且，她使用库扑特链接也不熟练，居然让辛达看到了自己眼前的景象。

对。我真的不想要。

你可真是注重真实物质啊！不过我能理解。很多艾贡佐酷都这样，觉得物质很特别，不能缺少。要是有我能帮忙的地方，说一声就行。对了，要是你对别的物质也感兴趣的话，能否考虑一下，来我这儿吃顿饭？

米耶里叹了口气。无论从哪个方面看，辛达都对她十分真诚，一心帮她适应这地方。米耶里接受伟大游戏佐酷珠宝的时候，她本以为自己会被送进某个古怪的异境，在里面回答有关索伯诺斯特的问题。然后，基于她的回答，她会得到奖励或惩罚。没想到，辛达只是让她加入了编织机佐酷（在音乐和物质间跨界、把音乐翻译成物质形状的佐酷），作为她的假身份之一。这个佐酷中有好几个离乡的奥尔特人。编织机佐酷很适合她，其成员大部分时间都忙于个人创造。即便有意愿出现，也是短暂冥想的请求。冥想的内容包括：如果把一首交响曲转换成产生及湮没算符[1]的傅里叶[2]成分，线性理论粒子态会组成什么样的宇宙。这两周来，她大多数时间都花在自己的劳作上。

不，谢谢。

我的厨艺可不差哦，我发誓！

下次吧。

---

[1] 物理学中，湮没算符是将处于特定状态中的多个粒子，其粒子数下降1的算符；产生算符则是将处于特定状态中的多个粒子，其粒子数增加1的算符。

[2] 指傅里叶变换，一种线性的积分变换，常在将信号在时域（或空域）和频域之间变换时使用，在物理学和工程学中有许多应用。

随你便。不过,一定要记得吃饭。你很快就有力气活要干了。

为什么这么说?

等着瞧吧!库扑特链接朝她挤了挤眼。米耶里能感到辛达的眼皮在颤动,不由得缩了缩身子。随后,佐酷姑娘就消失了。

米耶里又叹了口气。花园已经清理干净,只留下一个个小土丘,伤痕累累的气泵树,还有几只愤怒的安纳西蜘蛛从地洞里探头朝外张望。至少,这够我忙上一阵子的。

她踢踢脚下的松土。她这是浪费时间。也许她应该接受辛达的晚餐邀请,跟她套套近乎,打探伟大游戏和卡米纳里珠宝的消息。扮作其他人,渗透其他组织——这向来是偷儿的专长,她可不行。

淋过珠宝雨后,她觉得浑身又脏又灰,一心只想洗个桑拿。也许该让板块佐酷给她造个桑拿房。就放在高处某个微重力环境下好了。

突然,意愿传来。她瞬间感觉到自己的伟大游戏珠宝在脉动。米耶里还没来得及让超脑皮层堵住传来的念头,就感到脑中灵光一现——仿佛纠结了某个问题许久后,突然发现了答案。终于来了。她应该在主观时间二十分钟之内赶到伊兰板块。

伟大游戏需要她。

急着遵从召唤的念头就像牙疼般剧烈。跟编织机佐酷和板块佐酷呢喃式的意愿不同,伟大游戏的要求十分强硬。米耶里抵抗着召唤,好歹洗了个飞快的雾滴淋浴。她把自己浸入纳米机器人雾中,让机器人擦干净自己的身体。洗浴后,她皮肤又软又红,但头脑清醒。

接着,她给自己新造了一件托加长袍,召唤Q自我前来。珠宝们就像一群受惊的鲜亮鸟儿,从她随手乱丢的各个旯旮里飞出,在她头边围成小小的钻石太阳系。这些宝石合在一起,就是她的量子延伸,里面包含了纠缠态慢光,用编码记录了她跟其他佐酷成员的关系。在佐酷人看来,这些珠宝以及珠宝中独一无二的量子态,才是真正的她。至于她的肉身,不过是可替换的东西罢了。和这种方式相比,米耶里更喜欢索伯诺斯特无穷无尽、一模一样的自体拷贝。我本该允许佩莱格莉妮制作“培蝴宁”的魂灵儿的。

伟大游戏佐酷催促着她。她没时间悔恨。她摇摇头,让板块佐酷封起她的魔法地盘,照顾安纳西蜘蛛和残存的植物。接着,她看着自己的管道佐酷珠宝(一块白色的圆盘,绕着一圈红色,中间有蓝色竖条),发出希望,请求前往伊兰板块,特别声明要求避开异境之门,尽可能留在现实世界中。

顷刻间,周身的空气活了起来,刺得皮肤微微发疼。她从地面浮起,就像被轻柔的浪头推着前进。一个透明的Q粒子交通泡泡在她四周成形。她胃里一阵瘙痒,紧接着便飞了起来,提升到翅膀永不可及的高速。

起先,泡泡用上了几十个G的加速度,同时让纳米机器人护住她身上的每个细胞,不让强大的加速压力伤害她。护力轻柔,却牢不可破。尽管在如此高速中,她却丝毫不害怕。她的意识包裹在管道佐酷里,佐酷与她同在,让她心安。几秒钟内,各种魔法地盘、圈子和数学模型般的远望板块的梯级结构都从她眼前闪过。随着速度加快,这些都模糊了,仿佛被画笔调和,成了她身边闪烁的管道。

突然，一切都消失了。她已经降到了板块下方。泡泡进入了一条最速降线①质量投射流。这条投射流从土星上层大气和超越城主外壳间的真空鸿沟内穿过，是条近路。它发着磷光，呈圆柱形，里面有氧化铁微粒，达到了难以置信的高速，不停循环流动。泡泡利用电磁场，附着在铁粒子流上，片刻后就达到了这里的内板块速度——每小时两万公里。米耶里坐在泡泡里，望着外头的景致。

泡泡上方，是远望板块底部，一个倒转的世界：人工山脉褶皱的凹陷，还有地基海高原，爬满了长触手的怪兽——都是装扮成远古外星神祇的佐酷人。巨大的板块结构由一根根质量投射流支柱支撑。这些支柱就像泛着微光的纤维森林，一直朝下延伸，消失在脚下迷雾般的土星云层中。支柱中交通往来繁忙，川流不息。既有数不清的Q粒子交通泡泡，也有地下海盗佐酷凶恶的蜘蛛城。幸好，视野中唯一一座蜘蛛城远在米耶里通行的路线的几千公里之下。这座城市就像黑色的长角多足怪物，住着成千上万的佐酷化身，从一条交通流荡到另一条交通流，朝粗心的过路人发射地下海盗珠宝，诱骗他们入伙。同时，城市还会在土星的无底深渊中寻找量子战利品。

米耶里汇入了沿同一条投射流前进的泡泡云团中。泡泡里都是佐酷真形和化身，可以看到各种颜色、形状和描述的类人形。有个蓝皮肤的巨人，长着带豁口的蓝宝石头颅，穿着流线型的甲壳盔甲，给她发来库扑特讯息，邀请她加入重金属风暴骑手佐酷。这支佐酷正要前往土星南极的六边形区域，来一次深

①意为"最短的时间"。从给定A点到B点，沿着最速降线，能最快到达目的地。

潜。长着湿婆神肢体的情侣，以难以置信的角度交缠在一起，邀请她加入一支旨在开发密宗语言的佐酷。她谢绝了所有邀请，让Q自我挡住所有的库扑特讯息，继续前进。

最后，米耶里终于到达了伊兰板块。泡泡沿着投射流的曲线缓缓爬升。伊兰是一个新生的板块，仍在创造当中。大陆尺度的造物机发出明亮的光芒，照亮了一个个魔法地盘之间的缝隙。密密麻麻的质量投射流为生长中的人工大陆输送材料，仿佛织布机上的一根根丝线，正在编织新的大地。

泡泡路过板块的一处缺口。从缺口朝里望，米耶里看到了板块横截面上复杂的自组装过程：条条蛇形管道自动弯曲折叠，组成多边形和其他复杂的形状，最后变成山脉和山丘的支架。一瞬间，这让她想起了少年时在奥尔特完成的大工程——一颗颗用细线穿起的彗星链，在重力作用下盘绕折叠，形成蛋白质链的结构。

不过，眼前这种规模的工程不是她能完成的。米耶里本想闭眼，却强逼着自己睁开。她必须记住自己身处的位置，也得记住自己对佐酷人很重要。黑神一口就能吞掉这脆弱的世界，但她并不害怕。歌曲中的每个音符都很重要，都能改变整支歌。一只蝴蝶也能改变风暴的路径——哪怕是土星风眼墙这样行星大小的风暴也一样。土星风眼墙，这巨大的土星风暴，正在脚下的深渊中翻滚沸腾。如果伊兰板块跌落，立刻就会被风暴一口吞下。

泡泡把她放在一片空荡荡的大陆正中央、一块宽广的灰色平原上。苍白无力的小太阳是这片土地的唯一光源。脚下的大地由一块块同样的方块构成。方块呈枪械的金属灰色，只比她的拳头略大一点儿。起先,大地太烫,站不了人;接着,方块感受到了米耶里的存在,于是将废热排到别处,调低了这块土地的温度。这种方块是宏观尺度的Q粒子,超越城多数超大工程都是由它们组成的。

这片土地平平板板,毫无特色,只有地平线上立着一尊顶天立地的塑像。塑像很粗糙,留着刀劈斧砍的痕迹,雕的是一个握着丁字镐的男子。这应该是某位创造这一新生板块的佐酷工匠的签名。地底深处不时传来巨型机械启动的隆隆回响,伴随着短暂的地震。和风拂过,风中带着一丝金属尘屑燃烧的味道。

身处网格般的方块阵中,米耶里觉得自己就像站在巨大棋盘上的棋子,等着某只手从天而降,带着她移动。我到底来这儿干吗?

她体内的系统发出短促的警报声。一阵风过,又一个交通泡泡抵达。米耶里瞥见了一个佐酷真形的闪光曼荼罗阵。来者很快换上化身——化身竟比真形更古怪,是一个个银色的球体,球体上还带着女人的红唇。圆球不停地消失又重现,毫无规律。一张张红唇开口说话,发出微弱的女性声音,喊喊喳喳,混成一片。尽管如此,这生物却让米耶里觉得熟悉。这是本能的识别,说明她们属于同一个佐酷。

身份:反德西特[①]乘以球体。生物给米耶里发来库扑特讯息。讯息中还带着一堆米耶里叫不出名字的眩晕几何概念,仿

[①]威廉·德西特,荷兰数学家、物理学家和天文学家。他提出了"德西特空间"。德西特空间可以约略表述为真空球形空间,其中宇宙学常数(cosmological constant)为正。德西特空间是爱因斯坦广义相对论的解。反德西特空间则可以约略表述为真空双曲空间,其中宇宙学常数为负。反德西特空间是爱因斯坦场方程的最大对称真空解。

佛数学魂灵儿的计算结果。

"你好，"米耶里说，"我叫米耶里。"

圆球们疯狂旋转起来，电火花噼啪直响。

一对一识别：木卫十六。终结。时间性大地测量学。原子价亮度光谱：愤怒。这一次，库扑特讯息中带着扑面而来的憎恶。米耶里一激灵。

糟糕。是协议战争。它在协议战争中见过我。

她还没来得及回答，空中传来噗的一声——仿佛巨人把含在嘴里的手指拔了出来——又一个交通泡泡抵达。

来者是个快时小人族。一个小小的男子，骑在四条腿、红眼睛、带翅膀的生物背上。他的嘴巴比安纳西蜘蛛还小，整个人可以站在米耶里的手掌上——可惜他穿着黑色多刺的金属护甲，刺着手肯定很疼。来人骑在坐骑背上，朝她们鞠了一躬。

"女士们好，米克爵士愿为您效劳！"他说话速度很快，就像机枪连发，声如敲锡罐。

名为反德西特的生物又闪出噼啪的电火花，米耶里能感觉到两位古怪的来者之间快速交换着库扑特讯息。

"魔鬼！ 要求决斗！"米克爵士挥舞着手中利剑——一根小小的亮银色金属。反德西特乘以球体身上的一个圆球也变亮了。

米耶里激活了体内的战斗系统。

又是"噗"的一声。

"真好，"辛达的声音传来，"你已经见过小队成员啦！"这位佐酷姑娘出现在米耶里身边。她身着武士装束，手握雪山拟境中两人见面时用的薙刀，兔子面具推在头顶上。"这是我们第一次一起出任务——我可兴奋啦！"

"库乌塔和伊尔玛塔呀！我们来这儿到底要干吗?"米耶里紧紧盯着三个佐酷人,问道。

"珠宝没告诉你? 大概是你的缠结还不够多。要么就是意愿系统觉得还是由我来解释最好。你会喜欢的,米耶里。"辛达笑了,"我们要去绑架一个索伯诺斯特始祖的意识!"

我说了他们会恨我的。米耶里给辛达发去库扑特。

嘘,他们只是还不了解你。等我介绍完后,他们会理解的。我保证。

你来做介绍? 你不是说,你只是个潜伏间谍吗?

哎呀,那是从前了! 因为我成功拉你入伙,所以等级大大提升。她满足地叹了口气,现在,我都快没时间应付我的初始佐酷啦! 你说得对,我本该为伟大游戏重新做个化身。不过,我还是喜欢我们俩第一次见面时的形象。这一身装扮让我倍添勇气!

"好了,各位,"辛达高声说,"请安静。我要造个圈子,以便大家交流。米耶里刚刚才加入我们,用库扑特还不熟练。请各位体谅。"

米克爵士怒气冲冲地瞪着米耶里,反德西特乘以球体的众多红嘴唇都紧紧抿着。

辛达打了个手势。一个银圈在他们身边由方块组成的大地上成形。通过跟赫伊津哈佐酷的连接,米耶里眼前闪过一串规则:不能使用暴力。只能用基准身体。只允许语言冲突。交换数据时才能使用库扑特。成功团结小队者可以得分。施罗德锁起效,米耶里的战斗系统忽然消失,只留下奇特的幻觉疼痛。她在心中琢磨,不知这锁到底有多紧——说到底,肯定因为赫伊津哈珠宝跟她大脑有连接,这锁才能起效。如果有必要,她的超脑皮层应该能让锁失效。

不过，两位新队友倒是挺守规矩。反德西特乘以球体变成了一个女子，噘着小小的嘴巴，古典的五官凹凸有致，穿着宽松的铁锈色长袍，灰金色的头发上戴着鲜花和缎带。米克爵士的身体放大了，身体比例只比基准人类稍小，保留了他的大眼睛、竖起的头发、尖尖的耳朵，还有一脸不信任的表情。

辛达试着挥了挥她的薙刀。

"这样就好多了！稍后，我会把数据用库扑特发给你们。现在，我们先讲些基本情况。佐酷意愿系统带你们来这儿，因为你们拥有完成这次任务所需的各种技能：密码学——"她指指反德西特，"空间协调、导航和运输——"她朝米克点点头，"最后，也是最重要的，对索伯诺斯特策略与通信协议的深入了解——"她碰碰米耶里的肩膀，"我们来这儿，都是有理由的。"

她深吸了口气，眼中闪过一丝犹疑。她还太年轻，米耶里想，也可能只是表演，属于这个化身的特征之一。

"有问题吗？"辛达问道。四周一片寂静。米克嘴上挂着嘲讽的微笑，坐下来，双臂交叉抱在胸前。反德西特乘以球体闭上眼睛，站着前后摇晃。"没有？好。那么，接下来，我们就仔细讲讲计划。"

"请你们先看看此刻内太阳系的实况。"说罢，辛达给他们发了库扑特讯息，传来一份临时简版。小圈子中央多了一个复杂的图表：彩色的区域、涌流和矢量组成了繁杂的三维图像。

米耶里辨认了一会儿，才认出这是一份完整的时空图像，是伟大游戏对星系内权力斗争形势的估量，画面细腻清晰，并根据佐酷路由器网传来的情报实时更新。在超越城，打听消息很容易：几乎每一个可以量化的信息源，都有一支相应的佐酷将之化为游戏。但在过去的几周内，米耶里一直特意避开有关内太阳系的消息。所以这是她第一次看到，星系内的冲突竟然已经发展到了如此规模。

佩莱格莉妮、瓦西列夫和赫辛库在打仗。他们的固伯尼亚周围集结了大量区船，喷出废热和物质。以太阳挖掘矿场和高速通道枢纽为中心，大规模的战斗正在进行，还有各种奇特的武器投入使用。冲突边界已经延伸到了小行星带以外，扩展到木星的特洛伊小行星，甚至波及了木星爆发残留附近的混乱空间。其余始祖都在加固地盘，低调潜伏，等待时机。陈的固伯尼亚仍然留在地球和月球之间的拉格朗日点上——不过，陈手下的州船和区船图像并不清晰。应该是只收集到了探测器的数据，而没有情报员直接传来消息。

"我想你们都能看出问题所在。"辛达开口，"原本，我们在始祖所有的拷贝部落里都有潜伏的间谍。但现在形势变了。陈已经清除了部落中所有的间谍。所以问题就来了：到目前为止，其余始祖都保持中立；但他们迟早总要决定自己的立场。我们本指望他们支持佩莱格莉妮，但事不如愿。这是龙战争之后最大的索伯诺斯特内战，而我们却对形势发展毫不知情。幽灵佐酷说，这场冲突有点古怪，但他们说不出到底哪里古怪。

"所以轮到我们出马摸情况了。目前，我们亲爱的佐酷中有数千个情报收集任务正在运作，目标都是陈。不过，亲爱的朋友们，赢得缠结、并为我们佐酷增光添彩的机会，属于我们。"她转向米耶里，"米耶里，你能不能给我们讲讲索伯诺斯特战舰上的权力结构？"

米耶里皱皱眉，"大多数魂灵儿都会根据飞船任务的不同而临时制造,分为战脑和兵勇。船上还会有一个负责指挥的早期分支高级魂灵儿,任务越重要,魂灵儿等级就越高。最后还有一个——"

"陈的魂灵儿,作为飞船观察员,保护索伯诺斯特的整体利益,哪怕始祖间开战也不例外。这是龙战争之后的定例。"辛达笑了,"如果飞船被毁,陈就会变成思想束撤离。这就是我们的切入点:我们会监控内战中的某一场战役——只需要几艘区船之间的小规模冲突即可——然后寻找可以拦截的思想束。我们的米克会布下Q粒子网,负责导航。米耶里负责说服思想束,让它相信我们是索伯诺斯特飞船。反德西特则利用米耶里提供的协议,负责捕捉陈的魂灵儿。"她热切地盯着众人的脸,"有问题吗?"

米克慢慢站起来。"尊敬的辛达小姐,鄙人认为此次行动极为不智。"他开口道。在常速时间下,他的声音是深沉的男中音,跟他的娃娃脸挺不般配。"您本人的缠结紧密,也为我们大家熟识。可我们的新同伴呢? 我对她并无好感。"他朝前一步,看着米耶里,"她属于我们的佐酷,此事属实;但其人等级低微,不过是个低级侍从。她的意志并未如我等一般,与伟大游戏紧紧相连。我跟索伯诺斯特人打过仗。他们的意志总是一层套一层,掩盖着真实意图。况且,在协议战争中,难道不正是她,导致了我们尊敬的反德西特乘以球体小姐的众多朋友的真正死亡?"

米克摇摇头,"如不是佐酷意愿,鄙人现在就会告辞离去。要与这般黑暗的同伴合作,完成如此危险的任务,倒不如现在就将剑柄上的伟大游戏珠宝拔下。"

辛达轮流看着面前三人,"不管你们喜不喜欢,米耶里都是我们佐酷的一员。而我们的佐酷已经做出了决定。你们尽可以持不同意见,也可以随时离开。米克已经说了他的想法。反德西特,你怎么看?"

"被渗透的马尔科夫链态①:注定灭亡。"反德西特乘以球体用轻柔的歌唱般的声音说道。

"尽管鄙人以及鄙人手下均受到待客之道的约束,不可动武,"米克说,"但鄙人凭着宝剑起誓:决不允许剑刃染血的索伯诺斯特武士进入本人忠诚的飞船'双手剑号'。"

辛达有些茫然。"也许我的圈子造错了。"她轻声说,"你们会不会只是在玩弄规则,利用言辞赢取得分? 我造的圈子经常会犯这种错误——圈子的设定容易引发争端——因为从前在叙述佐酷里,他们喜欢这一套。"

"凭借肯定前件②得出结论:否定。"反德西特乘以球体唱道。

那姑娘已经控制不了局面啦,米耶里暗道。而自己必须在伟大游戏中赢得缠结,才能接近卡米纳里珠宝。这是唯一的办法。

于是,她上前一步。

"我名叫米耶里,是卡尔胡的女儿。"她说,"你们说得对,我并不属于这里。"

她一个一个,轮流凝视他们的眼睛,"但是米克爵士的话对我也不公平。我也许还没有真正属于伟大游戏,但我也并不属于索伯诺斯特。尽管我为他们服务过一段时间,但我没有理由

---

①马尔科夫模型中最简单的形式。马尔科夫模型是一种可能性理论的随机分析模型,它假定未来状态只由当前状态决定,与之前任何事件都没有关系。

②在逻辑中,肯定前件(拉丁语:Modus ponens)是有效的、简单的论证形式(常缩写为 MP):如果 P,则 Q。P 能证明 Q。

热爱他们。在我心中，我属于奥尔特，那个冰冻、黑暗、歌声和虚空之处。跟你们一样，我也从小就受到训导：凡是我的柯多之外的陌生人，都是邪恶的。但是，人家也教过我：必需的时候，就得把个人恩怨放在一边，大家团结在百万部落联盟之下，齐心协力赶走黑神。"

她顿了顿。这跟歌唱没什么不同。你得仔细观察在音符和言辞下，瓦奇如何反应。

"当我们跟来自其他柯多的武士和建筑师初次见面的时候，我们会共同完成某件事，以此建立牢固的纽带。我们会一同洗桑拿，往水泡里扔洛伊里，用热量赶走黑神本人。或者，我们在皮肤上刺下共同的符号，用痛苦和墨水团结众人。"她隔着托加长袍摸摸胸口的蝴蝶刺青。刺青隆起的轮廓让她感到一阵羞愧，"再或者，我们会一同痛饮甘草伏特加，直到酩酊大醉，愿意向彼此倾诉秘密。做了这些事后，当部落联盟需要时，我们就能团结一致，齐心作战。

"我们本该团结在缠结之下，团结在为佐酷最大利益奋斗的冲动之下。但我觉得，这还不够。只靠这一点，联结我们命运的绳索不够牢固，我们就会失散在伟大游戏的巨大浪潮之中。"

现在，所有人都在认真倾听。米克爵士的眼睛发着光。米耶里认定，他是关键。

"我并不熟悉佐酷的各种规则，我只知道，组建一支佐酷并不难。我建议：让我们为了这次任务，组建一支属于我们自己的佐酷，为了共同事业，把我们的思想意愿结合在一起。少数人之间的缠结要强于众人间的缠结。这样，你们就会相信，我的意愿是真诚的。"她眯起眼睛，"米克爵士，如果我们在奥尔特，你说了刚才那些话之后，我们必得拔刀相向。但在这个圈子里，看在我的朋友辛达的分上,我邀请你加入,成为我新的佐酷兄弟。你意下如何?"她看看众人,"你们意下如何?"

米克拔出宝剑,高高举起。"我要说,赞成!"他高声叫道,咧开嘴笑了,"鄙人向你致歉,米耶里小姐,有了我们自己的佐酷纽带,鄙人很愿意与你并肩作战。"

片刻后,反德西特乘以球体也开了口。

"行动决定:加入。"她说道。

创建佐酷只花了片刻工夫。辛达取出一块小小的等级佐酷宝石,发出请求。平原上升起一架造物机,造物机中吐出五块空白的宝石,呈透明的多边形。辛达工作的时候,米耶里对超脑皮层暗下命令,让它藏起脑中所有跟卡米纳里珠宝有关的念头,直到任务结束。同时,她心中暗暗祈祷佩莱格莉妮躲藏的功夫跟她自己吹嘘的一样好。

这一次,我背叛了柯多兄弟。她悲哀地想着,我又失去了一部分自己。偷儿之所以有这么多不同的脸,是不是也因为失去了所有的自我?

接着,这念头也消失了,被超脑皮层抹去。

刚从造物机中出来的珠宝十分温暖,仿佛活物。五个伙伴把珠宝高高举起。辛达从空中无数的路由器中召唤一束缠结光。空中降下明亮的光柱,照亮了他们的脸,在新生珠宝上跳跃,画出耀眼的花纹。透过珠宝,米耶里感受到了新的存在,新生的佐酷,带着钻石般坚定的目的——抓住陈、从伟大游戏中赢取缠结。

"我们该取个什么名字?"辛达问道,同时库扑特米耶里:谢谢。

　　众人望着米耶里。"那么,就让这个成为我们佐酷意愿的第一个测试吧。"她说,"该由谁来为我们命名?"

　　答案显而易见。开口的是米克爵士。

　　"鄙人认为,米耶里小姐已经为我们取好了名字——既然我们的佐酷纽带是甘草伏特加的替代品,那么,就让世人称我们为甘草佐酷吧!"

　　他拔出宝剑,挽了个剑花。众人头顶,一个又黑又长的东西慢慢显形:一个长约百米的黑色圆柱体,饰有红色咒文,黑色利刃丛丛直立。

　　"尊贵的女士们,这就是我的'双手剑号'。"米克说,"她将载我们奔赴命运所在。"

八　窃贼和幽灵飞船

我的飞船上有个幽灵。

我驾着"勒布朗号"在土星的低层云系中飞行,尽可能躲在冰蓝色的氨氢硫化物旋涡和蛋白色的水蒸气云团里,心中却萦绕着这个挥之不去的念头。这念头折磨得我焦虑不已,混杂着肚子里轻微的瘙痒(飞船在缓慢下降,异境界面将下降对人体的影响表现为瘙痒)。我总觉得背上发冷,仿佛有人在身后盯着我看。

也许是过去的我的某些回响,被保存在飞船的神经界面中。驾驶室异境是一块飘浮的平台,设在宽敞的房间里,四周是透明的水晶墙,呈鱼眼结构,能看到巨大的土星那翻腾的赤褐色表面。我坐在天鹅绒衬垫的椅子上,面对着控制键盘。控制键盘简直像是三架管风琴和一部打字机的混血杂种,就连脚踏板也没少。当然,这只是意念命令的简化形态。我拂过键盘,飞船的存在就在我脑中缓缓展开,带着丝丝凉意,跟戴了许久的手套一样舒适服帖。不知是不是某个封存已久的反馈回路被我的触摸激活,在我脑中回响。

也可能是飞船的化身卡拉巴斯。它是只镶着玻璃眼睛的机械猫,头戴华丽的帽子,足蹬花哨的靴子。我上次见它是在火星上,在我的旧记忆宫殿里。那时候,它打算给我开膛破肚,把我做成蜡像。现在,这东西始终不离我左右,以猫科动物那傲慢又随遇而安的态度,等候我发布指令。

又或者,是因为伟大游戏佐酷一直追着我的缘故。我摇摇头,甩去这个念头。现在就担忧被抓是不理智的。我驾船尽可能远离超越城的支撑结构。离我最近的佐酷建筑是方块组成的风暴制造者游乐场,在南极附近,由一座座流体动力学超级建构组成。那儿还有卡门①旋涡列车构成的计算器,位于萨亚纳吉带附近。在那儿,一个个大陆板块大小的旋涡互相碰撞,进行计算,其中的逻辑门比月球还大。每次数学运算过程用到的气体量,都比老地球的整个大气层还多。要找我们,伟大游戏得花海量的资源,用中微子扫描整颗土星。我觉得目前他们还不会这么做。时机还没到。

还有种可能性:这个幽灵就是马特杰克。我知道我迟早得找他谈谈,但我一直鼓不起勇气。现在还不行。我得先保证我们藏得好好的。而且,昂神也答应照看他。

说到底,最让我背脊发凉的还是巴比康最后的几句话。她已经加入了伟大游戏佐酷。她把一切都说了。我没法想象米耶里会变成佐酷成员。那个大炮俱乐部长老肯定在撒谎。因为我弄坏了他的玩具,就设法报复我。

不过——

米耶里这辈子一直效忠于佩莱格莉妮,听命行事。所以,地球灭亡之后,她肯定十分茫然,急着寻找目标,寻找引导。说不定伟大游戏利用了这一点,在她最需要的时候给了她一个新的目标。而且,"培蝴宁"已经不在,身边没人会告诉她加入佐酷这

———
① 匈牙利裔美国物理学家和航空工程师。

主意有多糟。

我本以为营救米耶里这件事简单直接。只要在佐酷人摧垮米耶里的精神之前,利用"勒布朗号"的工具撬开他们关押米耶里的异境,把她偷出来就行。简洁明了,是我最擅长的风格。可现在,我屁股后面多了伟大游戏的追兵,而米耶里竟变成了伟大游戏的成员。

尽管如此,目标仍然不变。我还是得把她弄出来。

关键是,她跟佐酷的缠结有多紧密,伟大游戏意愿系统还留给她多少自由。这一点也是佐酷系统的悖论:你的成就越大,得到的缠结就越多;得到的缠结越多,对佐酷集体现实的影响力就越大,实现个人愿望的机会也越多。可是,与此同时,随着等级慢慢提高,你会一点一点被佐酷珠宝塑造成完美的集体成员。据我对米耶里的了解,她的等级会提升得很快。用不了多久,她就会和巴比康一样,只剩下自我的空壳,牢牢陷进佐酷圈子为她设定的角色里。

我得想个更好的计划。问题是,巴比康说得对,你已经不是从前的你了。我差点搞砸了土卫八上的活儿。我没料到地球毁灭后,伟大游戏对龙居然会有如此病态的恐惧。要不是马特杰克——

我甩甩头。别去想那孩子。现在先别想。

渗透进伟大游戏是行不通的。他们藏得太好,而且会非常仔细地筛查每一位成员。我得把他们逼出来,再切断米耶里跟他们的连接。不过,他们只会对史诗级别的存在危机起反应。

我得让自己变成这种危机。要操纵他们,就得找到让他们害怕的东西。我需要砝码。我知道去哪儿找这个砝码:我只要找到进了高速通道后一直纠缠我的幽灵就行。

我找了个离土星南极暴风眼不远的慢流层。

"别让飞船离开同温层热灯塔①。"我交代卡拉巴斯,"要是看到美人鱼,别忘了叫我。"

"是,主人。"猫用呼噜噜的高音应道,代替我坐到驾驶位上,穿靴子的短腿浮在空中。

我叹了口气。很明显,从前的我认定,俏皮话光他一个人说就够了,不必为飞船化身添什么幽默感。

我留下猫独自工作,走向飞船的藏宝室,去打开害死火星的那条库扑特讯息。

"勒布朗号"从外面看不大,里面却很宽敞。它是个物理奇迹,是极微技术的产物,由佐酷亚原子工程技术制成。飞船材料是高密度伪物质,还有奇异超稳定夸克构造以及核子汤,致密程度无与伦比,同时也可以进行编程,一切都围绕着中心微型黑洞旋转。"勒布朗号"与大炮俱乐部的飞船相似,但体积较小,只有虚拟的乘客空间——相互连通的异境组成的网络。主超异境是一条蓝光照明的走廊,设有自动人行道,两边是嗡嗡作响的巴克·罗杰斯②机器,还有一扇扇异境之门。

这些门后到底有什么,我还没时间看全。不过,这一次,我只对藏宝室有兴趣。藏宝室布置成童话古堡中拱顶大厅的模样,堆满了战利品——全都被异境转换成了符合情景的象征形式:药水、武器和珍宝代表着偷来的佐酷珠宝和量子软件;索伯诺斯特技术以天穹密码的形式储存在卷轴里;奇异的魂灵儿则

---

①土星风暴有时会造成同温层部分区域受热发亮,就像灯塔。

②最早出现在1928年,科幻小说与漫画中的太空探险英雄。

成了装在瓶子里的雏形人。这儿甚至有颗绿色的行星——一整个偷来的生物圈，是小行星带上某位世界建造者的手笔，行星表面还有缓缓展开的完整生物历史。看着这些，我明白为什么佩莱格莉妮一直不让我想起这艘船：要是让我拿到这些资源，再想控制我，可就太难了。

不过，我可不是来这儿鉴赏赃物的。我取出我想要的库扑特讯息，仔细观看。藏宝室（它本身就是个小小异境）把这条讯息翻译成了一份卷轴，由坚硬的烛蜡封印。我小心地打开封印，脑中再次响起伊斯多发来的消息。

若昂！你肯定不会相信我的大发现！不只地球，木星爆发也是，大崩溃也是！你一定得看看——

听到他的声音，我胸口就像坠了铅块，痛楚难当。但我咬紧牙关，把注意力集中到手头的工作上。

这条讯息附加的量子态悬浮在卷轴之上，仿佛数不清的小小肥皂泡。肥皂泡伸出细细的卷须，彼此相连。细看之下，这东西十分精巧，一个个Q比特以我从未见过的编码方式缠在一起。要是我仍在"衣柜号"上，根本不用指望解码。好在如今身处"勒布朗号"，我手边多的是工具。

解码工作花了很长时间，还逼疯了几个数学魂灵儿。最后，它们终于告诉我，这是一台小小的虚拟量子计算机，扎根到生物大脑后才会启动；也许一开始是通过复杂的光子态——巨大的分布式机器上的某个节点——传递过来的，目的是计算……某样东西。

我想象着可怜的猫头鹰小子的经历：看到天空中光芒一闪；接着，某样东西进入视神经，感染了大脑，重新定义了神经元的微管，让它们完成相应的量子计算。不过，其目的何在？就为了创建一个病毒式传播、覆盖整个太阳系的佐酷？

想要知道答案，只有一个办法。我用沙盒建了虚拟自我，把神经网络的仿真度提到最高，达到分子级别的模拟。仅仅模拟单个人类大脑，就占去了一大块飞船的计算能力。此刻，我的感觉十分奇特。在意识层面，我应该不会感到任何不同；但我发誓，我真觉得我的思想比之前更混乱，更柔软，更渴望彼此相接，构成新念头。

我让沙盒在我的虚拟大脑中将伊斯多发来的库扑特实体化。我的视神经传来光芒一闪，接着便听到了声音。

你住在一个名为因果关系的孤岛上。声音说。

跟之前的伊斯多一样，我也听到了卡米纳里人的话。结束后，我又封起了卷轴。我的头晕乎乎的，身子一斜，正巧靠在那颗绿色行星上，手在行星光滑冰冷的大气层上一滑，差点把行星弄掉在地上。

本来，在太阳系历史中，木星爆发被认定为一次奇点级的事件，由卡米纳里佐酷的超验实验引起。卡米纳里人造神失败，引发毁灭性后果。为了控制损失，索伯诺斯特才发动了协议战争。现在看来，这次木星毁灭事件根本就是伟大游戏佐酷一手炮制的，目的是阻止卡米纳里人打开普朗克锁。时空武器。我打赌，巴比康和他的密友跟这事脱不了干系。

想到这里，我心中涌起冰冷的怒气。我说到做到，我会为火星和卡米纳里报仇。我要拿走的，不只是你的玩具。

我可以扬言揭发伟大游戏的所作所为，以此威胁他们。不对。他们不会害怕这个。索伯诺斯特也不会在乎这个，尤其是局势一片混乱的现在。伟大游戏佐酷在每一支佐酷里几乎都埋伏了间谍,能轻而易举地把任何揭发企图扼杀在萌芽中。

卡米纳里做的事本身并不足以令伟大游戏下决心摧毁木星。伟大游戏害怕的应该是卡米纳里达到目的的手段。创建覆盖整个星系、病毒式传播的佐酷? 光凭这个,怎么能打开普朗克锁呢?

我们在大崩溃中找到了答案。卡米纳里是这么回答的。我们需要你的帮助。

大崩溃是我记忆中的另一处空白,也是历史中的空白。要是外记忆还在,我敢肯定,我能找到伟大游戏佐酷插手大崩溃的证据。大家普遍认为,这是一次突如其来的灾难性崩溃,地球上的量子市场(用来评估上传魂灵儿的劳动力价值以及肉体生命价值的市场)突然全面雪崩。在老地球,人口太过密集,大多数人都用不起肉体。大崩溃后,全球陷入混乱和疯狂,佐酷、奥尔特人和其余星系文明的祖先逃离了垂死的地球,把地球留给了野代码和——

昂神。仿佛有支炽热的钢笔在我脑中写下这两个字。昂神。他们在场。大崩溃后,是他们接管了地球。他们肯定知道到底发生了什么事。他们肯定知道伟大游戏到底在害怕什么,却一心隐瞒,不惜毁灭两个世界,也要瞒到底。

我走出藏宝室,关上门,走向书店拟境。

我路过通向飞船主休闲区的异境之门。休闲区设定为一艘横跨大西洋的邮轮"普罗旺斯号"①,永远沐浴着阳光,行驶在无

①"普罗旺斯号"和后文的奈莉·安德道恩都出自莫里斯·勒布朗的"侠盗罗平"系列小说第一部《亚森·罗平被捕》。奈莉是故事的女主人公,与罗平假扮的拉乌·当德莱齐交好。

尽的海洋之上。船上有游泳池和甲板网球场,还有一位名唤奈莉·安德道恩的迷人小姐陪伴左右,令人心情舒畅。我在门口停了下来,倾听着门内传出轻柔的海浪拍击声和鸟儿鸣叫声,劳作后的疲劳顿时袭来。也许我该好好放松一下,弄本好书盖在眼睛上,在甲板椅上躺几个主观小时,闻闻太阳、旧纸张和汗水的味道,在泳池里扎个猛子,再跟迷人的年轻女士共度晚餐时光——哪怕这位女士只是虚拟人物也罢。

突然,我脑中扎进一个闪电般的念头。

"培蝴宁"会怎么说?

我能听到那艘奥尔特飞船轻柔如蝴蝶振翅的声音在脑中响起。

我知道你在干什么,若昂。你在回避那孩子。时间正毫不留情地一点点流逝,我已经死透了,米耶里却还没有获得自由。别抱怨了,赶紧做你该做的事。

哪怕珍贵的宝物再多,"勒布朗号"上却没有这个:一个从来不说假话的声音。

书店拟境一如往常——这很可疑——但马特杰克已经跟从前不同。他长大了,长到了十一二岁。我进门的时候,他正在看书。听见声音,他抬起头。看见是我,他皱了皱眉,继续阅读。昂神不见踪影。

我拉了张椅子,坐到他身边。

"你好,马特杰克。"

他没理我。

"你过得好吗?"

没回应。

我凑近了仔细看他。他的头发长长了，中间已经夹杂了一星灰白。他的眼睛里多了一丝逼人的湛蓝，仿佛小小的冰片。不知道他是不是又动过主频了。虽然我尽可能把拟境放在沙盒里，跟飞船系统隔绝；可一旦马特杰克无聊了想玩儿，光凭这点措施恐怕困不住未来的龙之父。不过，他的外形也可能只是定制的意识壳。

"你在看什么书？"拟境中的很多书都代表着分形压缩后的斯尔市以及斯尔市居民，还有昂神的意识。真去读这些书可不是好主意——除非你想被精灵或者身体窃贼附身，"你的朋友们呢？"

"你管这个干吗？"马特杰克终于开口。

我清清喉咙，"嗯，我觉得我们俩该谈一谈了。来一次男人跟男人之间的坦率交谈。"

他啪的一声合上书，双手抱在胸口，看着我。

"谈什么？"

"很多事。我想谢谢你帮忙，还有——"

"还有你是怎么把我偷出来的？还有我妈妈和爸爸都已经死了？"

他眼神冰冷，充满愤怒，像极了我熟悉的成年马特杰克。

"你为什么不告诉我？"他把书重重地砸向书店窗户。窗户没碎，不过玻璃在窗框间嗡嗡直震，"你什么时候才肯把我从这儿放出去？"

我捏捏鼻梁。现在，周围的景物比从前更清晰，更真实。"勒布朗号"有足够的计算能力，模拟完全真实的物理现实，从前书店里那种梦境般的效果消失了。不知这是好事，还是坏事。

"哎，马特杰克。"我谨慎地挑选词句，"你知道吗，为什么你父母会把你放在海滩拟境里？他们想护你周全。万一整个世界出了事，或者他们没法亲自保护你，你还有个安全的避难所。而我只是——"

我咽了口口水。不用问，博扬·陈和娜奥米·陈肯定不会喜欢我把他们的儿子当作大规模杀伤性病毒武器。不过，有时候，我跟可以算是我儿子的伊斯多一样，都是模式的俘虏：当某个碎片正好适合拼图的空缺，当我发现某一条出路，我很难忍住不去抓手边现成的工具，帮助自己达成目的。

我没法直视他，只得站起身，走向最近的书架，靠在上面。数千本蓝银色封面的斯尔书责备地瞪着我。

"我只想让你知道，我并不想伤害你。你在土卫八上帮了大忙，我想米耶里肯定会感激你的。"

"我不在乎。我恨你们俩。"

"你一定要相信，我没打算隐瞒真相，我只想等你准备好了，再告诉你。我根本没想到你会自己发现。是谁告诉你的？是昂神——你的朋友们吗？"虽然当时是我请他们帮忙没错，但是，如果是他们跟马特杰克说了这些，我一定会——

"不是，不是他们。"他抽抽鼻子，"是枪说的。"

我转过身。他伏在椅子上，盯着自己的双手，眼泪在眼眶里打转。

"开始还挺有趣：我又有了身体，虽然身体飘飘忽忽，就像从瓶子里出来的精灵。"他说，"我找到了'勒布朗号'，在脑子里转了一个念头，它就让我们进去了，跟你说的一样。接着，我找到了枪支视界。我等得烦了，就进去玩玩。我的朋友们帮了忙。"

我在心中呻吟一声。

"每支枪都有个临时简版,有些枪还有异境,在异境里可以试射。我找到了一把第一次费德罗夫战争①时期的幽灵枪。"

哎呀,倒霉透了。

"我不知道什么是费德罗夫战争,就问了这把枪。枪说是我引发了战争,就在某个叫天堂彩虹门的地方。那么多人死掉,都是我的过错。我生气了,我觉得它肯定在撒谎,想让它走开,所以才开了火。我让所有的枪都开了火。"

"马特杰克——"

"那把枪有没有撒谎,若昂?"

我一哆嗦。这是他第一次叫我的名字。

我跪在他身边。我想碰碰他,握住他的手臂,却被他的眼神吓退。他眼中的愤怒强烈得几乎能摸得着,就像空气中的静电。

"不,它没撒谎。但它说的也不是实话。干下那些事的人名叫马特杰克·陈,这是真话。但他不是你。只是某个像你的人。"

"他就是我。枪也跟我解释了什么是魂灵儿。"

"他不是你。魂灵儿和本人并不完全一样,彼此也有差别。相信我,我清楚得很。那一个马特杰克身上发生了某件事,某件坏事,他一直没走出来。"

"什么坏事?"

我叹了口气,"我不知道。"

"那你怎么知道我不会变得跟他一样?"他的眼睛瞪大了,十分绝望。

"我不知道,马特杰克,我不知道。但我相信,我们能决定自

---

①源于十九世纪俄罗斯哲学家、未来学家尼古拉·费德罗夫,他倡导利用科技手段达成肉体永生,甚至死人复活。在小说中,第一次费德罗夫战争是由马特杰克·陈引发的,目的是解放受奴役的魂灵儿(意识)。

己成为什么样的人。要是你不喜欢那个马特杰克,你可以成为其他人。"

"你就是这么做的吗?"他问,"因为你不喜欢自己,所以才换上不同的脸?"

"有时候吧。"

"我见你换过脸。脸底下还是同一个你。"

"对不起,马特杰克,"我说,"我不善于照顾别人。我知道你在海滩上很开心;我不想把你带走,可我别无选择。"

"你刚刚才说我们总有选择的。"

"有时候没有。"

"那到底怎么分辨什么时候有,什么时候没有?!"他站了起来,"你不过是想编点东西让我闭嘴罢了!你只想摆脱我,去救你的蠢朋友罢了!而且你连为什么要救都不知道!"

他用尽全力推了我一把,力气大到拟境允许的极限。我差点摔倒。

"马特杰克,我没这么想。"

"闭嘴!你说的一切都是谎言!这是另一个你说的!你别管我了!"

我眨眨眼。

"什么意思,另一个——"

父亲想一个人静静。

昂神在我视野中闪现,就像扭曲的光之蛇。拟境顿时关闭,把我丢了出去。我又回到了"勒布朗号"嗡嗡作响的蓝色走廊上。我眼中刺痛。这一定是拟境-异境转换过程中出现的错误,根本不是眼泪。

"好了,兔崽子们,我搞砸了,行了吗?"我朝着空荡荡的走廊吼道,"你们也一样! 你们干吗不阻止他?"

没有回应。

我在脑中搜寻昂神,没发现他们的踪迹。

"跟我讲话! 快现身!"

还是没回应。我觉得我占了理,胸中腾起怒气,"快出来,否则我就把脑子扯烂,拖你们出来。你们还在等什么?"

等你完成答应过的事。烟囱公主说。

她出现在我面前。一个戴着木制面具的小姑娘,穿着沾满煤灰的裙子,赤着脚,跟"勒布朗号"的蓝色超异境格格不入。

我看着她。从面具的眼洞中望去,她的眼睛如火堆余烬,微微闪亮。我分辨不出那亮光是愤怒,还是怜悯。

"你为什么从来不露脸?"我问道。

因为每个遇到我的人,都会把他们自己的脸给我。

"这我明白。"

你找到自己喜欢的脸了吗?

"现在还没有。不过我还在找。我需要你的帮助。我想知道,大崩溃到底是怎么回事。"

我们不能告诉你。

"你们没必要以此要挟,我已经向塔瓦姐发过誓——"

你不明白。我们身体的一大部分都丢失了。我们只剩下碎片和残余,自循环和声音。我们就是斯尔,我们就是野代码沙漠。你要的答案就在那儿。把我们的孩子们送回来,我们就会为你回忆起你要的答案。

我看不见她的脸,不过她似乎在面具后微笑。或者,你自己能记起来也好。

　　说罢,她就消失了。走廊里留着一丝烟味。

　　我回到驾驶舱,望着土星咖啡和奶油色的流动旋涡。卡拉巴斯仍然掌着舵。

　　我开始筹划如何才能重建一座新城,如何才能在等级佐酷中获得足够的缠结,弄来一块地球大小的板块。渐渐地,在飞船的水晶心脏的一片宁静中,微笑慢慢回到我的脸上。

　　巴比康说得对,现在该玩另一个游戏了。

九　米耶里和伟大游戏

在624号特洛伊小行星赫克托耳的阴影中,甘草佐酷和"双手剑号"正在等待索伯诺斯特内战蔓延至此。

"真希望战斗已经开始了!"辛达说,"你要不要去某个圈子或异境里消磨时间?"

米耶里待在飞船中央居住模块里,和她在一起的还有伟大游戏派来照看她的姑娘辛达。这个居住模块呈圆柱形,是一片缩微版的奇幻森林,长着盆栽大小的多瘤橡树,四周还有小小的绿色类人生物出没。米克爵士和他为数众多的伙伴已经返回位于飞船头部的城堡。米耶里坐在一片林中空地上,身边围着一圈岩石(岩石还不到她膝盖的高度),沐浴着飞船上小小太阳洒下的光芒(它的运行轨道相当令人费解),嗅着松树和土壤的清新香味。这香味让她想起自己的花园。

"我从战争中学到的最重要的事,就是等待。"米耶里说,"等待比真正战斗的时间多得多。现在这感觉……很熟悉,比你们的圈子和异境更熟悉。"她笑道,"再说,我也不想忘记现实世界,尤其在战斗之前。有人……某个熟人曾经告诉我,现实一直都在,就像藏在苹果里的刀片。索伯诺斯特的错误就是经常忘了这一点。我不打算也犯这种错误。"

　　辛达疲倦地一笑，"我明白。不过，我本来指望到了现在，你总会喜欢上某些佐酷的生活方式。你拒绝了我所有的异境和晚餐邀请。我挺伤心的。"

　　米耶里感觉到佐酷姑娘的视线，于是抬起头，眯起眼睛望着阳光。辛达躺在一条河的河岸上。由于飞船的圆柱体形状，辛达几乎就在她头顶上。她戴着彩色的超大太阳镜，跟一身武士装扮十分不搭。

　　米耶里朝周围的绿色缩微景观指了指，"在超越城，我的感受和现在一样——不过，在超越城跟在这儿正好相反，我才是缩微的小人儿。周围的一切都太大了。我的故乡是颗冰球，只比这艘飞船大一点点。所以，一旦我身处的环境空间太大，自由太多，我就会觉得迷茫。我需要……限制，界限。"

　　也许我说得太多了，她想。可面对这佐酷姑娘，她很愿意多说几句。也许因为她们之间多了新的佐酷连接，也许因为她们共同经历过雪女的异境。抑或——尽管她不愿意承认——在"双手剑号"里憋了这么多天，连她这个以冷静出名的奥尔特人也撑不住了。她想找个跟自己一般大、没有腮、三维尺度的人类说说话。

　　"可圈子和异境就是限制呀！"辛达回答，"圈子和异境就是一种游戏态度，我们用游戏把事情变得更难完成，也更有趣。比如，从前在地球上有种游戏叫作高尔夫。你要用一根金属棒把球打进洞里去——别问我，我知道这挺傻。要是只为了让球进洞，只要走过去，用手把球扔进洞里就行。可那样就没趣味了。"

　　除了魔法森林的居民，森林里只有她们俩。反德西特乘以球体和米克爵士正在使用飞船中央的异境之门。解码者在准备抓捕始祖魂灵儿的工具，缩微骑士在研究伟大游戏的情报临时简版,推断佩莱格莉妮、赫辛库和瓦西列夫可能的冲突地点。他的模型预测,基准时间一两天内,在木星特洛伊带(这里是许多高速通道小路由器的拉格朗日枢纽点),各方力量可能会交汇。

"这不一样。"米耶里说,"你们的游戏像是……没有调子的歌。你们发出的声音没有意义,没法让瓦奇成形,也没有故事。就连索伯诺斯特人,也还有个计划,有个目标。"

"说话小心些,我可是出身于叙述佐酷的!"辛达的表情严肃起来,坐起身,摘掉太阳镜。

"我们见面之前,我就研究了你很久,米耶里。但我不知道的还有很多。容我冒昧问一句,要是你这么想念你的奥尔特,你当初为什么要离开?为什么要让索伯诺斯特改变你?我没法想象被索伯诺斯特改造的滋味。他们跟我们太不一样了。我们给你改变自己的机会,在异境中塑造新的自我或者化身,然后再把你带回来。可他们……"她摇摇头,"你到底为什么非得这么做呢?"

米耶里咽了口口水。有什么东西拂过她的赤脚:一群金色眼睛的毛茸茸类人生物正在岩石圈子里吟唱,还在空中挥舞棍子和骨头。不知道他们是在崇拜她,还是在驱逐她。

"双手剑号"的船员身形微小,却拥有极为健壮的身体(内太阳系佣兵公司肯定会垂涎这种健壮的士兵)。相比这些船员,米耶里成了巨人。在这艘专为小人乘客建造的飞船上,巨人虽有体形的优势,却得忍受不少苦楚:首先,飞船在旋转,为船上乘员制造出0.1g的舒适重力,但科里奥利力[①]却害得她恶心难受;其

①简称"科氏力"。旋转体系中进行直线运动的质点,由于惯性,其直线相对于旋转体系会产生偏移。地球上,这种力在地球自转下产生,因此又称为"地转偏向力"。

次,她吃了不少苦才学乖,不会再踩到粗心大意的森林居民,也不会挥手打到偶尔在她们身边盘旋的龙骑士。

有些事还是不说为好。

"我不想谈这个话题。"她轻声回答。

辛达微笑,"好吧,我们不说了。你愿不愿意为我唱支歌?"

米耶里看看辛达。辛达深褐色的眼睛十分真诚。透过共有的佐酷珠宝,连接两人的微弱缠结传来的只有温暖的好奇,没有恶意。

"我们唱歌,"她缓缓回应,"是为了创造,或者消除。只有最高兴和最悲伤的时候,我们才会歌唱。"顿了顿,她又说,"只有在爱人面前,我们才会歌唱。我们从来不用歌声消磨时间。"

"那好吧,"辛达轻快地回答,"我们只能另想办法打发时间啦。"

"女士们,黑心恶魔靠近!"米克爵士骑着有翼坐骑飞进模块,全副武装,"战斗即将开始,光荣在等待!"

米耶里瞄了一眼"双手剑"那古怪的、咒文般的时空视界。昨天,米克爵士在特洛伊带撒遍了被动探测器;现在,这些探测器侦测到了能量排放:聚变反应堆喷发的中微子,还有反物质引擎散出的 π 介子。数百个小小的钻石碎片在小行星带冰冷的红色物质中移动,就像海中游弋的群鱼。

是区船。

"我猜该你上场了。"辛达说。

"没错。"米耶里唤醒系统。战斗孤独症人格就像冰冷无垠的海洋,等着拥抱她。在那儿,世界移动得缓慢而安静,没有情感,也不允许犯错误。但这一次,她并不情愿进入这片海洋。

辛达从魔法森林的树顶上空伸过手来,握住她的手。

"祝你好运。告诉我,等待结束,战斗开始后,又会有什么?"

"恐惧。"米耶里回答。

"哦,我觉得我们能得到的东西,肯定比恐惧好多啦!"

起先,这场战斗一点儿也不像战斗。

米耶里在黑神的怀抱里,身上只有一层佐酷Q护甲。她望着星星点点的区船成群成流地在624号小行星赫克托耳的引力井①中舞动。它们充分储备了ΔV②,排出战斗阵型朝敌方冲去,仿佛古时候的骑士手持长枪策马对决。舰队交会的时候,双方都发射出由自杀性魂灵儿引导的纳米导弹。飞船间亮起通讯激光——虽然在真空中不可见,但在时空视界中有所反映。期间的每一微秒,都有电子战斗魂灵儿在虚空中开战。它们投下大批基因算法进化病毒,企图攻破对方区船的防火墙。双方的舰队都丢弃了大量的带宽,飞船上的废热冷凝池全部超载。在红外线下,低温的特洛伊岩石小行星是暗色背景,高温的飞船却像星星一样明亮。

米耶里蹲在赫克托耳表面,注视着战斗进展。透过半流体的快时眼镜,以及战斗孤独症人格,米耶里眼前的战斗场景犹如梦境。甘草佐酷的被动探测器——也就是带着拓扑量子逻辑的一小片浓缩物质——拦截到佩莱格莉妮舰队的部分信号,用窄波发送给她。米耶里觉得自己格外脆弱:尽管索伯诺斯特飞船远在几千公里外,但探测器网络会把她的存在和自我形象一直传到战斗的中心。

开战的是索伯诺斯特常规战舰,而且是其中规模最小的飞

---

①宇宙天体周围的井状引力场。天体质量越大,引力井也越深越大。

②天文动力学中指方向和速度的变化。

船——楔形类钻石船。这种船不到一米长,只载着计算质核心以及几百万魂灵儿,表面却刻着精细复杂的纹样。其中一方的四面体船首装饰着瓦西列夫和赫辛库的面容,一个是微笑的英俊男子,还有一个是严谨、严肃的女人。另一方飞船则装饰着千万张佩莱格莉妮艳如桃李、冷若冰霜的脸——有些是骄傲挺立的船首饰物,有些刻在飞船珍珠般的船壳上,从大到小,一直小到原子层面。

双方舰队再次交会。这一次,在交会点上爆发了反物质新星。灼目的光如断音般传来,暴增的伽马射线让米耶里的护甲抱怨个不停。她命令时空视界尽可能过滤噪音。她的魂灵儿为她填补缺失的数据,同时计算可能的轨道。根据任务要求,魂灵儿们四处搜寻符合条件的对象,并把她的注意力引导到最理想的目标上。

有了。一艘佩莱格莉妮区船严重受损,横冲直撞,脱离了舰队。类钻石残片光环般飘浮在飞船周围。残片伸出细丝,拼命努力,企图重新连接上主船壳。飞船左舷上多了个深深的弹坑,破坏了原本完美的对称。但这艘飞船受的只是物理损伤:软件冲突排出的大量废热煮沸了智能物质表面。幽灵枪的剃刀子弹深深钻进飞船白色的船身中,往飞船拟境里投放大量的入侵魂灵儿。几秒钟内,这艘区船就会被裹挟进赫辛库和瓦西列夫的联合舰队中。

米耶里深吸一口气,向这艘区船发出一条加密的战时密码信息。过去的几天中,她已经用自己的索伯诺斯特协议魂灵儿反复检查过这条消息。

"不老药4711号",这里是"香脂334号"。你为共同盛业所做的牺牲将于你方时间4.3秒内完成。请你将观察员陈的魂灵儿传输给我们。

从发出到抵达区船,需要等待分外漫长的十分之一秒。在这段时间里,她有了思考的余暇。连接她和"双手剑号"上的佐酷伙伴的无线电无声无息——自从任务开始后,这是她第一次独处。她飞快地瞥了一眼赫克托耳星那拉长的轮廓。佐酷飞船就躲在一堆小行星后面,盖着超物质斗篷。即便离得这么近,她也无法察觉飞船的任何踪迹,只有甘草佐酷珠宝在微微脉动。

辛达向他们传达了任务详情后,她就一直觉得奇怪。在如此密集的情报活动之下,区区一个她,对伟大游戏真有这么重要?

也许只是测试,来刺探她的忠诚度。真要是这样的话,她只能成功,不能失败。她必须保持自己对伟大游戏的利用价值,必须赢得缠结,才能接近卡米纳里珠宝。

"不老药"的回音来了。先是一连串飞快的协议。米耶里松了口气。至少她的协议战争代码还没完全过时。不过,消息本身却让她恨得咬紧了牙关。

需要始祖代码授权。

米耶里轻声念出热切的祈祷。先向库乌塔和伊尔玛塔,然后向佩莱格莉妮。

"真是浪费魂灵儿。"

米耶里眨眨眼。索伯诺斯特女神已经在她身边,站在某块看不见的平面上。她检查了自己的超脑皮层,确保她的所见所闻不会泄露到佐酷人那儿去。

"哎呀,别麻烦啦,亲爱的,"佩莱格莉妮说,"请对我多点儿信任吧。一旦任务完成,我就会修改你的记忆,让你觉得是自己过时的协议战争代码起了效果。不过,首先,让我给我的姐妹发条确认信息。"

佩莱格莉妮轻松接管了米耶里的系统,自在得让米耶里浑身不舒服。她发了一串加密信息,作为对"不老药"的回答。

"好了,完成。现在,我们可以好好欣赏表演了。我真想跟我的姐妹说几句话,探探内太阳系的最新情况;不过你琢磨得对,佐酷人是在试探你。说实话,形势发展得这么慢,还真是出乎我的意料。我本以为终极背叛者应该已经开始对我的兄弟姐妹不利了。这样一来,安东和赫辛就会放弃这种琐碎争端,团结起来。不过,话说回来,他们一直有眼无珠,连眼前的东西也看不见。"

佐酷节点的探测器数据传到了米耶里脑中,稍后,确认消息也到了。包含飞船政治观察员陈的思想束已经发射。"不老药"船首光芒一闪。飞船部分反物质燃烧,推动了一小束思想束,以光速几分之一的高速朝赫克托耳星飞来。

"看到没?"佩莱格莉妮说,"没什么好担心的。"

米耶里给"双手剑号"发了一条简短的库扑特,通知他们任务的第一部分已经成功,让他们做好捕捉准备。时机正好:只要他们捉得够快,战斗正酣的索伯诺斯特舰队根本来不及反击。哪怕是始祖的意愿也得向牛顿定律屈服。

我们准备好了。库扑特回应到来,带着三位佐酷伙伴的气息:严峻镇定的反德西特乘以球体,热情似火的米克爵士,还有辛达的温暖触碰。佩莱格莉妮朝米耶里淡淡一笑,什么也没说。

米耶里用激光发射器追踪思想束,随时准备发射激光。激光会逼思想束减速,以便捕捉。一旦得手,"双手剑号"就会开足反物质引擎,全速扫过她身边,用Q粒子场抓住她。米耶里全神贯注于那块小小的反光圆盘,看着它蓝移的色彩,一时忽略了其余的战斗情况。但佩莱格莉妮却通过她的眼睛一直关注着进展。

"奇怪,"女神说,"换了我就不会这么做。分支太多了,远端分支的魂灵儿离原型太远,真没法了解她们。可是……"

思想束离赫克托耳星只有一毫秒距离。米耶里用护甲中的激光朝它多次开火。思想束在接连不断的光束中四处飘摇,就像风中的羽毛,速度快速下降。好了,这下我已经暴露了自己的位置。要是他们起疑,马上就能找到我。

"米耶里,"佩莱格莉妮开口,"有点不对。'不老药号'刚刚给赫辛库–瓦西列夫联合舰队发了条通讯。他们在谈判吗? 我为什么要这么做? 这么做不会占到任何战略优势!"

米耶里后脑发痒。幽灵佐酷的量子预言发现了异常。但战斗孤独症人格集中注意力的剃刀消除了这种感觉。思想束差不多进入了射程范围。于是,她发射了一束Q粒子,进行捕捉。

佩莱格莉妮从齿缝里猛抽一口气,"米耶里! 住手! 这不是内战,只是表演! 他们都是假装的! 别——"

思想束爆炸了。

光芒撕碎了时空视界。思想束中的幽灵弹头化成白热的带宽流,朝米耶里袭来。随之而来的还有攻击软件,就像一阵燃烧的疾雨。

米耶里的护甲尖叫起来。她的战术魂灵儿在恐慌中挣扎。护甲的外层披甲起泡波动,形成一把尖刺,朝体内刺来,穿透了她的皮下Q粒子护甲。体侧传来剧痛,接着便被战斗孤独症人格钝化,变为受损报告。

终止,米耶里给"双手剑号"发去库扑特,紧急中带着痛楚。重复,终止!战斗是假象,赫辛库、佩莱格莉妮和瓦西列夫在合作!而且,我也没有按照原定计划行事。

她没法控制Q护甲了。护甲的激光向两支区船舰队发去通讯激光束。米耶里把注意力集中到甘草佐酷珠宝上,成功对护甲发出最后一条意愿要求。护甲把她喷了出来,吐在黑神的怀抱里。她落到赫克托耳星绝对真空的表面,一阵反胃,就像被撕裂开来。小行星重力太微弱,没法使用快时。她缓缓翻滚,将手指插进多石的地表,像攀岩者一般拉住自己的身体,以保持平衡。她的佐酷珠宝自动跟随着她,忠实地在她身边形成一道稀疏的光环。

被刺穿的体侧涌出黑血,在真空中沸腾。她冷静地注视着伤口,将之视为要解决的问题中的另一参数。在真空中,没有外部生命维持设备,她只能存活十分钟。"双手剑号"来接她需要三十秒。几秒之内,区船的第一批动力导弹就会落到她身上。

她站起身,进入完全战斗模式。时间慢了下来。

在空中旋转的尘埃粒变成了道道静止的刷痕。米耶里的双翅从背部伸出,排出废热。右大腿上的聚变反应器将能量源源不断地供应给右手上的Q枪。她左手上的幽灵枪已经开始发射:战争魂灵儿组成了纳米导弹,朝从前的伟大游戏战斗护甲发射。

即便身处快时,护甲也灵活得像是强风中的雨滴。它在小行星的地表不断颤抖,变化成新的形状,长出细长的银腿,站了起来。它还生出一张不算脸的脸——潦潦草草生成的脖子上顶着一个中空的椭圆。护甲的双肩激光呈扇形,条条射出。光芒只一闪,米耶里的幽灵枪子弹和魂灵儿导航员就全数蒸发。

接着，她射出十几个带电荷的Q粒子。一经发射，这些Q粒子就变成了她身体的延伸，朝着护甲的武器系统冲去，就像企图剜出敌眼的手指。光芒又闪过，这些也爆炸了。护甲怪物的皮肤变成了光亮刺目的镜子。

这时，区船的动力针抵达。在真空中，这些针导弹无声无息，无影无踪，却摇撼了米耶里脚下的土地。周围出现一个个新弹坑，就像神明手中的霰弹枪开了火。弹坑中缓缓升起尘柱。米耶里眼睛一眨不眨，继续开火。有个高爆炸性的粒子越过了防御，粉碎了护甲的材料，变成小粒散入真空。谁知，护甲竟用Q粒子网捕住了这些粒子，又吸收回自己身上。

米耶里冒险看了一眼残损的时空视界。两支区船舰队都朝这个方向汇拢过来。赫克托耳星周围的空间满是刺耳的全频谱电磁噪音。他们不想让任何消息从这颗星星上泄露出去。她一转念，引爆了被动探测器网络。爆炸不大，只能分散敌人的少许注意力，但她别无选择。她必须用上所有可用的武器。

米耶里，我们来了，辛达库扑特道。坚持住。还有十秒。

护甲怪又完整了。这次，它组合成了更像人类的形体。米耶里查看了它的身体细节，发现它皮肤下生成了新武器。护甲含有佐酷的极微技术块，能把量子信息转换成物质，还拥有反物质能量源。更何况，现在它不需要保护内部脆弱的人类身体，改由没有肉体战斗经验的战脑控制，反应量级肯定比她快得多。

吉玛罗塔，米耶里暗自咒骂，得刺穿这东西的反物质容器，这样还有一线希望。于是，她从手中生出一把Q刃。如果刺穿了反物质容器，就会引起摇撼整颗星球的爆炸，连她也会葬身其中。可惜，身处战斗孤独症人格，连这种壮烈的爆炸牺牲也引不起任何情感，只能算是一种战术选择。想到这个，她几乎有点儿失望。幸好爆炸能把所有的佐酷珠宝也炸个粉碎。

这时,护甲的电子炮火竟慢慢减少下去。护甲怪站着没动,看着米耶里身旁的东西——就好像它空空的脸上有眼睛似的。

它在看佩莱格莉妮。

索伯诺斯特女神还在,正瞪着那没有脸的银色怪物。

"想点办法呀!"米耶里喊道。

佩莱格莉妮摇摇头。

"米耶里,"她声音中带着恐惧,"来,我为你介绍——这位就是终极背叛者。"

护甲怪的脑袋歪到一边,仿佛在倾听。接着,它无脸的虚空脑袋凝成完美的椭圆形镜面。佩莱格莉妮的五官从银色镜面上渐渐凸起,就像有无形的手指在雕刻一般。

"竟能在这儿见到你,真是出乎意料的荣幸啊。"这东西开口了。它的声音是一种电磁低语,像是佩莱格莉妮嗓音的回音。电磁波用的是索伯诺斯特的军事协议,指向米耶里的通信系统。"我得谢谢你,把陈给了我。你也看到了,他们已经变成我啦。你年轻些的分支魂灵儿也已经变成我啦。至于你的原型,已经选择了为我效劳。也许你也愿意这么做?"

"不。"佩莱格莉妮轻声回答,"决不。你是我们的造物。是我们给了你自由。你在干什么啊,在跟赫辛库和瓦西列夫玩游戏吗?你应该吃了他们才对!"

终极背叛者露出佩莱格莉妮独有的毒蛇般的微笑。

"我的胃口可不止这么点。"它回答,"不过,按照另外的你所设想的,我的确给了他们一个共同敌人。"它朝前走了一步。就连它的步姿也像佩莱格莉妮,微微左右摇摆。

"不过,这是什么? 是你的宠物工程吗,那个奥尔特人? 有意思。既然她在,我想,我把她也吃掉好了。"

米耶里僵住了。偷儿不愿意多谈终极背叛者——也叫ALL-D——不过,从他的只言片语中,她知道这家伙会变成对手的样子,找出最优方案干掉对方,而且永远不会跟人合作。她的游戏理论魂灵儿拼命计算应对矩阵,却无能为力。"双手剑号"肯定赶不及。

所以ALL-D才不再进攻。它知道自己已经赢了。

天杀的。

又一轮区船导弹针落下。这一次,导弹没有直接进攻,而是在他们身边炸起了漫天的碎石和尘土。当然了,不能弄坏它看上的新玩具哪。

"你想要我?"米耶里咬紧牙,从齿缝里挤出话来,"那就来抓我呀!"她举起Q粒子刃。这东西的行为方式仍然像佩莱格莉妮。得利用这一点。

米耶里朝前一扑,脚趾扎进了岩石里。她脚一用力,身体就像瓦奇长矛般朝前刺去,对准了护甲上反物质容器那致密热点,闪电一击。

银色的手抓住她的右臂一扭,右臂的皮下护甲随即炸开。怪物抓着她,抡了一圈,把她狠狠砸在地面上,力量之大,竟折断了她用快时加固过的臂骨和肋骨。她的后脑勺在碎石上砸出了一个坑。翅膀撕裂了,拖在身后。右大腿骨聚变反应器的控制系统发疯地运转。

ALL-D逼近了她。她跳出战斗孤独症人格,免得自己昏过去。孤独症人格一消失,剧痛立刻袭来,痛得她在真空中发出无声的尖叫。她的右臂就像着了火,但她逼着右臂听从自己指挥,握着 Q 刃朝前刺去。怪物早已闪开,朝她伸出柳枝般细软的手臂,手指变成尖刺,穿透了她的前额。

没有痛苦。她一直以为在外力逼迫下进行黑匣子意识上传会很痛苦,会在白热的一瞬间体验所有可能的生活。

"不,不能给你。"佩莱格莉妮说,"她是我的。"

和从前一样,佩莱格莉妮又变成了米耶里,接管了她的身体,就像戴上一只手套。米耶里从上往下看着自己的身体——苍白残破的天使,躺在暗色岩石上,一个银色怪物压在她身上,手指伸进了她的脑袋。是珠宝,她想,是珠宝拉住了我的意识。

底下的米耶里突然睁开眼睛。有一瞬间,她朝上望着米耶里,露出佩莱格莉妮的微笑。别忘记。她嚅动嘴唇,无声说道。接着,她闭上了眼睛。

我也能自毁。女神说。

米耶里的身体律动起来,眼球在眼皮底下急速颤动。ALL-D 也以同样频率抽动着,随即身体往后一缩,手指卷须从米耶里脑中轻巧抽离,没带出一滴血。

短暂中断。

米耶里回到了血肉模糊的身体中。这具身体的系统已经濒死。

大脑也像着了火。聚变反应器过热。唯一没有着火的是她的佐酷意识,知道同伴正在赶来,越来越近。

但是,ALL-D 仍在动,正在摆脱某种递归的自毁算法。佩莱格莉妮本想用这种算法跟它同归于尽。

战斗孤独症人格中的某样巡回数据又飘进她的脑海。

赫克托耳星。逃逸速度:0.13公里/秒。

　　但愿佐酷珠宝跟辛达说的一样好。她下令,让装载身体动力源的小小致密磁力瓶变成漏斗形。

　　在低重力下移动不用花很多力气,可米耶里连这点力气也快没有了。她朝前滑去,把右腿插进ALL-D身子底下。

　　接着,她过载了自己的聚变反应器。

　　受损报告变成一片白噪音。她的眼睛凸了出来。靠着仅剩的几个仍在工作的探测器,她朦朦胧胧地感觉到等离子光柱从下升起,托着她离开赫克托耳地表。一毫秒后,佐酷护甲的反物质容器崩溃。短短一眨眼的工夫,她看到某位神祇灼热的逼视。随即,世界变为虚无,彻底的虚无。

十 塔瓦妲和瓶中城

　　塔瓦妲、邓雅札和窃贼赌王若昂,一同站在土星新造的伊兰板块上,准备播下斯尔市的种子。

　　捧着种子的是塔瓦妲。种子装在透明的泡泡里,是一片精巧复杂的雪花。泡泡很重,塔瓦妲得用双手,才能把它抱在胸前。塔瓦妲想,她现在的感受,大概就像抱着自己新生宝宝的巴努·萨珊女人,要用身体挡住世上一切邪恶之物,保护怀中无价的宝物不受伤害。接着她记起来了,怀里的种子也包含了整个巴努·萨珊。她舍不得放手。

　　"快点,妹妹。"邓雅札不耐烦地说,"时候不早啦。"

　　赌王微微一笑。在发亮的巨大土星上,阳光十分奇特,呈散射状。散射的阳光照在偷儿蓝色的太阳镜上,反射出亮光。他个子不高,身材纤瘦,穿着白色的短外套和裤子。塔瓦妲很难把面前这个人跟她熟知的苏曼古鲁——黑皮肤巨人,索伯诺斯特军阀——联系起来。不过,这个人身上的某些小动作让她觉得眼熟。

　　"不用急,慢慢来。"他露出微笑,笑容中略有哀伤,"这事就该一板一眼地做。将来,在故事宫殿里,人们说不定会讲述两姐妹拯救斯尔市的故事呢。"

"您呢,偷儿老爷?"邓雅札问道,"人们会不会讲述您的故事?"

"我的故事流传已广,"他回答,"不必再添了。而且,我也更喜欢两姐妹的故事。"

据赌王说,他是几小时前才把塔瓦姐和邓雅札从书页中唤回来的。前一刻邓雅札还站在野代码沙漠风暴中,身边是刀子似的旋风,淹没在昂神的声音里;下一刻,她一睁眼,就来到了一间积灰的书店。这家书店看似真实,其实是虚拟之物。接着,她们穿过一扇银色大门——邓妮说,就是这扇门把她们变成了实体,把量子信息转换成了物质,还把她们体内原子的密名写到现实里——就像斯尔市索伯诺斯特中继站那明亮的光束一般。

现在,她们居然站在土星上,站在一块比整个地球还大的人造大陆上,这让塔瓦姐有些头晕目眩。她心中嘀咕,不知作为这片土地导游的赌王是否靠得住。不过,她可是卡萨·戈麦莱的女儿塔瓦姐,在卡法的宫殿里受过多种技巧训练。她最擅长的,就是看透男人。而且,邓妮也说,她跟这地方的统治者佐酷人有联系。邓妮戴着一只戒指,有些像精灵指环,不过戒指上的珠宝是明亮的紫色,还会自行发光。尽管塔瓦姐跟姐姐过去有诸多分歧,但她现在已经知道,姐姐心中始终装着斯尔市。一旦认定某人是斯尔市的敌人,姐姐就会迅速了结此人。现在,姐姐已经面露不耐烦,正用戒指上的宝石来回摩擦嘴唇。

塔瓦姐跪倒在奇特坚硬的大地上。这里的大地由相互嵌合的几何形状组成,就像斯尔宫殿的地板,或者精灵的皮肤。她小心地将种子放到地上,迟迟不愿放手。

"等等。"赌王开口。他摘下眼镜,凝视着两姐妹。

"我要向你们道歉。"他说,"现在也算是个好时机。我来斯尔是为了寻找你们口中的失落的大炮迦拿,还想探究身体窃贼的秘密。为了得到我想要的东西,我不择手段。要不是因为我,斯尔也许还存在于地球上。"他跪在塔瓦妲身边,"我做错过很多事,如果要一一道歉,永远也道不完。但是,我亏欠最多的人,就是你,塔瓦妲小姐。我威胁了你,用枪指着你的头,以此要挟精灵泽巴。我希望你知道,当时,我是绝对不会扣下扳机的。你肯不肯原谅我?"

塔瓦妲看着他。她记得自己跪在索伯诺斯特上传神庙的地板上,黑洞洞的巴拉卡枪枪口正对自己。她记得自己当时是多么绝望,因为她信任的苏曼古鲁背叛了她。这份愤怒仍在她胸口燃烧。要不是赌王的模样跟苏曼古鲁老爷相差这么大,她大概连他的脸都不愿意看。

但她也记得沙漠中的那一刻——所有的希望都破灭了,黑色的龙从天而降。就在这时,戴着蓝色太阳镜的男人到来,带走了斯尔。

她叹了口气。憎恨和感激在她心中交织,就像木塔希博和卡林,缠在一起没法区分。于是,她遵从了疯子老卡法的建议:编造他们爱听的谎言。

"我愿意原谅你,赌王老爷。"她说,"只要我的城市跟我记忆中一样。"说实话,她仍然觉得这一切更像是梦:瓶中之城更像是木塔力棒讲的故事,野代码沙漠造成的疯狂幻觉。

听了这回答,他咧嘴苦笑。"人家给什么,我就拿什么吧。"他戴上眼镜,站起身,"你准备好,随时可以开始。"

塔瓦妲亲吻了种子光滑的智能物质表面,喃喃念出起始者艾尔-木布迪的密名,以求好运。她不知道这名字在土星上是否有效；不过，种子似乎感应到了她的思想。嘶的一声，种子的外壳化成一小股臭氧气体。分形雪花碎成粉末，流进组成大地的几何体之间的缝隙，流向明确，快得就像洒在沙漠上的水滴。

赌王碰碰她的手臂。"我们得站远点。"他说，"从天上看最好。"

他一挥手，一个泡泡就罩住了三人。塔瓦姐知道，泡泡就是这地方的魔毯。泡泡带着他们，用让人目眩的高速起飞。

脚下，斯尔市开始生长。

起先，从伊兰板块的金属皮肤内慢慢长出高山般的巨大立方体、球体和多面体。塔瓦姐眯起眼睛，从中辨认出残片庞大的骨架，弯弯曲曲，正由看不见的手一点点搭建。接着，各个建筑的基部升腾起亮闪闪的白雾，就像种子里的雪花。白雾经过哪里，哪里就多了色彩和血肉细节，仿佛沙漠中的海市蜃楼。白雾描绘出蜂巢城夸什和米斯尔——快者居住的地方；描绘出亡者之城暗沉沉的"井"字形建筑群，还有魂灵儿市场迷宫般的道路。唯一不复存在的，就是索伯诺斯特中继站高耸的钻石针塔。塔瓦姐并不怀念这东西。它虽然居于城市主轴，却是虚假的东西。慢慢地，斯尔人会造起新的城市中心代替它。从伊兰板块中生出的不只是建筑。塔瓦姐已经看到了阿塔的第一缕闪光。阿塔是精灵所住的另一个城市的阴影，也是书写密名的地方。

城市生长了好几个小时。城市出生的阵痛排出大量废热，伊兰板块上升起根根白热发亮的立柱。在泡泡里，三人丝毫没有感受到热量，仍然十分凉爽。泡泡带他们升到更高的空中。在那儿，他们可以看到城市的外围。塔瓦姐倒吸一口气：从板块中生长出来的不只是斯尔市，还有野代码沙漠那古怪的轮廓，高耸的拉克山,还有远处的快城。

"这是昂神的要求。"赌王说,"那是他们居住的地方,是他们的血肉和身体。等到生长结束,地球上的一切都会重现。每一个偏远角落,每一座被遗忘和掩埋的城市,每片沙漠,沙漠中的每根骨头,每粒沙子,都不会少。"他脸上夹杂着悲哀和愤怒,"他们就像故事里的蝎子:他们蜇人,只因为天性使然。我觉得我也一样。"他捏捏鼻梁,"算了,无所谓。差不多该道别了。不过,我还有两件礼物要给你们。"

他转向塔瓦妲,把一本沉重的书放到她手中。书的封面是蓝色的,摸起来跟城市种子一样古怪:由智能物质构成,介于虚拟和真实之间。

"这是斯尔的人民。"他说,"我把他们都交给你了。所有的人,好人和坏人,都在。你父亲,你的朋友艾克索洛托,就连坏蛋阿布·努瓦斯也在。每个故事都得有个反派角色。昂神会告诉你怎么把他们唤回来。我想,这件事交由你们俩决定更好。"

"这次的故事会更美好吗?"塔瓦妲问道。

"会美好得多。"说着,他从外套口袋里取出一条项链。项链上挂着几块五颜六色的大宝石,就像邓雅札的戒指一样光彩熠熠。

"关于这片土地,你们要学的还有很多。你们也许奇怪,土星人怎么会允许一整座城市,还有整整一颗行星的野生纳米技术出现在自家门口。答案很简单:这个板块是我偷的。别急,佐酷人不会向你们讨回来。他们要操心的事够多了。不过,想在这儿居住,你们还需要这个。"他双手举起项链。项链上的宝石仿佛蜘蛛网上的露水,闪闪发亮。

邓雅札盯着项链,那目光热烈得让塔瓦妲有些不舒服。

"邓雅札小姐,"偷儿继续道,"我想跟你做笔交易。用你的佐酷珠宝,还有你封印其上的意识密码,交换这串项链。我向你保证,这交易很划算。项链上的宝石都是好不容易才弄来的。这些宝石里的缠结足以让你变成这块土地上的女神。"

邓雅札皱皱眉,"赌王老爷,很抱歉,不过,这交易有点儿太像精灵的交易了。要是我把珠宝给您,您打算怎么用?"

"我知道这块珠宝连接着伟大游戏佐酷。我跟他们之间还有些事没了。"

塔瓦妲的姐姐犹豫片刻。"我以外交官的身份跟这支佐酷人打过交道。"她开口,"您要求的珠宝,是他们对我信任的象征,是件机密。除非这块珠宝是重建我们城市的代价,我才会交给您。但我认为您品格高贵,不会干出勒索这种可耻的勾当。"

"这话说得很对。"赌王回答,"那么,我们就不做交易,请你把这块珠宝作为礼物送给我,好让我记住斯尔市和它的人民。"

塔瓦妲把手放在他胳膊上。"赌王老爷,"她说,"你愿不愿意陪我散散步,去城中某个合适的地方转转? 在积灰的蓝皮书里蜷了这么久,我想伸伸腿脚,运动运动。"

赌王望着她,一脸惊讶,接着伸出手臂让她挽着,"我很乐意。"

这件事就交给我好了。塔瓦妲用眼睛告诉邓雅札。见姐姐勉强点了点头,塔瓦妲心中不由得感到一丝快意。

两人在戈麦莱残片顶端漫步。赌王不时紧张地瞅瞅前方狭窄的通道,还有两旁陡峭的绝壁。塔瓦妲暗自微笑:必要的时候,一定要抓住男人的弱点好好利用。苏曼古鲁的弱点就是害怕高处。

她好整以暇地欣赏着眼前的景色。城市已基本成形，只少了喃喃回音般的精灵音乐，食物的香味，以及城市的呼吸中夹杂的其他微弱声音。眼前的景色几乎让她觉得已经到家了。一般来说，空无一人的城市会让人起鸡皮疙瘩，就像木塔力棒故事里的快城，只有会思考的建筑，却无人烟。但眼前这座城市不一样。在这儿，她感到的是孕育着生命的寂静，仿佛城市不过是睡着了，随时会醒来。

打破沉默的是赌王。

"我再次向你们道歉。"他说，"我会另想办法对付我的敌人。我没资格要求你姐姐背叛人家对她的信任。"

"我会说服姐姐的。"塔瓦姐说，"今天你道的歉够多了。可你还没告诉我们你为什么来这儿，还有，你要找什么。"她从他手臂上抽回自己的手。美丽谎言的时刻已经过去，现在该说真话了。

"你伤害了我，还伤害了我爱过的人。尽管我说会原谅你，但我做不到。不过，我对你怀有怜悯。在你身上，我看到了孤独和分裂。就像我们的卡林和木塔希博，你也裹在另一个生物里。这个生物外壳，也许就像你说的，是昂神中的花儿王子，也可能是你自己造出来的其他东西。很多男人和精灵对我报过假名；所以，名字的真假，我一听就知道。你不是苏曼古鲁，这我知道；但我觉得，你也不是赌王。"

她顿了顿。

"在斯尔流传着一个故事：有个木塔力棒，常去野代码沙漠，见过众多奇观。他的皮肤长满了蓝宝石增生，变得很粗糙，但他每次都能安全回家。直到有一天，他妻子逼着他做选择，是要她，还是要沙漠。于是，男人安排好自己手边的活计，卖掉房子，确保妻儿衣食无虞,向朋友们一一道别。之后,他从巴伯门——珍宝猎人之门——出了城,再也没有回来。

"我在你身上也看到了这男人的影子,赌王老爷——我认识你的时候,你还叫苏曼古鲁。"她指指脚下的城市,"我没法原谅你,但我愿意向你伸出手。不管你答应了别人什么事,我都请求你:别做了。别走出巴伯门。是你带我们来到这个世界,我们需要你的指引。是你拯救了我们的城市。凭着戈麦莱之名,我起誓:只要你愿意,这座城中永远都有你的一席之地。我们的大门永远敞开。"

赌王静静地站着,望着城市和城中的迷雾,眼神迷茫。在伊兰板块的奇异光芒中,城市的紫色、金色和蓝色呈现出与以往不同的色调。但那无疑仍是斯尔市,受福的斯尔,神秘的斯尔,比以往任何时候都更加美丽。

"谢谢你的好意,但我不能接受。我欠人家一份情,比欠斯尔的还多。我需要你姐姐的珠宝,还有昂神的帮助,才能找到她。"

"她?"塔瓦妲语有所指。

"不是你想的那种关系。她只是……朋友。"

"这样啊。"她凝视他的双眼,"这该不是你讲给自己听的故事吧? 我也有讲给自己听的故事:塔瓦妲,怪物的爱人,戈麦莱家族的不肖女。我拥有众多名字的老爷,这些不过是锁链,语言制成的锁链。而且,每当听到男人发出豪言壮语——要搬山移丘,接受巨大挑战——原因无一例外,都是为了某个人、某个不只是朋友的人。你最好去找那个女人,努力让你们的关系走上正轨。"

"那……个女人跟我之间,该努力的都努力过,来来回回,反复多次。"赌王回答,"我们对彼此的伤害已经太深。"他目露伤感。

她握住他的手,"既然这样,你就不欠她什么了。斯尔也是个疗伤的好地方。我们了解昂神,父亲和木塔希博议会还掌握着许多密名。也许我们能帮你摆脱你的……另一面。那时候,你或许就能得到平静。"

他苦笑,"恐怕已经不是疗伤能解决的问题了。我需要我的另一面,才能继续自己的任务。而且,这样一来,历史也会更加美好。"

他亲吻了她的前额,随即退开。"可我还是要谢谢你。我不会忘记斯尔,也不会忘记温柔的塔瓦姐。但世界上有些怪物,就连塔瓦姐也治不好。"他越过塔瓦姐肩头,朝她身后望去,"说到怪物,怪物就来了——抱歉,我得离开片刻。"

塔瓦姐转过身。昂神就站在残片边缘,靠近野代码沙漠的那头。戴面具的小姑娘,穿绿衣服的老人,不断变形的闪光生物。赌王捏捏她的手,朝他们走去。

在伊兰板块永恒不变的暮色微光中,昂神就站在残片的边缘,身后是野代码沙漠,还有沙漠中阿拉伯式的光之纹样。现在,昂神的模样已经不再是我脑中的回响,而是变得真实起来。重生的沙漠物质构成了他们的思想形。我能看见公主木质面具上的纹理,士兵制服上的褶皱,还有海怪玻璃内脏中闪烁的光芒。但直视他们的脸还是很难:他们总让你想起自己从前认识、现在已经忘掉的人。

"你们高兴了吧?"我开口,"这次可不是用故事交换恩赐。我可用了整整一座城市哪。"

"故事和城市都一样。"公主回答。

"这地方的统治者马上要来找你算账了,兄弟。"士兵用碎石般粗粝的嗓音说,"你准备好了吗?"

"等着瞧吧。"我瞄瞄天空。伟大游戏,或者他们派来的卒子,很快就会到。尽管我小心隐藏行踪,但用等级佐酷的缠结占用一整个板块这种大规模事件,是不可能不被发觉的。

偷板块这事儿并不容易。首先,我得先弄个等级佐酷身份,然后要在设计异境中不断挖掘概念,以此获得足够的缠结,才能转换成物质。接着便要打磨方块,增加板块和狭长区带的耐受性,还得在新生的山脉上雕刻一张山妖般丑陋的脸,作为工匠签名。我脑中现在还回响着那无数次击锤的声音。最后,我还要找出藏在萨亚纳吉带中的安德蛋——那是通往等级佐酷长老维普宁所在的隐蔽异境的入口。维普宁的躯体是闪电与雷鸣的风暴,如世界之蛇耶梦加得一般,环绕着整个板块。我闯进了他的飓风内脏,从其中的佐酷珠宝银行中偷来了几块板块等级的宝石。

我耸耸肩。这算是准备好迎战伟大游戏了么?根本不行。我一旦放弃等级佐酷成员身份,他们就会杀来。

"我们完整了,"海怪用玻璃长笛般的声音说,"我们记起来了。"

"那么,是什么?"我问道,"是什么导致了大崩溃?"

"是你。"公主回答。

我瞪着他们。

"我怎么可能做这种事?"我悄声应道,"你们撒谎。"

"我们当中,只有你才会撒谎。"士兵说。

"我们不会怪你。"海怪说,"把我们从肉体中释放出来的是父亲,而打破其他旧东西,让我们成长的人,却是你。"

大崩溃。斯尔从天空坠落。城市醒来,挤满了魂灵儿。魂灵儿不停繁殖,数量多到失去控制。世界的机器神经系统中全是发了疯的意识。肉体被千百万自动共同体重新占领,自动共同体利用黑匣子,对肉体原本的主人进行强制上传——因为原主人已经付不起肉体的价钱……

打击太大。没法承受。我活该跟陈、约瑟芬和伟大游戏为伍,我跟他们全是一丘之貉。我真想从残片上跳下去,让野代码沙漠吞了我。可惜,我在地球上已经试过一次。当时,沙漠吞了我,又把我吐了出来。想死都死不成。

"是你们。"我从牙缝中挤出字来,对着沙漠中的魔鬼嘶吼道,"是你们一手安排的。你们的花儿王子到监狱里来找我,进了我的脑袋,把我当成你们在肉体世界的小跑腿。是他逼我干的。他毁了世界,好让你们自由。我几百年来一直都是他的木偶。救你们真是个错误。真该让陈把你们全都抹掉才好。你们是病毒,只是病毒而已。"

公主上前一步。我扬起手想打她,却在她灰烬色的眼睛里看到了自己的倒影,被憎恨扭曲的倒影。她眼中只有真相。

她上前,摘下我的太阳镜,抚摸我的面颊。她的小手滚烫。烟味飘入我的鼻孔,让我想起竖在沙漠中的帐篷,在夜晚燃烧的火盆,还有醒来时看到的妇人严峻的脸。"我们从没逼你做任何事。"她说,"我们从来不做选择,我们只是单一的存在。我们把你唤作兄弟,是因为我们想念他,但你不是他。除了我们,没有一成不变的人。

"他的确通过《水晶瓶塞》那本书接触过你,但你所有的选择都是自己做的。"

我眼中溢满泪水。

"可为什么？为什么我要制造大崩溃？"我轻声问道。

"不管你做什么，理由只有一个——"公主说，"——为了取悦女神。"

约瑟芬。我只知道，自己在地球上为她卖过命。她为我打开了一扇门，我为她集齐了其他始祖。我曾经不惜一切，只为博她一笑。不。我已经自由了，不想再跟她扯上关系。所以我才去了火星。那是我做过的最好的选择。

也是最糟糕的。

我排除了情感。我下了命令，让超我镇住两边太阳穴中间荡起的情感风暴，让脑海平滑、冷静、空洞，就像野代码沙漠一样。

"这不是我想要的答案。"我慢慢回答，"我想知道大崩溃是怎么出现的。我要你们展示给我看。"

"我们已经告诉你了。"公主回答，"剩下的，你得自己想起来。"

"可我想不起来。这是我被抓的时候，脑中焚毁的秘密之一……"

公主在木制面具底下微笑。

"还有另一个我。"我吸了口气，"马特杰克说，还有另一个我跟他说过话。就因为这个，'勒布朗号'才会闹鬼。船上有过去的我的部分分身，甚至可能是他的魂灵儿。那东西在盯着我。"

公主把眼镜还给我。

"现在明白了吧？"她说，"是谁更喜欢藏起秘密？是来自沙漠的男孩子，还是花儿王子？"

她后退一步，跟其他人站到一起。他们一同慢慢消失在暮光里,变成了沙子和风。

别了,兄弟。我们会在这儿等你回来。

赌王回来的时候,异常安静,眼中燃烧着奇异的火焰。塔瓦姐由他沉浸在自己的思绪中,两人在沉默中坐着魔法泡泡,沿着残片空荡荡的弧墙慢慢降落。

最后,邓雅札把珠宝给了他,他则给了她项链。塔瓦姐不得不承认,项链跟邓妮十分相配:明艳的珠宝衬着她黝黑的肌肤,如女王般高贵典雅。

"我相信你不会滥用这串项链。"赌王说,"斯尔人民也会需要自己的珠宝。精灵会想要身体,这地方有能力给它们身体。这儿会变成跟地球上的斯尔完全不同的地方。"

塔瓦姐想起了艾克索洛托。也许我还能治好其他怪物。想到这儿,她朝窃贼浅浅一笑。

邓雅札的微笑突然消失了。"快看。"她指指天空。

恐惧伸出利爪,插进塔瓦姐的胸膛。

"不,不,别让这儿也毁灭。"

天空中出现的星星点点乍看之下很美。亮点数也数不清,而且还在不断增多,就像撒在马赛克地砖上的发亮的沙子。沙子们排成整齐的阵型,呈多边形或楔形,目标明确。

"别担心。"赌王说,"他们不是来找你们的,是来抓我的。我不能久留了。唉,每次都一样。这世界为什么非得选在离别时,逼我匆匆行事呢? 真是时移世不易啊。"

他吻了她们俩的手,然后深深地鞠了一躬。

"我也来自沙漠,"他说,"相比之下,你们的沙漠更严厉,更无情。可是,只要你们俩在,这儿就是花园。"

发亮的泡泡带着他飞到空中。他一路朝她们抛着飞吻。片刻后,远处传来砰的一声,一条白线划过新斯尔的天空。飞舞的群星立即跟上,就像明亮的鸟群。随后,两者都消失了。

等待斯尔降生的几个小时中,天空已经慢慢变黑了。塔瓦妲仿佛第一次看到天空一般,凝视着天路般宽阔的条条星环,一个个卫星月轮,还有远处托起其他天空的亮线。她拉起姐姐的手,两人默默地呼吸,将眼前景色铭记于心。最后,她们转向美丽的蓝金色斯尔。

"你觉得现在是时候了吗?"邓雅札问道。

"是时候了。"塔瓦妲回答,"去把他们叫醒吧。"

插曲　女神和生日礼物

夜灰色的海边，两个约瑟芬一前一后地走着。一个赤着脚，踩在沙滩上；另一个蹚着浅水，不时小跳一下。一个年事已高；另一个正值妙龄，赤褐色长卷发如风中旗帜般飘扬。

约瑟芬注视着她的部分分身，注视着那紧致的肉体，明亮的眼睛，不时失神。不过，工作尚未完结。她还需要为分身注入记忆。她得在自己脑中搜寻，做出选择——删除，或是保留。她一边走，一边吐出一连串给造物魂灵儿的命令。她口中的言语混合在海浪深沉缓慢的呼吸中。

她真心爱着他的最后一天，是她的生日。

那时候，他们已经输掉了第一场战争。即便几个世纪后的今日，马特杰克也不肯承认失败。所以，这个索伯诺斯特光辉历史上的早期污点，已经从魂灵儿的记忆中抹掉了。但约瑟芬还记得。

毕竟，是她派出她的若昂，从世界各个角落把他们集合起来，给了他们共同的目标。没有她，他们不过是散落各处的极端狂热分子罢了。

　　她做过牺牲,也犯过错误。比如,她一直后悔自己强行拉安东·瓦西列夫入伙。他很完美,正是他们需要的人选——虚拟大众明星,媒体人造人,受到千百万人崇拜,是造物主,也是理论家,偷走了千万人的心和灵魂。但她伤害了他,这个伤口始终没能愈合。

　　最后,她让他们变成了一支军队。

　　他们致力于解放被上传的魂灵儿,解放被困在保险天堂里的魂灵儿,还有在黑匣子上传集中营和计算云端中受奴役的魂灵儿。他们在深圳犯了错误。被解放的魂灵儿发动暴乱,占领了城市的基础设施,变成了一群有知觉的计算机病毒。这一事件引发了反费德罗夫主义运动,挣扎求存的国家、地区和公司,还有流动式民主①联合起来,对他们进行反击,并且取得了胜利。始祖们(除了还困在肉体里的她)都逃进了太空。忠实的追随者用微波发射器,将分散在大批纳米卫星中的始祖意识发射到地球轨道。始祖们发誓要回来复仇。

　　马特杰克、苏曼古鲁和其他人决心扩张,建立资源地,摆脱这颗小小行星的限制,最后回来征服地球。他们都没弄懂关键所在。只有她明白,让魂灵儿自愿归顺他们,才是更好的办法。

　　问题是,从战争灰烬中重新站起来的世界,居然运转良好。

　　那是一个魂灵儿劳动力市场的世界,巨大虚拟经济体,其基础是上传意识及其拷贝的未来潜在劳动力。量子市场上,无数种复杂的金融工具买进卖出——这是量子电脑的第一款杀手级应用。纠缠态工具会决定死去的灵魂有没有权利继续存活。这

---

　　①也叫委任式民主,是一种民主选举方式,介于直接选举(直接投票)与代议制选举(选出固定数量的代表投票)之间。在流动式民主选举中,投票人可以自主选择是将投票权委任给某人,还是自己直接参与投票。

是历史上最高效的资源分配系统，是投资组合与纠缠变量的叠加，适用于一切——包括魂灵儿市场，拥有肉体的权利，还有能量、空间，以及时间。

这一切仿佛疯长的癌细胞，拦在真正永生之路上。她想把它们切割干净。她需要一只挥刀子的手。

在岛上自己的卧室里，约瑟芬快死了。外头阳光灿烂。通常，智能床的通感器会把她手下雇员感受到的生命流输送给她（她把这些年轻、苗条、修饰精巧的姑娘雇来，作为她的代理自我）。但今天，她却用自己的双眼注视着阳光和蓝天。人造视网膜让周围的一切清晰锐利。她坐了起来，想仔细看看外面的景致。随着她的动作，智能床也改变了形状，支撑着她的身体。窗外是一片海湾，海湾里能看到白色桅杆的点点帆船。风吹过，遥遥传来帆船索具的叮当声，就像即兴演奏的音乐。

她一直拒绝进行大脑移植，不想转移到自己的克隆体里去。毕竟，星空中已经有很多自己存在，她们都既年轻又美丽，跟她的珍珠一样完美无瑕，而且彼此间毫无二致。永生到来的时候，她已经老了。所以，修复染色体的DNA纳米机器无法挽回她肉体的衰亡。

她柔软的床里，始终埋着边缘锋利的黑匣子上传王冠，等待着她。

长久以来，她一直跟肉体的衰亡抗争，这种无望的抗争让她愤怒不已。是若昂开导她，让她把自己衰朽的肉体看作一个茧。她终有一天会化蛹成蝶，变得比从前更美。

每次做完爱以后，他都喜欢说这样的话。

她回想起上一次他们做爱的情景，不觉睡着了。不知过了多久,床轻柔地把她摇醒。他来了,就坐在她的床边,双手交叠。

"生日快乐,约瑟芬。"说着,他凭空变出了一朵蓝色的花儿。他把花儿举到她面前,让她嗅嗅花香。智能床帮她坐起身。花儿的香味把她带回了童年,记起清晨,记起自己跑上葡萄园的小山坡,然后望向远方。从坡上望去,远处古老村庄的塔楼成了紫色。那时候,她丝毫不在乎阳光直射自己的眼睛,也不在乎露水打湿脚上的运动鞋。

她肯定又睡着了。床轻柔地把她再次摇醒。若昂温暖有力的手握着她的手。她皱皱眉。

"又是花。"她的声音发干,但她不愿意让床为声音润色。她的若昂有权利看到她的本来面目,听到她不加修饰的声音——他忠心耿耿这么多年,这是他应得的,"为什么总是花?"

"啊,因为我喜欢花。不过,今天的礼物不只是花。"他说道。

"还有什么?珠宝?油画?诗歌?你写的诗蹩脚透了,你自己也知道。"

"这话不假。"他微微一笑,"不过,这次的礼物非常昂贵,约瑟芬。我把你变成个穷光蛋啦。但愿这份礼物值这个价。"他朝她伸出双手,双掌合拢,就像捧着一只小小鸟。接着,他慢慢摊开手指。掌心中是一个小小的蓝色地球。他做了个手势,地球变大了,填满了两人之间的距离。地球四周围绕着数据云,那是量子市场的可视化表达,满是柱形、曲线和几何体,就像北极光。

"我用钱造了部机器。"他说,"大部分都是你的钱,格雷家族的其他几个成员也做了……非自愿的捐献。他们非常慷慨。"

"这是什么东西?晃得我眼睛疼。"

"仔细看看。"

智能床在她脑袋周围形成一个凉沁沁的头罩。于是,她不只能看到数据,也能看懂了。她能感受到这些流动的数据中蕴含的张力,就像一张拉满了弦的弓。全世界无数的交易机器均由中微子链接相连,蓄势待发,只需一个念头推动即可。

"很漂亮,若昂。"她说,"可这是干什么用的?"

他朝后一靠,眼睛望着天。这姿势表明,他心怀内疚。

"我一直有个感觉,觉得全世界的交易系统中有缺陷。所以我跟佐酷人聊了聊,他们给了我某些暗示。于是我……找来了他们提到的某个物理学家备份在保险公司里的魂灵儿,逼着他拼命工作。他提供了余下的细节。"

"若昂,亲爱的,我想你肯定知道,我没时间、也没耐心听细节。"

"我还记得那一次,跟其他始祖会谈的时候,你说,更好的办法是让人们心甘情愿地跟随我们。你还说,可惜这个世界运转得太好了,让大家不愿离开了。"

"你今天还真够神神秘秘的呀,若昂。我倒不讨厌神秘,不过,我的生日礼物到底是什么? 这是我最后一个生日了,你最好给我准备了称心的礼物。"

"啊,我在想,要是我们打碎这世界,它会发出怎样悦耳动听的声音呢?"

她深吸了口气,喉头发出咯咯的声音。

"我该怎么做?"

"想一件美好的往事,秘密的、没人知道的往事。"

她看着他的脸,知道他希望她选择一个他们俩共同分享的美好瞬间,比如在公海居所①里的第一夜,抑或他们第一次见面

---

①是一个在公海(不属于任何国家的海洋)上创建永久住宅的概念。大部分是改装现有的船只,还有改装海上钻油平台、退役的防空平台以及订制漂浮岛。

的情形——第一次见到他,他还蹲在恶臭可怕的牢房里。当时他拒绝跟她走。他声称喜欢她的珍珠项链,三天后就会来取。看守在她身后关上牢门的时候,他的眼睛告诉她:他是自由的。于是,很久很久以来,她第一次觉得,自己也自由了。

可惜,她没法阻止另一段从脑中升起的记忆。这是一段很久以前的可怕记忆,它吞没了她,也吞没了世界。那是她人生最痛苦的夜晚。她躺在床上,身下是粗糙而黏糊糊的床单,怀中抱着死去的红色小东西。她忍耐了吞噬世界的剧痛,才有了这小东西,它却立即被虚无所食。望着它紧闭的小小眼睛,她发誓要活下去,发誓永远不要死亡。

他看见了。他看见了她脸上的痛苦,打了个哆嗦。太迟了。他的机器已经启动,世界开始溃散。他轻轻地捏了捏她的手,两人一同观看。

之后的景象,应该是她通过通感器和若昂的小小时空视界看到的。不过不知道其中有多少是真实的记忆。那些景象中,除了原型记忆的碎片,很可能还有几个世纪以来吸收的数据。这些数据重新进行了诠释,用以填补生日这天的情景空白。

控制着生和死的市场崩溃了。

成群的机器人,意欲重新占领肉体,降落在加州海岸之外的公海居所上。

中国的上传城,因为无力购买能源,一个个关闭。

大出逃开始。裸裎中的佐酷驾着狂乱中众筹来的飞船匆忙逃离。临时制成的发射器把魂灵儿投射给在天上伸开慈爱双臂的索伯诺斯特。

她望着这一切,狂喜不已。世界这块石板全擦干净了,之后该写什么,全由她说了算。她转向若昂,想感谢他带来如此美妙的礼物,想像从前一样真诚地亲吻他,告诉他自己有多爱他。

这是她传给部分分身的最后一瞬间。之后的情景,她只留给自己。

她看到了他脸上的恐惧。他眼睛圆睁,目露悲伤,天真、愉悦和自由都消失了。她不明白这是为什么。一切都按照计划进行、有条不紊呀。

别的东西也溃散了,包围了众多魂灵儿意识,燃烧一切,毁灭一切。

掌管天气的魂灵儿疯了。地球不再温暖,狂风像鞭子一样抽打。

外头的天空有一道炽热的箭划过。她望过去,忠实的床在她视野中加了注解。是斯尔,伟大的天空之城,正在坠落。

伦敦上空,意识突然抽离、失去活力的缩微身体如雨点般落下。

后来,它们被称为野代码。它们是刺叮意识的毒蛇,是疯狂。之后,在被称为“怒吼”的大事件中,它们会毁掉一整支赫辛库舰队。现在,它们正经由若昂的机器降生。

“不,不,不。”他轻声说,“这不可能。我的计划不是这样的。我不明白。”

这不是打碎,这是焚烧,是净化。约瑟芬闭上眼睛。该走了。她对床下令。上传王冠落到她头上。刀刃开始旋转。床将光遗传病毒注入她的大脑。她用尽全力握住若昂的手。

“留下陪我。”她轻声说,“我害怕。”

他挣脱她的手。

"我不能留下。我得走了,约瑟芬。"他轻声回答,"对不起。"

说罢,他转身跑开,脚步声回荡在大厅里。原来他这么软弱,她之前竟没看出来。

上传已经开始,她没法开口说话。所以,她只在脑中保留这一刻的想法,好让自己将来所有的魂灵儿分支都留有这句话的记忆。

你不可能逃一辈子。你就是你,逃也没用。你总会回到我身边的。

十一 米耶里和重生派对

有阳光透过冰层射下。空气温暖。气泵树呼吸,吹出缓缓暖风。地平线就像掬水的双手。

柯多就要盛开了。它靠近了小太阳中的一颗,由此迎来了一个短暂的夏天。

米耶里高高飘浮着,靠近冰球无重量的中心眼。空气蛇发女妖就住在这儿。她的双翅展开,兜住从下面吹来的温暖热气流。她觉得自己又完整了,伤口也都愈合了。突然消失的疼痛让她惘然若失。身体有些不一样:她感觉不到体内的系统,也感觉不到佩莱格莉妮。

她真的为了我,牺牲了自己? 动机是什么? 这说不通。不过她现在很难思考。赫克托耳星表面的战斗闪回就像玻璃碎片,深深地插在她脑中。

"你感觉怎么样?"

辛达穿着奥尔特装束,一身黑色托加长袍,飘浮在一群空气女妖中间。奥尔特装扮跟她不配。她比奥尔特人矮小,宽大的托加长袍松松垮垮,在她身边翻腾起伏,仿佛她也是蛇发女妖的一员。

米耶里发觉自己笑了。又见到这佐酷姑娘真好。接着,她摇摇头。别忘了你的身份,还有你的目的。

"脑袋晕乎乎的。"她大声说。

"但愿你别介意我造了这个异境! 我听赫伊津哈佐酷说,你问他们要过类似的设计图。我本来还想引入某些叙述元素,但最后还是决定尽可能模仿现实,就像拟境。你觉得怎么样?"

米耶里没回答。

"我是说,这只是临时的异境,等我们进入路由器网络的范围,就能把你直接送回家,给你弄个新身体。相信我,你原先那具身体,你不会想让人家看那副死样子的! 我们差点没能及时把你弄进异境之门。"

"后来怎么样?"

"啊,米克来了一次炫目的飞行表演。区船在后面追,不过'双手剑号'的反物质引擎功率很大,喷出一大丛伽马射线。想跟在这种东西后面飞可不容易哪——你懂的。"她顿了顿,"不过,我得问你个事。赫克托耳星上那个是什么东西?"

米耶里打个哆嗦。不能告诉她。现在还不行。我得先想好。

"战脑,新型号。它夺走了我的护甲,还想上传我。"她耸了耸肩,"我搞定了它。"

"这还用说!"辛达严肃起来,"你引爆护甲里反物质的时候,我还以为……我还以为我们再也见不到你了,米耶里。我从没见过像你这么接近真正死亡的。"她握住米耶里的手,"你不必对我说谎,米耶里。我知道在你眼里,我就像看管你的狱卒,这没关系,我不介意。但我希望你知道,我很高兴你没死。"她的微笑中同时带着快乐和悲伤,"我们都很高兴。其他两个也在这儿,你想不想见见他们?"

米耶里这才注意到她的佐酷珠宝。珠宝都在,只是隐了形,藏在异境现实的表面之下。甘草佐酷的珠宝正不断发送潜意识库扑特,其中满是关切。

米耶里叹了口气,"好吧,反正我们也有事要谈。"

那两人在柯多地面上等候米耶里和辛达。他们站在一座智能珊瑚房子跟前。房子没有屋顶,是蜂窝般冰下住宅的入口。

"小姐,"米克用的是基准人类形体,"我过去真不该怀疑你,我为你遭受的创伤而难过。若再有人怀疑你的清誉,我的剑锋随时准备出击。"他跪在她面前,低头致意。

"函子:同形性。"反德西特乘以球体说。

米耶里跟他们的联系更紧密了,她跟辛达之间也有了什么新东西。是缠结?缠结就是这种感觉吗?一琢磨这个,她的珠宝就悄声通知她:她现在已经是甘草佐酷的12级老大了,在伟大游戏里也升到了第7级存在危机管理员的高位。

"可我失败了呀。"她说。

"哪里呀,你根本没失败。"辛达说,"是你发现索伯诺斯特内战不过是巨大的骗局,其后另有目的。反德西特已经解开了这个目的。我们把结果发给了其他佐酷。你肯定不会相信这给我们添了多少缠结。"

"让我看看。"米耶里说。

反德西特乘以球体打开伟大游戏情报临时简版——一个五颜六色的球,由多股线捻成,浮在空中,跟奥尔特异境格格不入。

"贝叶斯推断[1]:前提不同。操作:过程断层成像。"

①统计推断的一种,通过观察某些值来确定某些假设的概率,或者使这些概率更接近真实值。

临时简版不断变大，把他们包在中间。周围都是细线般的轨道和彩色标注的潜在战场。

"从这个前提——即内战是分散注意力的假象——出发，佐酷推断出，索伯诺斯特人的目的就是这个。"辛达说。

区船和其他战略物资的流向变了。有些盖着超物质斗篷的飞船引起的轻微畸变被标注和替换。无须战术魂灵儿的帮助，米耶里也看得出其中的走势。网络中出现了新的活动中枢——曾是木星的破碎之地出现了一个蓝色的结。

"他们正在集结舰队。"米耶里说，"破碎之地的拓扑缺陷网足够藏住一支舰队，说不定还能藏固伯尼亚。比超物质斗篷更好。你知道他们都调用了哪些物资吗？"

"据我们所知……大概能用的都用上了。"辛达回答。

*我已经给了他们一个共同的敌人。*终极背叛者这么说过。

"我们的老对手有动作啦！"米克爵士咧嘴笑了，"我的宝剑——噬魂者，渴望索伯诺斯特人的鲜血！"

"我们还不知道始祖们到底怎么了，是谁，或者什么让他们决定合作。不过，他们的确像是有入侵超越城的打算。"

*这就对了，*米耶里想，*ALL-D也想要卡米纳里珠宝。不过，它要我有什么用呢？*

她盯着辛达。佐酷姑娘的眼睛闪着光。透过佐酷珠宝，米耶里感受到了这姑娘异样的热忱。

"我不明白。我们说的可是战争啊！你们怎么还在笑呢？"

辛达大笑。

"哎呀，米耶里，因为会很好玩呀！"

米耶里到达的时候，庆祝她重生的派对正要开始。

　　她的交通泡泡把她放在一个枝叶组成的洞穴入口,通往森林深处。前方能看到温暖的五彩灯光,能听到喊声和微微的音乐。米耶里张着翅膀,穿着精致的黑色礼裙,头发梳成复杂的发式,其间点缀了一块蓝色的小圆东西,像一枚知更鸟蛋,闪闪发亮。这是派对佐酷珠宝,正不停地推她朝前走。她挺了挺背脊。她不习惯张着翅膀走路,也不习惯穿礼裙,可辛达非让她装扮成这样。她抓紧手中的小包(包里是她的佐酷珠宝),深吸一口气,走进洞穴。温暖醉人的夏夜气息立即包围了她。

　　在泡泡里,她居高临下,仔细看过整个派对圈子。整条狭带变成了巨大的森林花园。辛达的房子所在的魔法地盘变成了疯长的原始森林、草地,还有峡谷。唯一熟悉的只剩下那条河,还有河上漂着的彩帆小船。看样子辛达请了很多客人:有一条质量投射流分岔至此,悬在天空,仿佛银色彩虹,交通泡泡络绎不绝。每棵树的树顶都飘浮着孔明灯,灯和泡泡在天空中混成一片。小太阳已经从狭带上移走,天空几乎跟奥尔特柯多之外一样广阔,漫天都是发着微光的星星,还有明亮的圆盘土卫五,以及其他内层卫星。

　　米耶里叹了口气。脚下的柏树叶子沙沙作响,搔弄她赤裸的脚心。前方有处林间空地,人声越来越响。是佐酷人。佐酷人的面孔不过是真身之上的面具,会随着异境和圈子的变化不断变化,速度之快,让她来不及反应。所以,她一点儿也不想再结识佐酷人,不想再看到更多的面具。

　　她曾向辛达暗示:自己累了,不想参加派对。"你当然得来!"听她这么说,辛达震惊地望着她,回答道,"这是我第一次前线任务,要是没有你,我根本没机会上前线。我们一定得庆祝庆祝!"

　　米耶里只想在自己的花园里祈祷和冥想。不过,她的新身体里总有声音吵吵嚷嚷，让她很难集中注意力。赫克托耳星战役之后，她得到了新身体。伟大游戏提出给她一个真形——由雾滴和钻石组成的纯人工外壳，被她谢绝了。她坚持只要原先身体的合成生物复制品，还要保留原先身体里所有能用的部分。当然，新身体比基准人类之躯强得多。她留下了超脑皮层、战术魂灵儿和反射神经，还加了几样精选的佐酷Q技术强化武器——在伟大游戏佐酷里弄到高等级缠结，到底还是有好处的。要是再碰到终极背叛者，她就有办法了。不过，要完全适应新身体，还得等上一阵：她的魂灵儿不停地抱怨不熟悉的界面，潜意识中不断的叽叽喳喳弄得她脾气暴躁。她的右腿也总是出现幻觉疼痛，用超脑皮层过滤也没用。

　　而且，她脑中还塞满了好些念头。这些念头不停地倏忽来去，就像她在空中俯瞰派对的时候，在空地上瞥见的黄铜霓虹旋转木马，不停地兜着圈子：入侵，佩莱格莉妮，卡米纳里珠宝，席丹。一圈又一圈。跟这些念头相比，魂灵儿的抱怨根本算不了什么。

　　她来到空地的边缘。旋转木马就在前面，四周三三两两站着几个客人。空地上散落着帐篷和桌子，还有身着燕尾服的金色长腿机器人为客人提供酒水。派对珠宝催促她向前。陆续有客人从空中降下——真形闪着微光，变成衣冠楚楚的基准人类。辛达无疑希望她在派对上过得自在，专门为这个派对圈子作出规定，只允许以人类外形出现。

　　前方地面震动起来，一个棱角分明、高过树顶的机器怪兽（来自大游佐酷）晃了过来。米耶里难以置信地眨巴着眼睛。一进派对圈子，怪兽就噗的一声蒸发成雾滴，只留下一小队身着夜礼服的人类：两个穿着一模一样的黄裙子、正在咯咯笑的女孩子，还有个穿着燕尾服的精灵男子。这男子让她想起米克爵士。

米耶里皱皱眉。这些人怎么能这么无忧无虑呢？他们马上要遭到入侵了啊，快的话，几天以后就会来。既然察觉到了索伯诺斯特的阴谋，作为应对策略，理当抢先出击。索伯诺斯特舰队和装备了霍金驱动的固伯尼亚可能已经上路了。佐酷人肯定知道，内太阳系的海量能源都在索伯诺斯特的控制之下，超越城处于极度不利的境地。可是，听甘草佐酷谈起战争的时候，她觉得，在他们眼里，这场即将到来的大战，不过是游戏中更难的下一关而已。不知伟大游戏是否有应对动作；就算有，她也被蒙在鼓里：从木星特洛伊带归来之后，伟大游戏珠宝就一直沉默。尽管她在这个佐酷的秘密组织中的等级大大提升，她也不敢询问任何相关消息。

而且，她也不知道该问什么。

她来到旋转木马旁边，望着兜圈子的马匹。大多数马背都是空的，没有人骑。派对珠宝把她拉向旋转木马的另一端，那儿有客人站着。但她现在还不想过去。她宁愿躲在这里，躲在叮叮当当的音乐、旋转的光线和木马当中。在旋转木马光芒笼罩的小小园地里，她可以装作巨大的超越城根本不存在。

席丹肯定喜欢这地方。她们俩离开奥尔特的时候，本可以来这儿。可她偏不。她要的是真正的永生。只有索伯诺斯特才能给她这样的永生。

这念头就像尖利的爪子，掐住了她。脚踝上珠宝链冰冷的触感，跟腿上的幻觉疼痛混在一起。我离她越来越远了。过去，佩莱格莉妮始终存在于她的大脑中，就像迷茫时握在手中的石子，含在口中的桃核，随时提醒她别忘记自己的任务。

佩莱格莉妮。米耶里第一次见到这位女神——原型——是在金星的女神神庙中。当时,女神紧紧护着安慕托城、吉祥天平原里的物质,还有众多牺牲于此的意识变来的奇点。奇点,那颗吸力强大的星星,它的事件视界仍然抓着席丹,还有无数其他人的灵魂。你能给我什么呢,小姑娘?女神一直是个睚眦必报、脾气暴躁的工头,"培蝴宁"总是管她叫无情的婊子。女神自己也跟米耶里说过,她从来不愿意牺牲自己。既然这样,她为什么要救我?她脑中的佩莱格莉妮虽然只是宇宙中数不胜数的千万亿女神魂灵儿之一;但米耶里清楚,女神会感受到真实的死亡。所以,下决心自毁并不容易。她记得自己的拷贝跟地球上的野代码作战时一个个死去。她记得,每一次,超我都能感受到同样的痛苦,还有突如其来的虚无。

别忘记。佩莱格莉妮最后说。

她的确没忘。不管有没有入侵,席丹仍然困在黑洞里,唯一能救她的就是卡米纳里珠宝。米耶里必须待在伟大游戏里,收集珠宝的情报,想办法把珠宝弄到手——还得赶在索伯诺斯特入侵之前。她再一次暗暗希望偷儿能在。他肯定会有办法。或者,要是"培蝴宁"在就好了。送给"培蝴宁"的歌还是没写完。米耶里不愿想起飞船,因为她非常清楚,飞船会告诉她:现在只剩下米耶里一个人了,她谁都没法指望,也没时间缅怀过去。于是,米耶里深吸一口气,绕过旋转木马,朝灯光和人声的海洋走去。

就在这时,僵尸袭击了她。

僵尸从旋转木马后面包抄过来。四具身着燕尾服和晚礼裙的腐烂躯体,伸着双臂,慢慢朝她晃来。她认出刚才看见的两个黄衣服姑娘也在其中。一个姑娘的脖子断了,脑袋以不自然的角度垂挂着。僵尸的皮肤都像死尸般苍白,周身散发着甲醛和腐肉令人作呕的甜腻味道。

身着晚宴装的不死精灵伸手抓她,黏糊糊的手指扫过她的面颊。米耶里条件反射地抡起手中的小包,用尽全力击了出去。这一击力道之大,打得精灵僵尸飞了起来,落到旋转木马里。骑着白色木马的人尖叫起来——米耶里分辨不出那叫声是高兴呢,还是恐惧。她后退一步,瞪着黄衣服的死女,心里琢磨:不知派对圈子会不会准许她试试自己的新武器系统。

"我不是说过吗?不准玩僵尸游戏!"辛达出现了。她一身美丽的绿色长裙,蕾丝、丝绸和珍珠织成层层叠叠的绿叶,遮住她的全身,只留下橄榄色的肩膀和脖子裸露在外。辛达手中握着一支香槟长笛,满脸怒容。

就在这时,远处传来一声长嗥。

"也不准扮成狼人!"

黄衣服的死女浑身闪起微光,变回温血人类,对米耶里拉长了脸。"圈子规定了这次的主题是'重生'。"其中一个栗色头发、樱红嘴唇、一脸高傲的姑娘抗议道,"再说僵尸最适合夜晚了!"她蜂蜜金色头发的同伴猛点头。

辛达翻了个白眼,"啊哈。你们不必这么死抠字眼吧。看看我的装扮:植物,绿色,新生命,春天。明白不?"

"还有嫉妒。"另一个姑娘说,"一看你这化身我就知道。"

"对不起,米耶里,我马上处理好。"

米耶里忍不住嘴角上扬,露出微笑。辛达双手叉腰。

"从现在起,僵尸得待在自己的亚圈子里。明白吗?"栗发女子眼神顽固,伸出手,表示挑战。辛达嗤之以鼻。两人同时伸出手,以同样节奏快速挥了三下。最后,辛达的手掌摊开伸平,另一个姑娘的手则握成了拳头。

"真晦气!"栗发女子跺脚骂道,"我还花了这么久准备这个化身呢!"她拉住黄衣服同伴的手,两人走向派对更热闹的地方。

辛达叹了口气,"真是什么人都有。我本想只搞个简单的老式派对,可派对佐酷越变越大,越来越疯狂。恐怕派对的风格和主题已经没法统一了,有些人就是分不清菲兹杰拉德和洛夫克拉夫特①。要是你今晚看见几只挥着翅膀的'深者',可别太吃惊。"

"我该查查你说的这些名字都是什么意思吗?"

"你最好还是别查了。神秘传说佐酷已经够糟了,唯一比它还糟的就是马娜亚大厦佐酷的神秘传说迷——就是我。哎呀,我到底在说些什么呀!这是为你开的派对,你来了,手里却一只酒杯也没有,还被不死者袭击了!"她用手勾住米耶里的手臂,拉她走近音乐奏响的地方。米耶里闻到她身上传来柔和的香味,像水果,可能是桃子。"快来,我们去跟大家见见面。"

按规矩来的派对有条不紊。众人聊天,跳舞,喝酒,听音乐,香影翩翩,觥筹交错,令人迷醉。身着白色套装的乐队演奏着爵士乐。大多数客人都是衣着优雅的基准人类;也有少数几个异类,挑战着圈子规矩的极限。其中一个是蓄着连鬓胡的机械人,戴着顶高礼帽(米耶里觉得,尽管派对众人已然衣着复古,这顶礼帽的历史却还要再往前推),身体是黄铜做的酒桶,灵活精巧的机械臂同时抓着好几杯香槟。他身边围着一小群类人动物化

①均为美国小说家。菲兹杰拉德描绘的是爵士乐时代的男女,云香鬓影,如《了不起的盖茨比》;洛夫克拉夫特则是恐怖奇幻小说的鼻祖,"克苏鲁"之父。

身,有狐狸,獾,还有一只白色的生物,像是尖耳朵的河马。河马正用小小的蹄子紧张不安地整理自己的领结。

"就在这时,轰隆!"戴礼帽的那人边说边比画,"它们都开火了! 说实话,我们自己也该安排这么一次,让那些家伙都开开火! 也许等到佐酷的百年大庆,我们就用这个法子庆贺——不过,他那做法真够粗鲁的!"他摇摇头,"还造成了一次真正死亡——哎呀,我可不想让这欢乐的时刻染上悲伤——不过,契诃娃要是在这儿,肯定高兴。啊,辛达! 这一位准是我们派对的中心人物了!"

"米耶里,这位是巴比康,来自大炮俱乐部。"辛达介绍道。米耶里在协议战争中听闻过这个名字。大炮俱乐部为佐酷制造了众多战舰和武器,古怪、精巧而高效。他是伟大游戏的一员,辛达库扑特道,是一位长老。跟他结识有好处。

巴比康吻了米耶里的手。他的连鬓胡擦过她的皮肤,就像钢丝做的羊毛一样粗糙。他身上散发着机油味和浓烈刺鼻的须后水味。一位长老。米耶里心想,他肯定知道珠宝的情报。我该从何问起呢?

"真迷人! 请跟我们一起聊聊天吧。"祝贺你,他给米耶里发来库扑特,在这么短的时间里,你就做出了巨大的成就。

我只想为大家效劳。

狐狸和獾礼貌地向她打了招呼。这两只动物像是一对,来自名为"舞猫"的佐酷。白色生物太害羞,说不出话,只飞快地握了握她的手。

我的老天,辛达都跟你说了什么啊? 巴比康回应,似乎被逗乐了。伟大游戏可不是叫人效劳的地方,是让人找乐子的地方! 他递给米耶里一支香槟长笛。米耶里接过,呷了一口。金色的液体甜甜的，顺着喉咙滑下，刺激得嗓子发痒。酒液壮了她的胆子。

"我也很荣幸。我对……您的杰作十分熟悉。"米耶里开口。这话不假。有一回，一艘州船摧毁了大炮俱乐部的一艘黑洞船，"培蝴宁"受到爆炸波及，不得不乘着霍金辐射朝前行驶很远，才到了安全地带。

我总是听到"乐子"这个词，她给巴比康回库扑特，如果是我，我不会用这个词来形容索伯诺斯特入侵。伟大游戏对此有何对策？

"太好了！那你肯定想听我说说新闻。我正给先生们讲最近在土卫八上发生的小麻烦呢。"巴比康说，"有人厚颜无耻地闯了进来，偷走了一件藏品，让我们的收藏遭到了无可挽回的损失。真是对圈子赤裸裸的侵犯！"现在谈这个不是时候，也不是地方。私下聊这个，是对我们可爱的女主人的不敬。我建议你把你的问题直接抛给伟大游戏佐酷。我注意到，你的意愿起效范围已经大大扩展，我们会听你提问的。这条库扑特语气明确坚定，表示这个话题已经结束。不过，库扑特链接还在。

米耶里对他微笑。"真有趣。"她回答。辛达莫名其妙地看了她一眼。"请多讲讲。"

请原谅我们奥尔特人的礼数不够周全。她给巴比康发去库扑特，那么，你们的不作为，是不是这个老朽文明寿命将尽的标志？还是因为我们拥有卡米纳里珠宝，所以有恃无恐？

库扑特链接突然有点不稳定。一瞬间，米耶里看到了某种说不出的奇异东西一闪，像是扭曲的光束，仿佛宇宙表皮下的另一层皮肤，既远得不可思议，又近在眼前。链接随即切断。

巴比康正举杯欲饮，突然爆发出剧烈的咳嗽，继而变为猛烈的嗝儿。他嘴巴里冲出一股香槟蒸汽,直上天空。"舞猫"的成员弯腰躲避,辛达吓了一大跳,呆呆看着这位佐酷长老。

巴比康朝米耶里露出慈父般的笑容,用几只小操纵枝捏着餐巾,擦去连鬓胡上的香槟,"万分抱歉!我急着回答这位年轻女士的问题,急得把可口的酒液洒进了自己的锅炉里。请原谅,我得离开一会儿,处理一下紧急的机械工程问题,免得引起爆炸,毁了派对的好气氛。我猜现在还不是放烟火的时候吧,哈?"

说着,他走了开去,以喷射腿支撑着重心,步态有些前后摇摆,消失在人群里。

"这到底是怎么回事?"辛达问道,"你不会是在跟他调情吧?"她用小小的手捂住嘴巴,"真是灾难!"

"怎么可能呢!"米耶里抗议道,"你哪儿来的这种想法?"

辛达叹口气,"哎呀,说实话,只有这样,才能解释你刚才那一脸古怪的表情。再说,你来这儿以后,一直紧绷得像个禁欲的修女。"她朝米耶里肩膀轻轻捅了一拳,"这个问题,咱们会解决的。"

接着她眯起眼睛,"行啦行啦,我相信你。除非奥尔特人的调情办法是挤出一脸愤怒。不管你担心的是什么,那东西都把你搞得太严肃啦。严肃是办不成事的,根本没用。你担心的东西可以先放一放,没关系的。"她拉住米耶里的手,穿过派对,走向森林。

"我们去哪儿?"米耶里问道。

"打猎。"辛达一边回答,一边从路过的机器侍应生手中拿过两只酒杯和一瓶香槟。

"猎什么?"

"当然是珍宝蛋啦!"

森林里到处都藏着蓝色的小圆蛋,就像派对佐酷的珠宝,上面标着金色发亮的数字。

"你喜欢吗?"辛达啜了口酒,"这个游戏叫彩蛋寻宝。每个数字都有相应的奖品!我猜你肯定不喜欢更主流的游戏,比如吉普形①和游戏盛典②之类,那些都太阴暗了。所以呢,我就想了个简单的。藏蛋的地方越难找,得到的奖就越大。"她笑笑,"再说,我想,你肯定也希望找个理由避开人群。我倒想开个小派对,可这是超越城,想开小派对实在太难啦!"

佐酷姑娘的眼睛清澈友善。她真心想帮我。我虽然不理解她的行事做法,但我明白,她是真心的。

米耶里喝干第四杯酒,倾听着森林柔和的声响,还有远处派对的喧闹。树顶飘浮的灯笼给迷宫般交错的枝叶、森林与河流蒙上了一层童话般的色彩。蓝金色的彩蛋躲在灌木丛和树枝里,闪闪烁烁,让她体内深处升起异样的感受,就像尝到了香槟的余味。世界末日就快到了,我们还在玩儿小孩子的游戏。罢了罢了,干吗不呢?

不知是酒力,还是她发间的派对佐酷珠宝散发出醺醺然的奇异味道,总之,她的头晕乎乎的。许多许多年以来,她第一次愉快地、满心舒畅地醉了。

"行啊,"她说,"我玩,而且肯定会赢。除非你打定主意作弊。反正设计整个游戏的是你。"

"哎呀,不是我,是派对佐酷设计的!我只是发出意愿,可一

---

①北欧的角色扮演游戏。

②丹麦的游戏大会,设有各种游戏项目,如角色扮演游戏、桌游、迷你战争游戏等等。

点儿也不知道彩蛋藏在哪儿,也不知道奖品是什么。不过,我们可以让游戏变得更有意思。要是我找的蛋比你多,我就能许个愿。不是佐酷意愿,而是普通的、老式的愿望。就像看到流星坠落时许的愿那样。你说好不好?"

"好。"米耶里说,"那我赢了也要许个愿。我们一小时后在河边见面。不过,你忘了一件事。"

辛达笑了,"什么事?"

"我会飞。"

米耶里展开双翅,微型风扇托着她无声无息地升到灯笼的高度。脚下,森林里撒满了小小的蓝色星星。

十二　窃贼和水晶瓶塞

伊兰板块上空到处都是佐酷飞船。我乘着Q粒子泡泡,朝飞船停泊的同步轨道升去。透过泡泡的放大膜,我能看到星星亮点。在稀薄的铵离子和水蒸气中,飞船之间的缠结光在空中织成银色的网,等着抓住我。

穿过飞船界面,转换到"勒布朗号"异境。这个过程现在已经极其流畅了,就像滑进一汪冰凉的水中。驾驶室在我周围成形。卡拉巴斯侍立在旁,摘下帽子,还以机械的动作在空中花哨地挥舞了一下。

飞船探测器表明,板块上空有超过两百艘飞船。其中有等级佐酷的复制者(外形像粗短的小昆虫),有绿色茂密的戴森树,有福音佐酷细长尖削的紫色伪物质船,甚至还有基准快服——那身衣服里面是一个个银色的类人,带着又大又圆的排热风扇。他们显然都是临时组建的佐酷成员,尽管大小不一,但他们看似随意的移动,却堵住了我所有可能的逃跑矢量。巴比康说什么来着?要对付你,只要组建一支小小的佐酷就够了。但看样子,伟大游戏分出了一整支新的量子集合来抓我。

我是不是该觉得荣幸?

我启动飞船的霍金驱动,掀掉超物质斗篷。分布式信息攻击立即开始。从四面八方涌来库扑特探测与攻击软件,倾泻入飞船的防火墙。看来他们想活捉我。

"离防火墙崩溃还有两百基准毫秒。"卡拉巴斯说,"极限主频下3.07主观分钟。"

我挥手赶开猫,坐在控制键盘前,轻轻拂过黄铜琴键,让飞船的无感知存在为我的意识裹上一层冷静安宁的盔甲。

我禁不住停下思忖片刻。要不要就这么被他们抓住?昂神告诉我真相后,我觉得自己活该被抓。想被抓很容易:所有的矢量路线都在我脑中,没有一条能越过板块逃到泛土星空间,或者躲进土星致密的深层。哪怕只是微微修正方向,都会引来周围所有佐酷飞船的即刻反应。米耶里独自面对一整群猎手的时候,大概就是这种感觉吧?

有条库扑特讯息从邓雅扎给我的伟大游戏珠宝中传来。珠宝在沙盒内,很安全。我让卡拉巴斯和它的手下检查后,方才允许讯息进来。

你真马虎呀,亲爱的孩子!当然,说话的是巴比康。库扑特里还有须后水味,以及空洞的黄铜回音。你以为我们不会发觉吗?你对一整块新生的板块做了什么手脚?

听到这位佐酷长老的声音,我心中燃起怒火。此刻,愤怒于我有益。我命令超我,用愤怒帮我集中注意力。

我们的行话管这个叫"闯空门加上改装"。我回应。别碰伊兰。伊兰板块现在归一位名为邓雅扎的等级佐酷成员管理。完全合法有效。除非你想跟南极的维普宁长老过不去。如果我没弄错,上一次有探险队去找他的异境时,全被他吃掉了。

妙极了！巴比康说,也许他愿意加入我们新成立的葛尼玛①佐酷。这支佐酷里都是出色的侦探和猎头人。不用说,他们离你越近,得到的缠结越多。

他在分我的心。好好想想,若昂,米耶里会怎么做?

当然,如果你愿意投降,那我们就用绅士的办法解决这个问题。不过,葛尼玛佐酷会很失望的。还有,我相信,年轻的米耶里见到你也会很高兴。她很想跟你聊聊飞船"培蝴宁"呢——如果我没弄错,是地球文明毁掉了她的飞船;你却帮着那个文明在伊兰板块重生了,对不对?

哎呀,他问这个问题可就大错特错了。

顺便提一句,米耶里真是个聪明的年轻女郎呀！我想了个任务,正好适合她。我想,她会完成得非常出色,然后得到大量的缠结奖励。意愿系统塑造人的能力真让人惊讶！用不了多久,你的佐酷就会变成你的一切了。你干吗非要拒绝这种体验呢,若昂?你一直缺少活着的目标,我们可以给你一个啊！库扑特里传来吸烟管声,还有精致的瓷器叮当作响。这王八蛋,他享受得很呢！没关系,我已经有办法了。

这是我最后一次邀请你加入我们。要是葛尼玛抓住你,他们会把你交给我们的情报刺探专员。他们设计的游戏可比伟大游戏无趣多了。

"离防火墙崩溃还有20主观秒。"卡拉巴斯说。

我设计了一条紧贴伊兰板块的弧形飞行曲线,将驾驶位交给卡拉巴斯,"来,孩子,我们换换,该你显显本领了,免得我白养你。"

①莫里斯·勒布朗笔下的探长,亚森·罗平的对手,在系列小说的第一部《亚森·罗平被捕》中抓住过亚森·罗平。

别自大了，若昂。尽管你重塑了板块，也不过是个小麻烦罢了。你已经黔驴技穷，凭什么跟一整个佐酷斗？

卡拉巴斯生气地看了我一眼。我举起手。

凭我的家人。我给巴比康发了最后一条库扑特，然后切断链接。接着，我放下手，"开始。"

"勒布朗号"的霍金驱动喷出大丛白色炽焰，朝伊兰板块和野代码沙漠直冲下去。

昂神曾经跟我说："我们只能看见自己。"

"勒布朗号"的光尾在伊兰板块表面刻出了一个烤焦的字母。接着，飞船掉转头，由自杀式的俯冲改为沿伊兰板块表面抛物曲线行进。

昂神接到了我的信号。野代码沙漠在我们身后升起，扬起灰沙城墙，山一般高大的精灵用蓝宝石手指抓住了佐酷飞船。异风突起。一时间，野代码数据风暴也穿透了"勒布朗号"的防火墙，我瞥见巨大的光之毒蛇击向空中。它们扫过我的意识，就像烟囱公主烫人的手指抚过。它们认出了我，放开了这艘飞船。

葛尼玛佐酷的飞船就没这么幸运了。野代码侵入了他们的技术。一棵绿色的戴森树断断续续地击打着移动的沙丘。一艘"复制者"对沙漠底下的方块发射信号，却只招来了歪歪扭扭、破破烂烂的冯·诺伊曼飞行器。飞行器刚在空中划了条短短的弧线，就坠毁爆炸了。福音飞船将炮火对准沙漠，白色的反物质花朵在我们身后不断绽放，就像一串耀目的珍珠。我真担心板块会被打碎。

但身体窃贼出动了。他们通过代码碎片，还有沙漠上的几何形状讲述的故事进入了佐酷人的意识，操纵葛尼玛佐酷的集体意愿。夹击我们的楔形舰队转了方向,四散而去。这只是暂时的撤退——佐酷人的意识没有索伯诺斯特人那么容易感染和操纵,而且他们肯定会很快研究出对策——但这点时间已经足够"勒布朗号"越过板块边缘,沿着闪亮的动力支撑光束流一路飞到土星深处,避开追兵。

我们一到相对安全的亚对流层,我就朝卡拉巴斯抛出了问题。葛尼玛佐酷不会就此罢手,所以不能浪费时间。

"船上有没有另一个赌王若昂?"我问它,"另一个拷贝?"

在火星上,过去的若昂给我留下了一连串线索,还有部分分身幽灵,引导我找到藏在忘川中的记忆。过去的我会不会在飞船上也留了这一手?

猫的机械胡子抖了抖。"需要原型授权。"它咕噜噜应道。

我皱皱眉。目前这个我,在困境监狱经历了多次迭代,被"勒布朗号"接纳为若昂原型的可能性微乎其微。

"好吧,算了。继续开。"

还有一种可能性。"勒布朗号"是索伯诺斯特和佐酷技术的混合。索伯诺斯特有种叫作图书馆的概念:图书馆里存放着众多魂灵儿快照,都是主人过去的形象。主人希望保留这些形象,以备后用。这艘飞船会不会也有这么个图书馆?虽然我从没见过,但并不说明它不存在。也许它只是藏起来了。马特杰克找到的会不会就是它?书店那样的旧拟境基于造物魂灵儿,是根据使用者的意识特别定制的,以维持逼真的幻觉。有时候,通过感应魔法,使用者可以骗得它们连接到本不该连接的东西上。

我真该跟马特杰克谈谈。不过,在目前的情形下,对话恐怕不会顺利。

　　那么，我到底会把飞船上的图书馆藏在哪里呢？那些珍视的、舍不得扔掉的自我碎片，我到底会存放在什么地方呢？

　　明摆着。

　　我回到异境走廊，穿过一扇大门，走向"普罗旺斯号"洒满阳光的白色甲板。

　　我在泳池边的甲板躺椅上找到了那本书。在这儿，没人会看我第二眼。在这个无始无终的异境里，我不过是当德莱齐先生，一位乘坐大西洋邮轮、进行永无休止航行的一等舱乘客。白天我会待在甲板上，夜晚则消磨在赌场和舞厅里。

　　我拾起书本。泳池的水波映着阳光，金色的碎影在封面上跳跃。《水晶瓶塞》，我长久以来的心头爱。过时的平装本，彩色封面，上面是戴单片眼镜的窃贼剪影，还有一只水晶酒瓶。书页已经变黄，留着手指经常翻阅的痕迹。我舒舒服服地坐下来，戴上蓝色的太阳镜，打开书本。

　　里面一片空白。

　　我飞快地一页页翻过，寻找线索。这本书跟异境格格不入，就连摸着都觉得不自然。它仿佛是另一个现实的内核，却放在这一个现实之中。空白的页面仿佛等着什么东西来填满。我需要一把钥匙，一段记忆。

　　我闭上了眼睛。需要原型授权。看来，这把钥匙，跟索伯诺斯特始祖用的钥匙一模一样：一幅记忆中的画面，代表此人的本质。不论增添多少拷贝，都不会改变。这种大脑神经结构的特定配置是最难复制的密码。所以，始祖们把它当作解开秘密的钥匙。

　　我在记忆中搜寻。监狱。扮成始祖苏曼古鲁的模样。被捕。我需要的记忆肯定比这些久远。

火星上的碎片，在记忆宫殿走廊上瞥见的景物。跟艾萨克一同大醉。跟蕾梦黛第一次约会。跟吉尔贝丁劈腿。生死长廊。不，不对。还要古老。

我在飞船上地毯式搜寻。"勒布朗号"上有我可以利用的工具。船上有超认知软件，能把我的意识翻个底朝天。这软件就像记忆撬锁器，只需要轻轻摆弄，等它转到合适的角度，就能把锁打开。

突然间，我动弹不得。我的全部世界只剩下面前的空白书页，我无法转开眼睛。

"你被认定为以下两者之一：主人原型的分歧拷贝，或者入侵者。"猫的声音在某处响起，"你有三十主观秒来提供原型代码。如果不提供，我有权采取反击措施。"

王八蛋。我浪费了一秒钟诅咒过去的自己。真希望我从没生下来。

就是这个。我是什么时候出生的？这本书想要的是不是我在桑特监狱中第一次翻开它的那一刻？从那时候起，花儿王子就开始在我脑中生长。不对。这太明显，太容易了。

"二十秒。"

那么，会不会是约瑟芬打开我牢房门的那一刻？她既年轻又衰老的脸，在锁孔里转动的钥匙。不，不是她。我之所以为我，并不是她的缘故。

"十五秒。"

书页变成了空旷的沙漠，只有烈日炫目。我迷失其中。

"十秒。"

我心中也有片沙漠。那时候，一片空白的我头一次被写上了字。这个字的第一笔,是一个男孩子躺在沙丘上。

　　我轻声低语,唤出心中的那个男孩。书接受了他,空白页面上出现了黑色墨水写就的满满回忆。

十三　米耶里和人类原则

米耶里没想到,自己居然很喜欢彩蛋寻宝游戏。

彩蛋越来越难找。光找到隐蔽的藏蛋处还不行,没这么简单。起先,她凭借空中优势,在溪流、树洞和叶子底下发现了几个小蛋。可是,一个原本坐在弯曲的枝丫中的大蛋,一见她来,竟长出了细细的小白腿,飞也似的逃走了。米耶里跟着它一路跑,穿过草丛,前方竟突然出现了一条燃烧的裂谷。蛋轻轻松松地跳了过去,米耶里却差点掉下去。

她停了下来,呆呆地望着深谷底部嘶嘶沸腾、冒着火星的岩浆。逃走的蛋已经消失在了树荫中。

"现在你还觉得能飞是优势吗,奥尔特人?"辛达嘲弄的声音从另一边传来,"你没这么笨吧!"

米耶里气得直咬牙,在石头上坐下,列出她能想到的最疯狂的藏宝地。巴比康的帽子。云团。花朵里面。随后,她按照列表,一一寻找。

列表上的大多数地点都一无所获。尽管没找到蛋,但从空中俯冲而下,一把抓走那位佐酷长老的帽子,还是很有趣的。长老对她吼了几句,不过她一点儿也没听清。幸好在圈子的规定下,长老不能使用他的枪支。虽然帽子里是空的,她还是戴了它一整个晚上。最后,她在派对上空发现了一朵特别可疑的低云——太白,也太蓬松,不像真云——在云里,她拿到了一个飘浮的大蛋,蛋的一侧标着数字"890"。

到时间后,米耶里带着战利品回到河边。她把蛋都放进帽子里。一共五个。这个结果无疑很说得过去了,何况还有那个云中大蛋。她仰天躺在草地上,望着灯笼在河中波动的金色和银色倒影。她想象自己也乘着佐酷小船,顺河漂流,一直漂到远远的地方。

不知过了多久,米耶里突然被一个声音惊醒。她猛地坐起来,发现辛达跪在身边,轮廓分明的脸被蓝色的光芒映亮。

"对不起,"佐酷姑娘开口,"我本不想吵醒你,你睡得好安详。可我非得告诉你不可——你输啦。"辛达脚下堆着一个发光的小金字塔,至少十二个大小不一的蛋,"我还找到了中头奖的蛋。"她举起一个小蛋,蛋上标着数字"999"。

"哪儿找来的?"米耶里擦擦眼睛。这会儿她清醒多了,但夜晚和河流仍然不愿放她走。也许,是她不愿放它们走。

"在我的小包里!这是我最想不到的地方。而且,在我伸手去找之前,我敢肯定包里还没有呢——廷波在上!这不是巴比康的帽子吗?"

"这是我最想不到的地方。"米耶里回答。

辛达哈哈大笑了好一阵儿,笑声如珠落玉盘,"嗯,我很高兴你玩得这么开心,米耶里。"

"我也高兴。谢谢你。派对很不错。"

"派对还没结束呢!你想不想回去拿奖品?"

"不,不想。"米耶里望着帽子里闪光的蛋,"我还是喜欢留着对奖品的想象。"她举起标号为"27"的蛋,"也许是一首没人唱过的歌,也许是一个新的开始。"

辛达握住她的手。"这主意不错。"她说,"也许我们也需要一个新开始。"

米耶里身上腾起暖暖的欲浪。不,不对。她只是面具。这些都不是真的。我做这些是为了席丹。我为了保住伪装身份才接近这姑娘,刺探情报。

米耶里抽回自己的手。

"说起赢,"她说,"你想许个什么愿?"

辛达垂下眼睛,"等下再告诉你。"她戴上巴比康的帽子。帽子太大了,她只能把帽子滑稽地挂在一边,才能戴起来。

"不知道你怎么想——我呢,我现在想干点儿不让干的事。"她说,"这样我们俩都能好好乐一乐。你说怎么样?"

米耶里坐了起来。"我这辈子碰到的,都是想要打破禁忌的人。"她回答。

"那,你们会打破什么禁忌?"

"一般来说,我们会去寻找禁忌之所以是禁忌的理由。"

"哎呀,这算什么打破禁忌!这么开心美妙的夜晚,就该翻过篱笆,闯进墓地。你说吧,我们该干点儿不让干的事?"

"嗯,"米耶里小心地选择字句,"你的朋友巴比康说,不能谈论卡米纳里珠宝。"

辛达瞪大了眼睛,望着她。"没想到你居然知道这个。"她压低了声音道。

米耶里耸耸肩,"看来你还没有完全了解我啊。"

辛达微微一笑,"你在玩我吗,米耶里?你跟我调情,就是为了让我说不该说的话?"

米耶里拉起辛达的手。她握住那小小的、温暖的手。库乌塔，帮帮我吧。她想。

"你不想让我玩吗？"

"卡尔胡的女儿米耶里，"辛达说，"你是在提议我们共享缠结吗？让我帮你升级，然后告诉你不该知道的佐酷秘密？这可是坏事，大大的坏事。我们做了这种事，逃不过惩罚的。"她坏坏一笑，"不过我喜欢。把你的伟大游戏珠宝给我！"

米耶里打开小包，把宝石递给辛达。佐酷姑娘举起宝石。

"你要知道，这可是真正的禁忌。做了这个，我们说不定会被打回最低一级！不过，放心交给辛达阿姨吧！"她用自己的珠宝碰碰米耶里的珠宝，就像碰杯。米耶里感到缠结涌动，就像进入了冥想状态，对身边一切的感受都突然清晰起来。她感到伟大游戏成员遍布超越城，他们的意识跟她紧紧相连，就像自己的心跳。接着，感觉平息下来，恢复成杯中平静的水面。

"好了。至少白白升了三级。你觉得怎么样？"辛达把珠宝还给米耶里，"别怕，大家都这么干过。"她压低声音，"那，你想知道什么？凡是跟佐酷意愿相违背的东西，我真的不能说。你需要知道的东西，应该自然而然就知道了。"

"我只是想了解，"米耶里说，"什么是卡米纳里珠宝？为什么佐酷不用它做武器？"她抬头望着星辰。土星环的弧线像光之画笔，刷过天空。

"不久之前——我还没来这里之前，我想死。"米耶里轻声继续，"真正死亡，不是你们的那种游戏。我差点儿就实现愿望了。可这些日子以来，我觉得——我想活下去。我想玩彩蛋寻宝游戏，我想唱歌，我还想……"她没说下去。

“我了解索伯诺斯特。要是他们赢了,就会抹消这块地方,带走你们的意识,带走你们叫作Q自我的东西,让你们永生永世为共同盛业劳作。而如果没有厉害东西的帮助,我不知道你们——我们——能不能赢。”

“哇,你还真擅长调情呢!”

米耶里没好气地瞪了辛达一眼。

“我在开玩笑啦!”辛达说,“不过,说真的,用珠宝当武器——你难道不觉得这么做错得离谱吗?这么做,违背了佐酷坚持的所有原则:保护宇宙,控制生存危机。你知道珠宝能做什么吗?”

米耶里摇摇头,“只知道珠宝很厉害,始祖们都想要。珠宝可以用来对付他们。”

“哼哼!这么说可是小看了珠宝!”辛达噘起嘴唇,“这个宇宙一共只有两个问题:第一,我们没法解决真正的难题。凡是达到NP-完全[①]级别的问题,都解决不了。比如旅行推销员问题,吃豆人问题,都是这个级别。太难了。哪怕我们有一台宇宙这么大的电脑,也没用。这一点把索伯诺斯特逼得发疯。我们倒不十分介意:就因为存在没法解决的难题,游戏才好玩嘛。而且,在某些特殊情况下(比如需要协作的时候,还有——当然了——要开派对的时候),我们就采取量子捷径。

“可是,如果真的能解决这些难题,世界就会很不一样。我们可以预测未来,重塑历史,让创造力自动化,造出比我们自己

①NP完全或NP完备(NP-Complete,缩写为NP-C或NPC),是计算复杂度理论中的决定性问题之一。计算NP完全问题的时间可长达宇宙年龄。

更先进的意识,实现大崩溃之前强人工智能[①]技术宅男的所有梦想。现在你明白了吧,为什么索伯诺斯特几个世纪以来一直都朝这个方向努力。"

"嗯。"米耶里应道,想起了崩塌的安慕托城,还有发光的奇点旋涡,在金星上燃烧。

"第二个问题是:我们所知的任何物理机器,都没法解决真正的难题。这就像是要求速度超过光速,或者制造出永动机。量子计算机做不到,合成生化机器也做不到,规模再大也没用。很早之前,大家就达成了共识:NP众神唯一可能的藏身处,就是量子引力。

"用足够大的放大镜观察时空,时空就会分解成一个个小小的碎片。在普朗克尺度下,因果关系会成为一个变量。在这个尺度中,甚至可以造出微型时间机器,还有闭合的时间性曲线。这儿不会出现德罗宁问题[②]或祖父悖论,因为这些问题不适用于量子机器。不过,说不定能让电脑挤进这个小小的尺度。如果真的放进了电脑,那么,就可以把时间变成记忆,解决所有NP-完全级别的难题,等等。是不是太像美梦,不像真实? 没错。"

辛达靠近米耶里。尽管夜风温暖,她的身体传来的暖意仍让米耶里欣喜。

"要是你听烦了,就告诉我。"佐酷姑娘在米耶里耳边低语。

---

①1980年,美国哲学家 John Searle 便提出"强人工智能"(Strong AI)和"弱人工智能"(Weak AI)的分类。"强AI"指人工思考智能,大胆假设电脑能具有与人相同程度的思考能力;"弱AI"就是人工模拟智能,即是机器只能具有模拟思维,而不是真的懂得思考。

②科幻系列电影《回到未来》中的汽车式时间机器,险些引起时间悖论问题。

她呼出的气息痒痒的,让米耶里全身一阵哆嗦。接着,佐酷姑娘挪了开去,"我向你保证,我的调情技巧中一般不包括计算机理论科学。"

米耶里摇摇头,"我没烦。继续说。"她吸了口气。

"好吧。"辛达继续道,"说到哪儿了?想起来了。自然,人们已经做了尝试。早在大崩溃之前就用迷你黑洞试过。结果,他们发现了普朗克锁。他们试着造了一部量子引力计算机,计算结果却荒唐无稽。有人说,这些都是宇宙有意为之。他们说,宇宙拥有严谨的结构,普朗克锁的存在,就是为了让人类安分守己。反正就是老问题——人类是否活在计算机模拟世界中。可我觉得不对。我觉得,普朗克锁之所以存在,是因为不存在就不行。"

"什么意思?"

"想想吧。想象一下,有许多可能的宇宙,每个宇宙都有不同的规则——这就是幽灵佐酷宣称的结构。他们说,存在许多可能性的泡泡,泡泡互相碰撞,造成了宇宙大爆炸。那样的话,其中就会有因果结构断裂的世界。在这样的世界里,时空可以重写,没有故事,也没有游戏。在这样的世界里,我们能存活吗?我们,没头没脑傻乎乎的人类,能挺过这样的世界,跌跌撞撞地生活,建造城市,一个又一个地犯错误吗?我觉得不可能。又不是大团圆的傻剧。在没有普朗克锁的世界里,我们是不可能进化发展的。普朗克锁必须存在。否则,我们就不再是我们了。"

辛达又握住米耶里的手。

"这么说吧。假设卡米纳里佐酷成功了,真的打开了普朗克锁。假设他们真的留下了一块佐酷珠宝。你拿到了这块珠宝,对它许愿,而它也接纳了你。可你的愿望会重写时空,创造出一个新世界。新世界的一切都跟旧世界不同,只有你愿望中的东西仍然保留。同时,你的愿望还会制造出一个假真空泡泡,抹消整个现存宇宙。你真的不惜毁掉现在拥有的一切,只为实现一个愿望吗? 这世界上真的有你这么想要的东西吗?"

米耶里什么也没说。

"不用担心索伯诺斯特,米耶里。他们不过是下一关的 Boss 罢了。只要我们有清晰的目标,谁都打不败我们。等索伯诺斯特人攻来,整个超越城都会加入战争佐酷。到时候,索伯诺斯特人就连怎么失败的都不知道。你等着看好戏吧。"

你们还没见过终极背叛者啊。米耶里心想。

"你见过没? 我是说珠宝。"她大声说。

"我? 没。珠宝很安全。只有长老知道放在哪儿。"

米耶里记起巴比康的库扑特中闪过的光。扭曲的光束,很近,却遥不可及。

"你会许什么愿呢?"米耶里问,"要是愿望不会毁灭宇宙,你会许什么愿?"

"我要许愿,得到一样东西,一样你已经欠我的东西。"辛达回答。

"什么东西?"

"一个吻。"辛达说,"至少。"

她的手指抚过米耶里的脖子,她的嘴唇柔软,温暖,顺滑,带着香槟和桃子的味道。米耶里抚摸着辛达臀部的轮廓,摸到她薄薄的衣裙下发烫的肉体。

突如其来的罪恶感如同 Q 服长出的尖刺,刺进她的肋骨。

她推开辛达。

"我不能。"她轻声说。

"为什么不能?"辛达一脸受伤的表情,"我知道你爱着别人,米耶里,就是雪山上的那个姑娘。可她不在这儿。我觉得她只是雪女在你脑中造出的布娃娃。"

"不对,根本不对!"米耶里站了起来,"你知道什么——你连肉体都没有。我看见的不是你,只是你的化身,是你用来操纵我的东西,只是面具。"

你这傻瓜。事情根本不该发展成这样。她用双臂抱住自己,没法面对佐酷姑娘。

"就这个?"辛达说,"米耶里,我觉得你根本不理解我们。我早先一直想跟你解释。我们之所以会走到一起,就因为你是你,我是我。"

"我——"

辛达摸摸她的脸,捧住她的下巴,温柔地转过她的头,"嘘。我想让你看看。"

她拉着米耶里的手,贴住自己的胸膛。她光滑的皮肤下有东西渐渐凸出,带着温暖的光亮。辛达用双手捧起这东西:是一块佐酷珠宝,一滴珍珠做的眼泪,镶在精致的金色框子里。她把这东西轻轻放下,放到地上的珍宝蛋旁边。"伟大游戏。"她说。又是一块珠宝,银色圆盘里嵌着红色圆眼睛。接着又一块,又一快,"马娜亚大厦,超越城,赫伊津哈,狭带,甘草。这就是我全部的Q自我。"

她微笑起来,"别忘了,我们随时可以离开。随时可以退出游戏。"她指指地上的珠宝,"现在,它们对我来说就只是普通的漂亮石头了。你看见的肉体,就是全部的我。"

她沙沙地褪下裙子,跨了出来。她的身体纤小苗条,乳房就像小小的花蕾,裸露的性器夹在两瓣挺翘的臀部中间,就像粉红色的逗号。她稍稍跨前一步,像舞者一般伸出手臂,环绕米耶里的脖子。

"现在看看,谁是伟大游戏佐酷的大坏蛋,嗯? 又是谁一心只想利用可怜的天真姑娘?"

米耶里用双手、嘴唇和舌头做出回应,拉着辛达躺倒在草地上,倒在珍宝蛋和散落的量子珠宝当中。

过后,米耶里为她唱起了歌,一支轻柔宁静的、为爱人唱的歌。在奥尔特,这支歌会让柯多的墙壁上长出叮当作响的瓦奇花朵。在这儿,这支歌应和着她臂弯中辛达的呼吸,还有森林中温暖的微风。风儿带来凉意,吹干了她们皮肤上的汗水。

第一次,在一个比柯多大的地方,她感到轻飘自由,无拘无束。辛达贴着她,纤小,珍贵,真实。

我不能再装下去了。我不能用身体对她撒谎。我得告诉她实情。

佩莱格莉妮牺牲自己救了她,这不假。但她这么做,无疑出于自私的理由。米耶里为她效命这么多年,什么都不欠她的。

席丹呢,虽然她回头了,但她也得到了自己想要的东西——永生,没有尽头的生命。如果米耶里有了结果,或者翻开新的一页,难道她会生气吗?

允诺,誓言,言辞和虚假的希望铸成的链条。我受够了。"培蝴宁"说得对,她会希望我开始新生活,她会希望我快乐。

我一直比她更爱你。飞船这么说过。

也许这是我能献给她的最好的歌。

"你怎么不唱了?"辛达问道。

"我有话要对你说。"米耶里深吸了口气,"我不是你们的一分子。我觉得我永远也成不了你们的一分子。我加入你们,只为了寻找卡米纳里珠宝。你说得对。我爱过其他人。雪女也的确存在。你刚才对我说的话,我的朋友'培蝴宁'也对我说过。我真傻,过去没听她的。"

"米耶里,你什么话也不用说。"

"不,我要说。"她吞吞吐吐地对辛达说了席丹,说了金星和佩莱格莉妮,还有她、偷儿和'培蝴宁'的漫长旅途,还有终极背叛者。她越说越顺畅,说了很久很久。等她终于把话都说完的时候,狭带远处,远得看不见的地平线上,已经有了小太阳的玫瑰色亮光。

"如果你要把这一切都汇报给伟大游戏,我能理解。"沉默片刻后,米耶里说。

辛达抱着赤裸的膝盖,望着米耶里,"如果你不想让我说,我就不说。实在不行,我就离开佐酷。"

"我没权力让你这么做。"

"你当然有权力。"

辛达望着河水,手中掂量着珍珠般的伟大游戏珠宝。接着,她紧紧闭住眼睛。"该死,该死,该死。"她喃喃道。

"怎么了?"米耶里碰碰她的肩膀,"告诉我。"

"我觉得你可能不会理解。"

"在你耐心听完我讲的一切之后? 我当然会。"

辛达悲哀地笑了笑,"我很了解你,米耶里。在我们第一次见面之前,我就细细地研究过你了。我知道,你不会喜欢。可是,既然你已经对我讲了一切,我也不能瞒着你了。你讨厌谎言,米耶里,甚至痛恨谎言。就像你自己说的,你永远不会真正成为我们当中的一员。"

"我不明白。"

"我出生,就是为了你,米耶里。"

"什么?"

"我跟你提过,每一个佐酷孩子,生来都带着明确的目标。你就是我的目标。"她咬紧嘴唇,"这不是人为制造的,也不是面具,更不是某块宝石把某个念头塞进了我的脑袋。我生来就为了让你快乐,我生来就是为了爱你。这就是我的本质。"

米耶里看着散落一地的佐酷珠宝。珠宝在晨光中熠熠闪光,折射出五颜六色。这是陷阱,一切都是陷阱。她站了起来。

"对不起,米耶里。可你得明白,这并不重要。"

"我本以为索伯诺斯特已经够残忍了。"米耶里冷冷道,"可就连他们也及不上你们这一招。你们这地方活该让他们占领,这地方的一切活该让他们毁掉。"

她背转身,离开佐酷姑娘,朝森林里走去。

米耶里走了很久。她什么都没穿,只戴着席丹的珠宝。她的佐酷珠宝像一群小鸟似的跟着她。她没理会这群鸟,也没理会辛达发来的库扑特,一直走个不停。愤怒,夹杂着内疚和迷惑,在她心中猛烈翻腾,如土星风暴眼。最后,她再也没法忍受,用超脑皮层过滤掉了所有情感。这么一来反而更糟:脑中什么都没剩下。她变成了一张白纸,一个无意识的移动点。

身边的风景变了。派对已经结束,圈子消失,这个世界的建筑块开始显形:石头和树木的表面慢慢融化,变成光滑的方块。片刻后,她就成了只有轮廓的金属方块森林中唯一的活物。最后,伟大游戏珠宝不停歇的脉动让她停下了脚步。待在你现在的位置别动。她后悔没把这东西扔进河里去,可她实在没力气这么干。

她漠然停下,等候。一扇异境之门噗的一声出现,门中浮出巴比康——在灰色的方块树当中,出现一个圆桶般的鲜艳人形。

"我想,你是来拿你的帽子的吧。"米耶里双臂交叉抱胸。

巴比康扬扬眉毛,有些不好意思地笑了笑,"亲爱的,那是一场欢闹派对,而你是年轻女士,做点出格的事没关系。我可不是为了我的头部装备来的。在你如此难受的时刻,我还来搅扰你的私人空间,实为抱歉。但佐酷急需你的效劳。而你的管理者、可爱的辛达,没能联系上你。我想,我亲自出现,会更有……分量!"他用沉重的枪臂敲敲自己的黄铜肚子。

米耶里转过身,"我什么都没兴趣。"她伸手去摸伟大游戏珠宝,打算扔掉。

"哎呀,可我觉得你一定有兴趣! 据我所知,你应该认识某个名叫赌王若昂的恶棍吧?"

米耶里愣住了,瞪大眼睛看着巴比康。

"他在这儿?"

"算是吧,"巴比康舔舔嘴唇,"我们接到他发来的通信。他宣称,在不多不少57分钟之后,他就会把土星的一个星环偷走。"

十四 偷儿和自我大集合

男孩趴在滚烫的沙里，烈日炙烤着他的后背。他脑中盘算着偷东西。

太阳能板堆场边缘有个机器人在走动。机器人活像个塑料玩具，一只涂了伪装色的螃蟹。但它便宜的外壳里头有个生物处理器，独眼埃加愿意付一大笔钱买下。

他的嘴巴发干。日头太烈，就连他干透的脖子也晒脱了皮。他眼前已经开始冒出金星。

今晚，他母亲会回家。她会累得精疲力竭，而他却没有收获能给她看。上周，他给村里的大兵耍把戏，跟他们说法语，给他们变魔术，逗他们发笑，以此讨些香烟回家。可是，塔法尔卡特发觉后，却狠狠揍了他，骂他是个小丑，说他不是男人，永远都成不了大酋长。挨打的记忆让他的双颊火辣辣地疼，比太阳还烫。

越过堆场波动的闪光，能看见大兵们在低矮的车辆旁抽烟谈笑。他心中默默计算：十五步就能跑到机器人身边，用埃加露天市场铺子里弄来的多用途工具，只消片刻就能打开外壳。

他脑中似乎有只嘀嗒作响的闹钟，替他做着倒计时，告诉他行动的时刻到了。他的大脑还没反应过来，身体已经滑下了沙丘的陡坡。在滚烫的柔软沙地上，他的赤脚几乎无声无息。

他停了停,抓起一把沙子,扔到机器人的探测器里,紧接着又朝它喷了一股罐装油彩。机器人原地滴溜溜旋转起来。他摸出手机,眯起眼睛看看屏幕,用大拇指按下一个应用。机器人猛地刹住,停了下来。他捣鼓塑料硬壳,花了全身力气,才用工具的镊子头扯下一块巴掌大小的碎片。机器人内部的塑料管子在阳光下闪亮,还有他下手的对象——那些能思考的小虫子,机器螃蟹的大脑。他只须伸出手拿下,他妈妈今晚就会微笑,一切就会美好。

"小子,你在干什么?"

他一把抓起目标。往外扯的时候,锋利的塑料边缘割破了他的手掌。得手后,他撒腿就跑。可上沙丘比下沙丘难得多。就像在噩梦里似的,他的脚陷进了沙子。一只手抓住了他的脖子。他滚了下来,正好落进一群高大的人形当中。在刺眼的光线下,他们的脸,以及手中的步枪,都成了黑色的剪影。

一个大兵粗暴地拉他站起来。另一个身材粗壮的男人,满脸蓝色的胡茬儿,身上散发着黑烟草和汗水的味道,反手给了男孩子一个巴掌。这巴掌又重又狠,比塔法尔卡特下手还重。男人手腕上有个金属东西,撞在男孩子的牙齿上。他的脑组织在脑袋里乱晃,就像生鸡蛋的卵黄。

他用法语乞求他别打了,用尽全力高声尖叫。

大个头男人哈哈大笑。他跪倒在孩子身边,用两只粗壮的手指捏住孩子的脸。

"哎呀,你是提奥的儿子,对吧?"

男孩在男人手中直抖。他点点头。他本来不该说出父亲的名字,可只要他们不打他,他什么都肯说。

"哎呀,孩子,你爸爸不在这儿,那就该我们来给你上一课啦,好让你知道,偷窃会有什么下场。"

几支步枪的枪托齐齐砸下,砸在他的肋骨、手臂和背脊上,和着笑声和咒骂声的节奏,每一下都会在他脑中砸出新的疼痛深坑。没多久,深坑就连在了一起,变成白热的剧痛。

他不知道这些大兵什么时候住的手。另一只修理机器人从他身边驰过,他这才从昏迷中惊醒。那些男人玩腻了,都走了。他觉得自己就像个破布娃娃。面孔底下的沙子沾满了血,已经变黑。他的脸发木,发黏,就像肿胀的面具。只要他一动,疼痛就会像长矛一样刺穿肋骨。身体只想缩成一团,蜷在地上,他花了好一阵才坐起来。

他张开右手。他握着大块头的手表,表带是厚重的金属,嵌了银,还镶着宝石。

这一刻,他永生铭记。不是因为得手的战利品;而是因为,这一个简单的动作,让他变成了另一个人,仿佛重新出生了一次。

之后,在他整个生命中,他会时常回来寻找这一刻。不论是在海那头,在城市,在宫殿,还是在其他世界,甚至更远的地方,他都会回到这里。有时候,这一刻会从记忆中失落;有时候,他会被捕,会死。有一天,在监狱牢房里,他会开始读一本书。

男孩变成了年轻男子,有铅笔勾画般的眉毛,凹陷的太阳穴,还有彼得·洛般的疲倦眼睛。他穿着晚宴装,披着红线镶边的斗篷,仿佛正要去听歌剧。他上装的翻领处别着一朵白色鲜花,散发出微微的夏日味道。他就是我。

我们肩并肩站在水晶迷宫里。看不见的太阳在高处把迷宫照亮。这儿寂静彻骨,我们的呼吸变成白汽,飘到空中。面前的走廊狭窄弯曲,走廊两侧是一排排玻璃小隔间。光线透过小隔间的玻璃墙壁,在光滑的镜面地板上折射出炫目的彩虹色图案。每个小隔间内都有我的蜡像。有年轻人,有老人,老人脑袋旁边还围着一圈佐酷珠宝。每个隔间都有浇铸成花儿和鸟儿形状的铁框。隔间上挂着标牌,牌子上有老式花体字。这里的摆设让我想起巴黎地铁站的入口。我身后的门开着,门里传出热浪,吹来沙漠里的风。门上的标牌写着:开头。

这地方实在太像困境监狱。

另一个我笑了,走过我身边,关上我身后的门。接着,他用戴着白手套的手指指玻璃迷宫。

"好了,"他说,"我们就在这儿。一个都不少。"

我跟着另一个我,沿着存放自我的水晶美术馆长廊走去。他一边走,一边低声哼着歌。

最后,他指指一扇隔间门,说:"到了。"门上的标牌写着:结尾。他摸出一把小小的金色钥匙,插进玻璃门上的铁锁眼,打开了门,"这是我的隔间。我们在这儿会舒服些。美术馆实在太挤了,该来一场春季大扫除啦。你就是为这个来的,对不对?"

隔间里有一张小桌子,两把沉重的桃花心木椅子,面对面摆着。他指着其中一张说道:

"请坐。"

我小心坐下,观察着他。这儿不像是拟境,也不像异境。据我看,这里的每样东西都是实体,是真的。我感觉不到"勒布朗号"的界面。有什么东西扎我的脖子,挺难受。

"我该担心有什么陷阱吗?"我问道,"要是你想玩游戏,我可没带枪。"

"喔,不,"他说,"不玩游戏,也不用枪。再也不用了,这儿用不着,这儿只有真相。"他靠在椅子背上,微微一笑,"首先,若昂——我想你会允许我叫你若昂——祝贺你!你是我们当中第一个来到这地方的。了不起的成就哇。"

我扬扬一边眉毛。

"其次,请注意,我不像你,不是完整的魂灵儿,只是个部分分身,一张轮廓素描,只有有限的自主权。所以,有些问题,我也许没法回答。而且,眼下你面临的紧迫问题,我也肯定没法帮你解决。依我猜想,某个固执己见的少年,恐怕也是问题之一。我跟他短短地聊过一次。当时,他第一次上船,一心要钻我们系统的空子,找到所有的漏洞。所以我想,最好还是出来跟他说几句话。"

"啊,那件事。非常感谢你啊,真是帮了大忙。"

"哦,不过,我总得给你点提示,对不对?我知道你计划偷盗马特杰克·陈手中的卡米纳里珠宝。这少年是不是计划的一部分?如果是,我还是趁早告诉你,你在浪费时间。珠宝不在陈的手里。"

"唔。"我说,"我也觉得奇怪呢。"我回顾了从苏曼古鲁那儿弄来的记忆,重温了陈弄到卡米纳里珠宝的经过。事后想来,整件事非常可疑。

"佐酷放弃珠宝太轻易了,好像是特意留给陈似的。整件事到处都是伟大游戏佐酷设计的痕迹。"

"一点没错。"接着,我又问道,"可是,我们怎么知道,珠宝不在陈手里?"

他露出熟悉的笑容,"自然是因为,我已经从他那儿偷过一次了。弄了半天,他手里的珠宝原来是个傻瓜陷阱,一个阴险的

病毒，能干掉整个陈的拷贝部落。伟大游戏玩的可不是游戏
——反正下作到了这种程度，他们还不如用会爆炸的雪茄，或者
染了毒的泳衣呢。"他叹了口气，"时移世不易啊。我还留着那件
假珠宝呢，好提醒自己别忘了这件事。珠宝应该就在船上的什
么地方。依照我的绅士习惯，我在陈那儿留了件复制品——当
然，还留了名片。"

"哦，你是不是该早点告诉我，说我花了好几个月准备、还牺
牲了朋友的计划，想偷的不过是你的名片而已？"

他朝我挥挥手，"冷静，冷静。在你摆脱佩莱格莉妮之前，我
什么都没法告诉你。总之，你现在已经找到这里了，这才是最重
要的。"

"那么，真正的珠宝在哪儿？我猜在伟大游戏手里？"

"这下你可算问到点子上了。"

"在陈那儿试过手气以后，我就追着真货去了。没错，真货
在伟大游戏手里。除非他们最近干了什么蠢到家的事，不然的
话，应该还在他们那儿。中间的过程我就不提了，总之，我找到
了珠宝。只要伸出手，就能拿到。可是——"他的目光落在远
方。

"可是什么？"

"珠宝不接受我。"他摘下手套，闭上眼睛，捏捏鼻梁，"真让
人恼火啊，手中明明握着一块能思考的时空，可这东西——"

他发出介于大笑和抽泣之间的声音，摇了摇头。

"不提了。这不重要。重要的是，卡米纳里佐酷真的做到
了。他们找出了大崩溃的原因——原因就是潜藏在量子机制中

的非线性[①]。一旦纠缠态大到某个规模,这种非线性就会出现。大崩溃就是一场不折不扣的全球波函数[②]的崩溃,整个系统突然退相干[③]成了固定不变的状态。"

"是我们造成的退相干。"我指出,"可这是怎么做到的? 又是为什么?"

"啊,对,你肯定很好奇。"另一个我热切地说,"我的作用之一就是为你提供信息。这儿有我们可敬的合作者朱伟教授的最新成果。"他从口袋里拉出一叠纸,放到桌子上。最上面一张的标题是:《多主体系统协调中大规模纠缠态提炼[④]的线性崩溃》。我小心地拾起这叠纸。"至于我们为什么会有这个,以及怎么弄到的,你还是别仔细问的好。"我的部分分身说。

"总之,卡米纳里也利用了同样的非线性——只不过,是利用它打开普朗克锁。就像传说中所有的公会联合起来攻击沉眠者一样,他们组成了覆盖整个太阳系的巨大临时佐酷。伟大游戏想阻拦,却只弄出了一场烟火表演。卡米纳里没了踪影,只有上帝才知道他们去了哪儿。不过,他们留下了一块缠结珠宝。这块珠宝和其他佐酷珠宝一样,只要你对它许愿,它就会把这个愿望发给整个佐酷。"他叹了口气,"不过啊,这块珠宝不会有求必应。我猜,这该死的东西会计算整个宇宙的相干外推意愿。一支佐酷把某个怪异的概念变成了现实——这个概念就是:我会满足比现在更明智、更强壮、更聪慧、更高尚的你的要求。哦,

①指两个变数间的关系,是不成简单比例(即线性)关系的。线性意味着系统的简单性,传统的物理学和自然科学常为各种现象建立线性模型。

②在量子力学里,常用来描述量子系统的量子态的函数。

③指量子系统状态间相互干涉的性质随着时间逐步丧失。

④从退化的纠缠态中提炼出最大纠缠态。

对了,这个要求还必须符合整个宇宙的利益。换句话说,如果你不再是你,你会想要什么。"

我闭上眼睛,脑中的多米诺骨牌一块块落下,随着一连串咔嗒声,组成了某个形状。我不喜欢这个形状。

"于是,你决定变成其他人。"

"没错。变成你。"

他站了起来,"我得借点酒力,才能继续谈下去。就像艾萨克说的,喝酒不是化学作用,而是模因。而且,我希望在谈话结束前,我俩能达成值得举杯庆贺的协议。威士忌行吗?"他从口袋中拿出两只小小的玻璃杯,还有一只绅士扁酒壶。他把杯子放在桌上,往里倒酒,"有一支名叫'社交'的佐酷,对这些东西尤其迷恋。他们模拟了一整个平行生物圈,才酿出了这种好酒。"他闻闻其中一只酒杯,"幸运的是,虽然他们擅长酿酒,却不擅长看守。当然,这酒是独一无二的。量子信息,不可克隆定理之类。"

我端起自己的酒杯闻了闻。有烟味、香草味,还有某种有欺骗性的糖果味。

"为什么?"我问。

"啊,我觉得某种混合了地球从未有过的味道的物质,喝起来实在有趣。这些味道连名字都没有,光是构成就要花上十亿年,进行原子级别的量子模拟。"

"我问的不是这个。为什么要变成另一个人?"

他双手一摊,悲哀地笑了笑。

"我累了。长久以来我一直很累,越来越疲倦。我的名字太多,犯的罪也太多。其中某些已经变成压在我身上的负担。"

"全是因为约瑟芬,对不对? 你做的一切都是为了她。"

他没理我,啜了口酒,闭上眼睛,"香草,焦油,还有一点儿迷迭香。有点像巧克力和木炭的叠加。我没法给这种东西命名,不过,我猜它有些像液体的爱情。啊,当然,还有一点儿内疚的味道。"他仰脖吞下整杯酒,叹了口气,又往杯子里倒了一些,"没想到,你终于出现的这一刻,会让我这么动感情。当然,对我来说,时间不长,只是一眨眼的工夫。可我还是挺感慨:又有了希望,知道自己的死没有白费。"

"你到底做了什么?"

"对我们来说,什么是死亡? 答案从来没变过——被捕就是死亡。我装着又想偷陈的珠宝,而且干得笨手笨脚,让自己落到了陈的手里。同时,我安排好,确保约瑟芬会来救我出狱,还给了她一块意识模板,让她能从监狱里十亿个我当中找到正确的那个。"

我低下头,用拳头紧紧抵着脑袋。

"你是故意进监狱的? 你是不是疯了? 你知不知道那地方什么样?"

他摇摇头。"恐怕我只能猜测了。这也是计划的关键。我希望,你会觉得在监狱受苦是值得的。"

我把杯子丢到墙上。杯子粉碎,琥珀色的液体从水晶墙面上流了下来。

"王八蛋,你什么意思? 没有任何东西值得你去受那种苦!"

他望着碎片,摇摇头。一秒钟后,碎片飘到空中,形成小小的水晶银河,重新组合成了我手中的玻璃杯。只是杯中的威士忌没有复原。"这个美术馆会尽可能让一切保持原样。所以,恐怕你刚才的脾气是白发了。只可惜浪费了好酒。算了,来得容易,去得也快。"

我翻翻白眼,"这么说,你自愿进了困境监狱,好变成某个更高尚的人?"

"不,只是不同的人。不过,有些事,我们的确向来不擅长。比如利他,慈悲,合作,还有后悔。我打赌,你肯定后悔过去犯下的错误,还想着怎么弥补。"

"可我没能……"

"这不重要,重要的是你有这个心。严格地说,我给约瑟芬的模板不是原原本本的我。进化算法依然是创造新东西的最佳办法之一。既然你出现在这儿,书也接受了你,就说明你是——据我所知是——我的最佳仿制品,而且可能会被珠宝接受。"

他深吸一口气,"若昂,还有最后一件活儿要干。再偷一次,我们的盗窃生涯就结束了。露一手厉害的,给他们看看,从他们的鼻子底下偷走众神的火种。我会告诉你怎么做。一旦得手,我们就改变世界。索伯诺斯特太执着于永生,把灵魂变成了机器上的齿轮;佐酷则迷失在他们的傻游戏和异境之中,没找到出路;还是陈说得有道理:我们不必接受现有的世界,不必一再重复同样的经历。"

他微微一笑,"只要是锁,你就该痛恨,对吧?很久以前,不知是哪个混蛋,把宇宙造成了一座监狱。我想,你应该是最讨厌这一点的人。你说呢?"

我坐了下来,看着他,就像看着一面镜子。可他不是我的镜子。他脸上燃烧着那个沙漠男孩的强烈饥渴,纯粹的贪欲。我能感受到,自己脸上也有相同的东西。

我想起了"培蝴宁"。等这事儿结束,你打算干吗?飞船曾经问过我。我想起了米耶里,还有马特杰克。我在骗谁呀?活儿永远都干不完，永远不会结束。

"好吧，"我说，"算我一个。"

他双手击掌，咧嘴笑了，"太好了！咱们喝了这杯酒，一言为定。"

我们碰了碰杯。

"为了成为普罗米修斯，干杯。"他说。

"差不多吧。"我点点头。

我们喝了酒。他说得没错：威士忌中有股温暖的潜流，挠得喉咙痒痒的，痒得让你想大笑。之后，酒的沉重余味会沉淀到你的肚子深处。但这还没完。有什么东西进入了我体内。酒味中编码着复杂的量子信息，就像一把液体钥匙，打开了锁。"勒布朗号"回到了我脑中，而且，这一次我拥有了原型授权。我能看到美术馆之下的天穹，它是由软件构成的牢笼，囚禁着我过去的罪孽。

"这样感觉好些了，是吧？"他说。

我点点头，把酒杯放回桌上，伸展四肢。

"好多了，谢谢你。"

"现在，你想不想听听计划详情？"他诡秘地一笑。

"不想。"我朝他挤挤眼。然后，用尽全力一拳打中了他的脸。

这一拳没打好，没有正中面部，从他的下巴底下滑了开去。下巴骨对掌骨的冲击震得我的手生疼。不过我满意地看到，他还是倒在了地上，眼珠子翻白。我拿走桌上的威士忌，朝门口走去。

他望着我,眼中流露出震惊,揉着下巴,"这到底是为什么?"

"原因很多。我们谈崩了。刚才,我装着合作,不过是想拿回'勒布朗号'而已。我的确还有最后一件活儿要干,但不是你的活儿。我要去救米耶里,偿还欠她的债务。那之后,一切就都结束了。世上再也没有赌王若昂这个人。"

"你根本不知道自己在说什么。你跟我没有本质的区别。这只是你讲给自己听的故事而已。逃出沙漠的唯一办法就是把沙漠变成花园。相信我。"

"在困境监狱,我好好学了一课。那就是:不能相信自己。"

他慢慢起身,脸色阴沉,满脸怒气,"你真觉得你走得掉?对这种状况我早有防备。你可不是外头唯一的赌王。监狱里还多的是呢。""勒布朗号"的系统突然一阵颤抖:进入权限起了冲突。我的部分分身企图夺回飞船的控制权。这可不妙。葛尼玛佐酷肯定就在不远处。

"出路总是有的。"我引用自己的名言。

"也有没出路的时候。"他悲哀地笑道。

我也咧嘴笑了笑,举起砸杯子的时候从他身上偷来的金钥匙。

"一点儿不错。"我说,"再见。"

"等等!"

我当着他的面摔上门,转了转钥匙。钥匙在锁眼中发出轻微的咔嗒声。这是最后的声音。玻璃模糊起来,另一个我变成了雕塑,双手按在门上,张着嘴,说着我不想再听的话。

我站在美术馆里,望着两排无穷无尽的静止雕像思忖。另一个我——不是那个部分分身,而是原型——他选择了死亡,只为了变成我。不知究竟发生了什么可怕的事,竟让他下决心变成另一个人。

我们就在这儿。一个都不少。

我能找到答案。过去的我珍视的、希望保留的所有自我,所有身份,都在这里,保存在盒子里,就像舍不得扔掉的旧信札。

我闭上眼睛。有件事他说得对。该是春季大扫除的时候了。

我伸出手,让意识延伸到"勒布朗号",合上美术馆,放在膝头。阳光重新洒在我的脸上,世界在我脚下轻轻摇晃。耳边传来鸟儿尖厉的鸣叫,还有永不止歇的温柔海浪声。

"您在读什么呢,当德莱齐先生?"有个女性的声音问道。

我眨眨眼,摘下太阳镜,眯眼看着奈莉·安德道恩小姐。她坐在白色的遮阳伞下,乌溜溜的大眼睛正望着我微笑,"您读得真入迷呀,等您读完了,我倒真想读读看。旅途这么漫长,很容易无聊呢!"

"哦,没什么。"我站起来,朝她微微一鞠躬,"不过是差劲的侦探小说集罢了。我自己都读不下去了,更不能推荐给您看。不过,如果您想消遣解闷,我自然愿意为您效劳。"我把胳膊伸给她,"我们去上层甲板散散步如何?"

她露出淑女的笑容,伸出细细的胳膊,钩进我的臂弯。之后,我们俩散步到船头。我用力一扔,把书远远地扔进了大海。安德道恩小姐吓得倒抽一口气。书飞向空中,书页像翅膀一般啪啪扇动。然后,它落进了大海,消失在"普罗旺斯号"掀起的泡沫中。

十五　米耶里和普罗米修斯

　　偷儿看着米耶里。他比她记忆中年轻些,头发更茂密,一色漆黑,眉毛的颜色则像木炭。但他的眼睛,还有那傲慢的微笑,仍跟从前一样。

　　"亲爱的朋友,"他开口,"我是赌王若昂。我以行窃为业。我消失了很久,所以,你大概不记得我了。"

　　"若昂?"她还是忍不住开了口。她的心怦怦直跳。既然他活着,也许"培蝴宁"也活着。她咬住下唇。现在还不是抱希望的时候。辛达的背叛在她心中划开的伤口还在流血,她对宇宙没有任何信心。

　　偷儿扬了扬眉毛,"您知道我的名字? 那么,您了解我,恐怕比我了解您更多。"

　　不用问,这显然是个部分分身,只是棵对话树,点缀着寥寥几个神经态。不是完整的魂灵儿。米耶里紧了紧身上新造的托加长袍,有些窘迫。巴比康若有所思地看着她。他们身处伟大游戏的隐形异境,在一间毫无特色的灰色房间里。长老和米耶里一样,跟这儿格格不入。偷儿一身极简风格的白西服,靠在金属椅子背上,倒是跟环境十分融洽。

"没关系，"她对部分分身说，"请继续。"

"我愿意承认，我有很多功课要补，尤其在结识迷人的年轻女士这方面。这都是我的错。"他朝米耶里欠欠身，"为了让整个太阳系看清楚，我特来宣告自己此行的打算。如果您愿意，也可以称之为大张旗鼓的回归——这一点，我已经跟您的同事说过了。欢迎发布任何增强信号——我只怕有人错过这一盛事呢！"

他看了一眼戴在手腕上的巨大银表，用灵巧的食指敲了敲，"在基准时间约56分钟后，我将会偷走存放在此行星F星环里的所有量子信息。"

米耶里瞧瞧巴比康，"这是什么意思？"佐酷长老却只朝偷儿点了点头。

"这问题问得好。"偷儿的部分分身回答，"详细答案，您得去问您古灵阁佐酷的朋友们。不过，简单来说嘛，凡是有点儿自尊的佐酷成员，都不会时刻携带所有的佐酷珠宝。原因之一就是珠宝太多，得用专门的袋子才装得下，端的不便。而且，为了防备战争、事故之类的意外，大家都希望能把至少一部分Q自我存放在安全的地方。这样，万一遇到死神，就不必再从最低级量子菜鸟开始练级了。"他叹了口气。

米耶里皱皱眉。部分分身的口气不像他自己。这里头肯定藏了别的企图。不过，她认识的偷儿，只是他漫长人生中最新的章节。大张旗鼓地发布犯罪预告，正是过去的赌王若昂广为人知的特点。

"显然，如今最流行的珠宝储存潮流，就是跟大自然浑然一体。只有做到了这一点，方才显得储存技术足够先进。所以，若要无限期保存量子记忆珠宝，就得让它们变得像是自然物体。星环是个不错的候选存放点。只要在冰体内加入杂质铷，再跟土星的磁圈配合，就有了量子信息的天然存放所。硬真空，低温——有点儿复古，但比路由器温暖湿润的合成生物元件长命得多。F星环上有几千万亿量子比特的佐酷数据。据我所知，大多都属于超越城基础设施佐酷。"

偷儿支起双手，指尖相对，望着米耶里，"这一切，我马上就会全部拿走。"他瞄了一眼手表，"离那一刻还有——跟刚才一样，还有五十六分钟！如此说来，我们是在快时异境里。很聪明。"他望望四周，"大概就是因为这个，这儿的环境才如此呆板吧？或者这是你们的审讯传统？你们俩谁是坏警察？"他又朝米耶里欠身，"是你吗？你太美啦，当不了坏警察。"

米耶里眯起眼睛。"你不知道我有多危险呢。"她说。

"哎哟！这下我可有兴趣了！听起来，我们还有的是时间了解彼此呢。随你们怎么想办法吧，没用的。"

"你为什么这么做？"米耶里问。

"蝎子为什么蜇人？这是我的天性。"他撇撇嘴，"但我还真的知道，是为了财产！若昂，你真没创意啊。"他朝米耶里挤挤眼，"说实话，这是我的告别演出。我已经决定，干完这一票就引退。你们这颗小小的行星被我看上啦——毕竟土星也是旧时代的神祇么。'赌王若昂，土星之王'听起来挺优美的，对不对？"

米耶里转向巴比康，"你们——我们——该怎么办？"她瞥了一眼部分分身。他正无动于衷地微笑着，还色眯眯地看着她。她一点儿也不喜欢这眼神，"我想，这儿的对话应该不会被他听到吧？"

"不会。我们在沙盒里。所有的东西都出不去。"巴比康捻着粗硬的红色连鬓胡，用操纵臂的小小金色手指把胡须编成穗子。

"亲爱的，主要的问题并不是他宣称自己要偷的东西，而是他掌握的某些信息——我们有理由相信这些信息在他手里，所以我们才关注此事。请继续说，我的恶棍朋友。"

"谢谢。"偷儿说，"你比我碰到的大多数人都更有礼貌。对了，你的沙盒其实说不上安全。当然，如果用三岁孩子的标准衡量，那就……"

"请住嘴吧。"巴比康恼羞成怒。

"我只说了明摆着的事实罢了。说起明摆着，我知道你们在想什么。你们可是佐酷，是拥有数十亿成员的分布式量子意识集合！你们完全可以组成某个致力于看透黑心恶魔赌王若昂的侦探佐酷，派出大批戴着珠宝的警犬，一直到抓住我为止。对不对？"说到这儿，偷儿低下头，悠闲地细细瞧着手指甲，"不过呢，巴比康，上次你已经用过这个办法啦，结果怎么样啊？"

米耶里深吸一口气。伟大游戏珠宝辐射出清晰的目的，加上一丝她对偷儿向来抱有的怒火，竟让她头脑清醒起来。也许这是个好机会。她想，要是我能为伟大游戏提供有用的情报，我就能再度接近卡米纳里珠宝。

但这么做，就是背叛偷儿。

这念头让她腹中一阵抽搐。我们是有分歧，但我们并肩战斗过。再说，不管他给这地方带来多大的痛苦，这地方的人都活该。不过，不知道面前这一个，到底是他，还是困境监狱中另外的某个拷贝？

难道——他还在为佩莱格莉妮效命？那他肯定也在找卡米纳里珠宝。他知道珠宝在他们手里。那样的话，他说要偷星环，就是障眼法。我可以向他们透露些情报，只要别泄露真正目的就行。没准儿这么做还能帮他。

可我该怎么向他传递消息呢?

她望着部分分身。他正用手指在桌面上敲出不规律的节奏,十分恼人。

"年轻的女士,你似乎有心事。"巴比康说,"你跟这位年轻的赌王相处甚久。毋庸赘言,若你愿意跟佐酷分享他的情报,佐酷会十分感激。"佐酷长老表情严肃。乐呵呵老绅士的表象已经消失,只剩下更坚硬、更古老、更冰冷的东西。

他放低声音,"我们摊开了说吧。我们对你的背景一清二楚,米耶里。我们给了你一个重新开始的机会。对我们来说,你的量子自我才是唯一重要的东西。若是你对赌王仍然抱着错误的忠诚心态,我建议你马上丢掉。你在这儿已经组建了自己的佐酷,有了在乎你的人。你要眼看他把这一切都毁掉吗?"

巴比康从椅子上浮起,飘到偷儿的部分分身旁边。他好奇地望着他,冷漠的脸上有无穷无尽的耐心。

"我来告诉你我认识的赌王吧。如果你觉得你了解这个人——那你就错了。他会迷惑你,戴上各种各样的面具,直到他达到目的为止。从前,我还是个愚蠢的年轻人的时候,我就认识他。那时候,他也迷惑了我。后来,等时候一到,等你没有了利用价值,就会像用完的工具一样,被他毫不留情地丢弃。

"他消失的时候,我还以为他罪行累累,终于付出代价了。或者,他终于决定洗手不干了。谁知几天前,他又出现了,顶着别人的身份来到我的初始佐酷——大炮俱乐部,来偷他的飞船。替他造飞船是我年轻时犯下的错误之一,我很后悔。逃走的时候,他还杀了一位年轻的大炮俱乐部成员,一个名叫契诃娃的姑娘,比你大不了多少。而且是真正死亡:她所有的珠宝都跟意识一起消灭了。就因为她挡了他的路。"他倾身靠近部分分身，"我想你肯定听不到我说话，赌王。"他说，"不过，要是你听得到，我想告诉你：干了这种事，你是逃不掉的。"

他用枪臂抵住部分分身的脑袋。砰的一声，白光闪过，模拟体血肉飞溅，落在地上，发出沉闷的钝响。

巴比康深吸一口气。"抱歉。"他说，"现在，我觉得好些了。"他把操纵臂伸给米耶里，"我们去跟其余佐酷成员谈谈，好吗？"

在隐形异境中，五十六分钟是一段很长的时间。索伯诺斯特有战斗空间拟境，能直接感受到巨大复杂的系统，还有协调与控制中枢。米耶里以为隐形异境也会是这个样子。谁知这儿竟然只是一局巨大的意念棋戏：无尽的黑暗空间，银线织成迷宫，每根线上都串着五彩的珠子。只需一转念，她就能放大其中任何一根银线，接收到这串线上最新的库扑特讯息，同时也可以发表自己的意见。量子协调算法会把她的意见引导到最能发挥作用的地方。她仿佛身处长篇歌谣的内部。

她随意拾起一根线。

——目的。发话的是葛尼玛佐酷的勒诺芒，专门研究后人类语境下的犯罪模因。他究竟有什么目的？我认为这不是真正的赌王，而是某支尚未被发觉的佐酷创造的概念艺术——

——概念艺术：我们的火星间谍已经指出，假名保罗·瑟九的赌王之前就玩过概念艺术——

思维的洪流让米耶里手足无措，只得命令魂灵儿和超脑皮层尽可能浓缩其中的内容。异境允许她任意浏览这张佐酷思维网的历史。跟思维网巨幅光亮织锦似的历史比起来，眼前的银线网显得单薄纤细。

米耶里将注意力转回刚才拾起的那根线。我一定得贡献点内容。巴比康在看着呢。她找准连接点,把脑中的第一个念头抛了出去。其余意识立刻抓住这个念头,贪婪地吞下。

——保罗·瑟九创造的概念艺术,目的是不让人发觉隐藏其中的量子信息——

伟大游戏珠宝传来令人愉悦的刺激:贡献很成功,她获得少量缠结作为回报。

——存放量子信息:很有道理,如果要存放量子信息,他肯定觉得古灵阁F星环工程非常吸引人——

——F星环:采用施罗德技术,目的是建立起与自然浑然一体的长期存放机制。也许跟费米悖论垃圾佐酷相关——

银线开始分岔,其中一支潜心推测费米悖论的性质,还有一支讨论目前仍未见到任何外星生命迹象,这是否与窃贼打算干的事情有关。米耶里沿着思维珠子回溯,找到一颗提供更多有关星环信息的珠子。

——F星环:要实施行窃,可能需要哪些物理机制? 星环本身没有多少分布式硬件。基础的检索机制都在潘多拉星和普罗米修斯星上——

——普罗米修斯。米耶里凭直觉发出库扑特,偷火种的人。普罗米修斯对他有意义。成为普罗米修斯之类。

——普罗米修斯。主题相关。这是赌王犯罪的共同点。珠宝传来畅快的冰冷舒爽,她又获得了缠结,就像大热天喝下冰果汁。

——派个人去那儿看着。得找个了解他的人。我去。她努力让自己的意愿跟佐酷的意愿交织,用新得到的所有缠结把这个意愿推了出去。我至少得给他传个信。再问问"培蝴宁"的下落。想到在飞船上的最后一刻,她心中涌起对他和佩莱格莉妮的怒气。巴比康说得没错,他们是一丘之貉。为了达到目的,什么都会做。但我得问清楚到底发生了什么事。

一个突如其来的领悟,从她的佐酷珠宝传入她的大脑。她感到自己必须尽快赶去普罗米修斯,越快越好。

珠宝催促她行动,让她只想着如何分配手中资源,以便最好地为佐酷服务。她用超脑皮层抑制这种冲动,努力将意识延伸到珠棋游戏,希望能找到哪怕一点点有关卡米纳里珠宝的提示。佐酷感应到她的愿望,发来一段银线。

我们是否该重新考虑?

让它暴露在个体意愿之下?绝不。就连通往珠宝的资源也必须在禁止之列,尤其在遭到入侵之时。

资源:指膜与膜之间传递信息的更佳办法。幽灵佐酷一直在收集跟普朗克膜呈纠缠态的暗物质粒子。这些粒子是膜际超密度通信的必需之物。之前,珠宝的存放过程耗尽了收集到的所有资源;不过,已有新的资源集合,就在——

巴比康给她发来私人库扑特,米耶里赶紧将思绪抽离。被切断的银线上的珠子散落在她意识里,就像绷紧后突然弹开的牛皮筋,啪的一声打在她脑中,挺疼。光束闪过,很远,也很近。

米耶里?我想跟你说句话。伟大游戏长老说。

巴比康对米耶里微微一笑,嘴唇却像封了蜡的线,抿得紧紧的。

"你干的事没逃过我的眼睛,亲爱的。"他说,"我得提醒你,关于卡米纳里珠宝,佐酷已经有了定论。佐酷意愿很明确:珠宝不能用。要是你沿着刚才那条线继续看下去,就明白我的意思了。"

"可是——"米耶里抗议。巴比康举起操纵臂,示意噤声。

"耐心点,亲爱的,我还没说完。也许你没把我当回事,暗中嘲笑我的身体,还有我选择的圈子——我之所以保留这些,都是为了纪念我失去的一切。别人不懂,你总该明白。

"我曾是费德罗夫战争中的士兵。我当时认为自己在保护人民,为同志们作战。然后,大崩溃来了。所有的东西都分崩离析,一片混乱。那是我们战胜不了的敌人。这一切只因为,出现了我们未曾预料到的小小量子效应,只因为我们造出了比自己更大的东西。

"米耶里,我想你应该知道,深爱的世界突然崩裂,变得面目全非,成了全然陌生的东西,会让人感到多么绝望。你会明白,不能让这一切在别人身上重演。

"所以我才热爱枪支。枪支可操可控,枪支明晰易懂。枪可以带来毁灭——只要用枪瞄准,就能完成任务。枪支也能用来威胁,维持平衡。可是,卡米纳里珠宝这样的东西,却在我们的控制能力之外。萌生任何操控珠宝的念头,都很愚蠢。

"赌王也一样。我年轻的时候,以为他也和枪支一样,可以拿来瞄准,可以控制。我们利用他袭击了索伯诺斯特的太阳挖掘矿场。进展很顺利;可是,他反过来将矿场纳为己用。现在,他的阴谋还引来了索伯诺斯特的攻击。

"伟大游戏的目的,就是消除所有可能引起混乱的因素。赌王和珠宝都在其中。你明白吗?"

米耶里慢慢地点点头。

巴比康笑了,"很好!既然这样,亲爱的,我们都有活儿要干了。"

普罗米修斯星。

星环如同倾斜的镜海,由一片片光亮锋利的薄片组成,中间隔着黑暗虚空。巨大的土星仿佛旭日升起,填满整个天空。银色的螺旋状极光在土星南极附近闪现。纵横交错的超越城狭带,还有蓝白相间的多边形板块,把土星地表画成了小丑的脸。

她把自己固定在普罗米修斯星的表面。这颗卫星的孪生姐妹潘多拉星遥遥可见。潘多拉星外形笨重,跟普罗米修斯的轨道几乎同步,因此看起来悬在空中一动不动。两颗卫星一同守卫着土星最外层的星环。

普罗米修斯在她身下微微颤动。表面上,这颗卫星了无生气,拉长的星体上满是巨大的陨坑,重力小到几乎拉不住米耶里。

不过,切换到时空模拟视界就能看见,卫星的原子中根植着极微技术的隐蔽界面。哪怕过去千万年,这个界面也能完好无损。哪怕超越城不在了,只要土星仍然存在,佐酷遗产就会藏在土星中,等待遥远的未来,等待着某个现代人无法想象的考古学家前来发掘。

暗流涌动的不止这颗卫星。普罗米修斯周围的空间停满了覆盖着超物质斗篷的伟大游戏和葛尼玛佐酷飞船。米耶里不得不承认心头有一丝得意:因为,在这次行动中,就连她无意识的愿望也从佐酷这儿得到了满足。现在,她全副武装,配有一排排Q枪,还有蛮过得去的索伯诺斯特多功能火箭炮的复制品。这会儿,离偷儿给出的最后期限还剩五分钟。F星环已经很近,不需要时空视界的强化,星环的细节也清清楚楚——一条扭转卷曲的冰与灰之带。

等待十分漫长。大部分时间她都在快时之中,跟葛尼玛佐酷的勒诺芒一同谋划,画出与F星环交叉的所有可能轨迹线。伟大游戏达成共识,真想从散落在星环冰冻体中的铷原子内提取量子信息的话,偷儿必须首先占据潘多拉星和普罗米修斯星上的硬件。古灵阁佐酷已经开始为数据检索系统编织额外的层层密码。从佐酷目前动员的资源来看,偷儿的任何行窃企图都是发疯。

等待。总是等待。她允许自己转转念头,想想辛达。不知她现在正在干什么? 刚一转念,她马上后悔了:尽管念头只是一闪而过,可只要想到这个佐酷姑娘,米耶里心中的伤口就流出了苦涩的黑液。她想让超脑皮层消除所有情感,想了想,还是作罢。她必须保持警醒,现在尤其如此。她仿佛走在剃刀刀锋上:一边要装作心中只有佐酷利益,一边却要让偷儿别被抓住,可能的话,还要给他递个信。该死的,若昂,你到底在干什么?

还有三分钟。普罗米修斯越来越接近F星环。卫星的引力场发出波动,让星环交织的冰面扭曲舞动。片刻后,紧随其后的潘多拉星也跟了上来,在星环的舞动中添加了平滑的涟漪。

还有一分钟。

说不定一切都是诈唬。也许真正的盗窃发生在别处。

F星环一阵抖动。这阵抖动的原因既非潘多拉,也非普罗米修斯。米耶里利用体内跟伟大游戏相连的系统,找到了这个逆问题①的答案,找到了造成刚才异常抖动的引力源。这不可能。几个巨大的质量体正在迅速靠近。一共七个。

是固伯尼亚。不可能。没这么快。他一定跟他们合谋了。他宣称的行窃,果然是障眼法。

时空视界立刻充满了佐酷人的七嘴八舌,变成一片白噪

---

① 如何将观测和测量的结果转换为物体或系统的信息。

音。星环上的涟漪扩大，变成裂口。米耶里的系统辨识出某个进行了瞬间极度蓝移的物体。

紧接着，巨大的刀刃切开了土星星环。

楔形干扰切开了银色的F、D、C和B星环，留下歪歪扭扭、边缘毛糙的切口，一路扯下星环的冰冻体，拖在身后。接着，土星表面闪过一道亮光。米耶里的魂灵儿奋力过滤战争传来的白噪音。

他们用动能武器打击了这颗行星，她想，没关系。辛达说过，他们不过是游戏中下一关的Boss罢了。整个超越城都会加入战争佐酷。她的Q自我已经感觉到了新的牵引线，左右着她的意志。她马上就要汇入佐酷冰冷的意愿流，等待着白热化的战斗来临。

时空不连续出现。一张闪着火花的网，覆盖在土星表面。接着，虚空突如其来。

片刻后，她方才意识到自己所有的佐酷珠宝都死了，没有了缠结。意外的彻底自由，让她觉得自己仿佛全身赤裸，从极高处坠落，坠向土星那无底的深渊。她心中升起无边的恐惧。辛达那时候也是这种感觉吗？她竟甘愿忍受如此恐惧？

时空视界充满了非库扑特的白噪音。所有的库扑特链接都断了。佐酷珠宝的所有纠缠态全部退相干。所有的佐酷——包括伟大游戏，葛尼玛，等级，还有福音——都陷入彻底的混乱。完美的量子秩序仿佛融化的冰块，消散为无序。

而索伯诺斯特正兵临城下。

他们到底干了些什么？

她体内爆发出强烈的愤怒，强得让她惊讶。她打开防护服的推进器,把自己推离普罗米修斯的表面。区船和纳米导弹很快就会到来。她在身边布下自动Q粒子,形成防护圈。这时,她身边有个东西突然掀开超物质斗篷,防护圈立即激活。

他们来得太快了。她朝逼近的目标发射火箭炮。在快时里,有一瞬间,她瞥见了那东西的外形。是蓝色的智能物质,就像拉长的水滴,也像花儿的花瓣。

那东西的电磁场抓住了她,力道极大,整整20G的加速度让她摇晃得像风中的叶片。刹那之间,普罗米修斯就成了远处的小点。这东西想干什么?她吃力地抵抗着加速度的拉力,想扫描这艘船,想用火箭炮里微不足道的反物质弹药对飞船造成尽可能大的伤害。那东西正把她往船里拉。

别慌,别慌。她全力稳住武器。电磁场把她越拉越近。现在,她的魂灵儿已经开始了解这艘船的构造。这是一艘古怪的佐酷–索伯诺斯特混合船,具备先进的极微技术,内部还有一个微型奇点。那么,打中这东西总能造成点伤害。她准备发射反物质子弹,瞄准方向,好让子弹钻进飞船的内核。一旦飞船的霍金辐射容器破损,敌人会完蛋,米耶里也活不了。可米耶里脑中怒火熊熊,只盼望能烧掉什么东西。

她正要在脑中扣动扳机,一条库扑特讯息传来。

你好啊,米耶里。这场景有点眼熟嘛。不过啊,这一次,关在监狱里、等待营救的人,是你啦。

米耶里大吃一惊,眨了眨眼。电磁场拉着她,消失在午夜蓝色的飞船里。

十六　窃贼和米耶里

　　米耶里出现在"勒布朗号"的驾驶舱里,跟我珍藏的记忆中一模一样:一脸怒容。"是你。"她从牙齿缝里狠狠挤出字来。正是我记忆中"培蝴宁"上的那个米耶里:精干的女子,一身黑色托加长袍,唯一的装饰是绕在脚踝上的珠宝链——那是她的奥尔特情人送给她的礼物。又见熟人,我激动得真想上前拥抱她。不过,尽管心情激动,我仍然小心地保持着距离。虽说我俩身处的异境受我控制,而且,用库扑特链接把她传送到船上的虚拟空间时,我还谨慎地除掉了她所有的武装——但米耶里仍然是我认识的最危险的人物之一。

　　我咧嘴笑笑,"没错,是我。欢迎登上'勒布朗号'。你现在大概也已经明白了,我来这儿不是要偷土星的星环,我来这儿是要偷你。我有一块小小的伟大游戏珠宝,所以我就想办法往佐酷意愿系统中塞了几个念头,好让你出现在我能找到的地方。你记不记得有个名叫勒诺芒的家伙? 有没有受到他的影响? 他就是我。本来,我在潘多拉星上设了一枚奇异夸克团炸弹,以便到时候分散佐酷的注意力。谁知,索伯诺斯特不早不晚,正好选了这个时刻进攻,时机掐得实在太好,连引爆炸弹都省了。现在告诉我,自由的感觉怎么样?"

她的手指攥紧又松开。接着,她飞快地朝我冲来,快得我来不及反应。她的手掌闪着微光,出现了一把银色细巧的刀刃,刀锋离我的眼球只有几寸远。她的另一只手牢牢地扼住了我的咽喉。明摆着,佐酷强化武器。能适应各种异境。我居然傻到忘了这个。

"等等。"我喘着气说。

"我干吗非要听你说? 快把我放回去。现在,立刻。我有场仗要打。"

比我想的顺利多了。至少我还留着舌头。

"他们到底跟你说了什么? 说你是自由的,随时可以离开?那是撒谎。我非得救你不可。要救你,唯一的办法就是打碎整个佐酷系统,还给你自由意志。"我的眼睛瞪大了,"哎呀……别告诉我你还在为佩莱格莉妮卖命! 这个我还真没料到。对了,你脑子里那个拷贝怎么没了?"

她把我扔到地板上。我慢慢地坐起来,揉揉喉咙。

"她完蛋了。"米耶里仍然从牙缝里挤出字来,"整个超越城也马上就会完蛋。黑神在上,你到底对意愿系统干了什么?"

我悲哀地笑了笑,"这件事,幽灵佐酷和伟大游戏早就知道了,可他们一直捂得紧紧的。为了保守这个秘密,他们才毁掉了火星。我就简单跟你说吧:大崩溃就是量子力学的崩溃;量子力学的崩溃,就是因为我们玩的纠缠态太大,大过了头。原来,量子纠缠态不能无限扩大。创造的纠缠态一旦大过了某个界限,世界就会发疯,比平常更加疯狂。佐酷的量子珠宝系统已经在临界点摇摆了好一段时间,我只是轻轻推它一把。

"你也许注意到了,最近垃圾佐酷的数量增加了不少。是我利用索伯诺斯特的魂灵儿意识,用算法生成了这些垃圾。只要超越意识形态分歧,创造性地结合两方的技术,能做到的事简直没法想象。"

我摇摇晃晃地站了起来。米耶里背朝着我,一只手的手指仍然一紧一松,异境刀则在另一只手中旋转。

"我说了,我没料到会有入侵。不过,米耶里,这不要紧。佐酷之前就打退过索伯诺斯特。而且,这一次不过是索伯诺斯特争权夺利的内战,是约瑟芬夺取珠宝计划失败后的孤注一掷。每当佐酷被逼到绝境的时候,都能发挥出最大力量。再说,你干吗在乎佐酷?佐酷人对你的改造太成功了。别告诉我,你已经被他们同化了。我可是来带你回家的。我们正飞往奥尔特。'培蝴宁'说,你想它,你想家。"我哽咽了。

"闭嘴,若昂。不准你再提我飞船的名字。"她仍然背对着我,声音也变了,"你这傻瓜,来的不是内战某一方派出的远征军,来的是整个索伯诺斯特。操纵他们的,正是你的终极背叛者。终极背叛者的目标是卡米纳里珠宝。你刚刚的举动,就像用盘子托着珠宝,送到他面前一样。"

我胸中顿时空空荡荡,只觉得脆弱不已,仿佛我是玻璃做的。远处,我听见另一个我在美术馆里大笑。你跟我没有本质区别。

米耶里转身看着我。

"你怎么没跟她一起死呢,你这王八蛋!"

我觉得天旋地转。终极背叛者。原来这就是约瑟芬的后备计划,我还一直奇怪呢。我记得在困境监狱里面对它的情景。永远不会合作、永远都能逃脱惩罚的东西。它是无穷无尽、不断重复的困境监狱造就的畸形儿,是出乎阿尔肯意料的东西。与其说是魂灵儿,不如说是病毒算法。它假扮成我,而且骗过了我。一旦身处固伯尼亚,它会像镰刀收割小麦一样轻松拿下所有的索伯诺斯特意识。这东西想要卡米纳里珠宝?

我犯的错太深,深不见底。

索伯诺斯特会把超越城彻底抹掉。是我夺走了后者唯一的优势。我想起了斯尔,在伊兰板块上新生的金色斯尔。我还记得亲吻过那对姐妹的纤手,记得她们的手上散发着指甲花和香水的味道。我背叛了她们。再次背叛。我没能守住承诺。

难道,不管什么东西,只要被我碰到,就会毁灭吗?

"不,这不是我的错。那东西肯定对我做了手脚,把朱伟界限这东西塞进了我的脑袋。"我知道我在胡说八道,可我没办法,词句自动从我嘴里不停地冒出来,"这一切都是那东西计划的,从我们在监狱第一次见面就开始了。我在它眼睛里看到了。它那时就知道,我会想尽一切办法救你。"

词句在我脑中弹跳粉碎。有生以来,我第一次明白,人为什么会渴望真正死亡。只有真正死亡才能带来寂静和黑暗。

她一巴掌扇在我脸上。尽管身在异境,这巴掌也疼得厉害。我被打得靠在飞船的控制器上,这才没有跌倒。她另一只手上的刀刃闪亮,仿佛解脱的希望。

"这是异境刀,米耶里,"我轻声说,"这儿也能用。这东西能刺中我。你干吗还不动手?我活该。快点。'培蝴宁'死了,是我的错。"

刀子从她手中掉落,飘到圆形的水晶观察窗上弹开,叮当一声。

"不,"她说,"是我的错。"

米耶里盯着偷儿。他脸色苍白，浑身发抖，眼中悲恸欲绝，一心求死。这种眼神，照镜子的时候她也见过。

"我本来可以阻止这一切。"她慢慢地开口，"只要让你跟佩莱格莉妮按照原计划来就行。"

"就算按计划，恐怕也不行。"偷儿说，"而且，你说得对。我们得有条底线。珠宝是假的。我想，无论如何，终极背叛者都会出来。你当时只是做了唯一能做的事。"他叹了口气，"马特杰克在这儿。就是那个藏在沙漠里的魂灵儿孩子，是小时候的陈。要是我们能活下来，你也许愿意见见他。"

她闭上眼睛，"也许。我只希望那个时候，最后的那一刻，我能在'培蝴宁'身旁，陪着她。"

偷儿犹犹豫豫地朝前跨了一步，"这是我见到的最后场景。"他说，"请先别杀我。是她托我带给你的。"

他吻了她的前额。她看到了蝴蝶，燃烧的蝴蝶，打着旋儿组成一张脸。那是飞船的脸，她只在阿利内见过一次。*告诉她我爱她。替我照顾她。你发誓。*

她嘴唇上多了亲吻的记忆。那个吻里有火和灰的味道。接着，便是一片黑暗。

这是我第一次看到米耶里哭泣。我不敢碰她，只能坐下，双手放在膝头。

我体内的深渊仍然饥肠辘辘。不过，至少此刻，我在悬崖边上稳住了。

我召唤飞船的猫化身，让它开始减速。减速要花些时间——加速的时候，我动用了飞船的霍金驱动，而且此刻我们早已经飞出了土星周围的空间。接着，我给自己安插在佐酷里的僵尸网络发送了自毁命令。也许,现在才组建新的战争佐酷已经来不及了,但试试总没坏处。最后,我让猫收集所有探测器中有关战斗和土星的数据。

做完这些,我发现米耶里异常安静。

"我们已经掉头返回,"我说,"一旦我的命令抵达土星,意愿系统就会重新上线。系统恢复需要时间,但愿还不算太晚。"我顿了顿,又说,"我猜我们都知道,这时候她会怎么说。"她会说,我们俩都是笨蛋。说我们得去弥补自己犯下的错误。

米耶里点点头,站了起来。

"来吧,"我伸出手,"现在没别的事可做了。我有个快时异境,所以我们不必着急。而且,我想,我们都该喝一杯。"

偷儿带着米耶里穿过一扇银色大门,进入某个异境。这个异境是一艘船——真正的船,横渡海洋的古老交通工具。船上的人们衣着繁复考究。这是她第一次乘坐在海中航行的船。一般来说,行星规模的宽广地表都会让她不安;但在这儿,清新的海风让她头脑略微清醒,而海浪声又是那么抚慰人心。她望着船在黑漆漆的洋面上划出的泡沫线。此刻正是夜晚,船上的灯火在黑沉沉的水面上留下模糊的倒影。水中倒映着天鹅绒般的夜空,还有夜空中一轮金黄的圆月。

两人来到船头,坐在栏杆旁的甲板椅上。穿着白色制服的男人送上两杯酒。

"我听说,这是整个宇宙中最好的单一麦芽威士忌。"偷儿开口,"为你的健康干杯。"他的手仍然颤抖,一口气喝完了一半威士忌,接着闭上双眼。米耶里小口品尝着自己的那一杯。她把酒液噙在口中。起先,口中感觉到的不过是液体,略带烟味。片刻后,酒的滋味在口中膨胀开来,变成温暖、轻软、柔和的东西,最后还留下一点不知名香料的余韵。

酒的味道,和"培蝴宁"在她唇上印下的最后一吻,合在了一起。

两人就这么默默地啜饮片刻。

米耶里已不再愤怒,心中只留有少许回响。她觉得疲惫无助,咬紧了牙关。偷儿说得对。就算超越城在打仗,跟她又有什么关系? 过去,她自己也跟佐酷人打过仗。她刚才的担忧在乎,肯定只是缠在脑中的佐酷珠宝,用量子链条对她施加的影响。她又抿了一口手中奇特的液体。

辛达本来可以瞒着我,可她还是说出了真相。除了她,其他人都一直在骗我。

"这么说,现在的你才是真正的赌王若昂?"为了抹掉刚才的念头,她故意大声说道。顿了顿,她又问,"为了偷这艘飞船,你真让人家真正死亡了?"

"什么? 当然没有! 你肯定听了巴比康胡说八道,对不对? 偷飞船的时候,我的确造成了财产损失,但仅止于此。是他,为了维护自己的伪装,才让人家真正死亡的。他是个冷酷无情的王八蛋。我向来不喜欢杀人,不管是真正死亡,还是暂时死亡。杀人太粗鲁。"他好奇地望着米耶里,"你倒是没浪费时间,打听了不少消息嘛。"

米耶里耸耸肩。

"说实话,这些天我一直在盘算退休。"偷儿说,"这次是真的。我本想把你救出来之后就洗手不干。不过,现在看来,还没到安排退休计划的时候。"他从椅子上欠起身,凑近米耶里,"你呢? 自从你拿我喂了猎手之后,你干了些什么?"

米耶里一边小口抿着酒,一边给偷儿讲了自己的故事。当她讲到自己遭遇终极背叛者、约瑟芬为了救她而牺牲的时候,偷儿的眼睛瞪大了。

"她?怎么可能?我太了解她了,据我所知,对她来说,就算是她的某个低等级魂灵儿都比你珍贵,何况是一个高级拷贝。"他凝视着米耶里,"既然她这么害怕终极背叛者吃掉你,怕到宁可牺牲自己的拷贝——"他捏捏自己的鼻梁。

"你晓得吧,'培蝴宁'一五一十地给我讲过你的故事。恕我冒昧,不过,席丹引你去金星、然后你找到佩莱格莉妮这事,总让我觉得有点唐突古怪。就好像一切都是计划好的。"

"你知道吗,约瑟芬不只是找到自己需要的人。找到只是第一步。之后,她还会一手把他们培养成自己需要的模样。我年轻的时候,她就是这么对我的。她需要一个信得过的人替她出头跑腿,于是把我从桑特监狱里弄了出来,塑造成今天的模样。"他双眼注视着天空,面带微笑,仿佛身处遥远的记忆,"当然,我们俩之间的事情没那么简单。不过,这就是开始。

"我最近……打听到了一点卡米纳里珠宝的消息。想让珠宝接受你,你必须许下无私的愿望;而且,这个愿望必须贯穿你所有可能的未来。也许是某个单纯的、压倒一切的渴望,比如把某人救出黑洞之类。"偷儿看着米耶里,眼睛发亮。

"我想,约瑟芬需要我去偷珠宝,却需要你来用珠宝。她需要某个拥有强烈渴望的人,而且这种渴望会被卡米纳里珠宝接受。所以,她不愿让自己的工具落入终极背叛者的手心。"

米耶里目瞪口呆地望着偷儿。

"这不可能!"

"是吗？不过，如果按照这条线推断下去，得出的结论，你也许不会喜欢。我能看看你戴着的珠宝链吗？就是你的朋友席丹给你的那条？"他讨好地笑笑，"我保证这次不会偷它。"

米耶里皱着眉，对脚踝上的珠链低语几句，解开珠链，递给偷儿。珠链在偷儿手上扭成螺旋形，慢慢旋转，仿佛某种奇异水晶生物的DNA。

"异境这种东西，有一点很有意思。不管是什么，只要带入异境，异境就会尽可能保留里面的量子信息。这儿是研究的好地方。我早就想好好看看这条珠链了，可惜此前你一直明确表示：这么做对我的健康没好处。"

珠链周围开启了时空视界，出现了闪烁着注释的数字阴影。珠链上的石头不过是奥尔特的智能珊瑚，是很久之前在某人的轻声哼唱中成形的，模仿的是米耶里和席丹共同建造的第一个大工程。偷儿皱眉，放大图像。珠宝先是变成了一座水晶山脉，接着变成了相互连接的分子网。放大后的图像很眼熟。米耶里想了一会儿，方才记起：普罗米修斯。眼前的分子网就像普罗米修斯的表面。太规整了。

"隐蔽的极微技术，"偷儿下结论，"也许是约瑟芬从佐酷偷来的。她对意识形态纯洁性之类向来不屑一顾。你可以问问你的佐酷朋友，这东西到底是干吗用的。我猜，这应该是某种意愿分析引擎，类似佐酷珠宝。什么东西会让卡尔胡的女儿米耶里心中发痒？她想要什么？"偷儿叹了口气，"米耶里，这话我很难开口。不过，我想，你的席丹，从你跟她见面的第一天开始，就一直效命于佩莱格莉妮。"

米耶里站了起来，抓住珠链。她低下头，瞪着偷儿。偷儿靠在椅子背上，脸上挂着哀伤的微笑。她真想再给他一拳，但她心中燃不起怒火，身上也没有力气。

"你骗人。"她低声说，"这是圈套。你企图……"

"米耶里，"偷儿柔声答道，"你觉得我还能有什么企图？我又能捞到什么好处？"他顿了顿，"我不过是信守诺言，把你该知道的东西告诉你。"

他望着自己空空的酒杯，也站了起来，"我知道，安慰人不是我的长项。我先离开一会儿，让你一个人静一静。等你准备好，就来驾驶舱找我。我去看看超越城的情况。"

他转身走开。米耶里注视着他的背影，看他慢慢消失在腾起的银色尘埃中。她拉紧托加长袍，裹在身上，朝栏杆走去。海风越来越强，此起彼伏的透明海浪拍打着船侧。她手中握着珠链。这不是真的。可心底深处，她十分清楚：这就是真的。这就像一支歌中的下一个音符，符合模式，不可避免。她努力想着席丹，却记不清她的脸。那时候，金星奇点刮起的数据风融化了她的脸；现在，米耶里对她的思念，也同样慢慢消融。

带着目标出生。这是辛达告诉她的。她记起这位佐酷姑娘把闪亮的珠宝慢慢地放在草地上。那是她自我的一部分；为了米耶里，她却一块接一块地，放下了这些珠宝。我真是个大傻瓜。她胸中突然腾起一阵冲动。接着便是恐惧。她想起赫克托耳星上的无脸男，想象着它吞噬土星的模样。

她紧紧攥住席丹的珠链，紧到宝石的边缘嵌进了肉里。

"库乌塔和伊尔玛塔，千万别带走这一个。"她对着黄色的月亮轻声祈求，"请赐给我拯救她的力量。"

米耶里把珠链绕在脚踝上。珠链被海风吹得冰冷。让犯过的错误时时出现在眼前——这是好事，免得自己忘记。

她在船头伫立片刻，注视着地平线。白浪在船身旁上下翻腾，仿佛拍打的翅膀。

终于有了目标，这也是好事。

她对着月亮轻声做了最后的祈祷，随后便去寻找偷儿。

米耶里回到驾驶舱。我在她脸上看到了熟悉的表情。上一次，在地球上，她独自一人对抗整整一支雇佣兵大军和野代码沙漠的时候，脸上也带着这种表情。

她什么也没说，只是站在我身边，研究眼前的时空视界。时空视界中有数不清的线段，千头万绪，缠在一起，代表围绕土星的千百万区船和佐酷飞船。好在固伯尼亚还算明显。一共七个，仍然停在拉格朗日点，全副武装，极度危险，仿佛主神宙斯的大脑，而且有整整一颗行星那么大。

"很难看出目前的形势。粒子风暴密度太高，伟大游戏情报网又连不上。不过，超越城的结构出现了很多损毁。"我咽了口口水，担忧伊兰板块，"奇异夸克团轰炸挺多，还有过几次霍金冲击。目前还没有更大规模的攻击。不过，那只是时间问题。"

米耶里眯起眼睛。

"我们要干的事，"她说，"就是抢在终极背叛者之前，拿到卡米纳里珠宝。我们要从伟大游戏佐酷手里偷走它。然后，我们就矫正这个世界。"

我笑了，"嗯，这主意不错。"从众神手中偷窃火种，诸如此类。"你确定伟大游戏不会用珠宝？"

"我确定。"

"你知道珠宝在哪儿？"

米耶里皱眉，"我……在伟大游戏异境中听到了只言片语。他们在讨论普朗克膜什么的。"

我深吸一口气，"我的老天，他们把珠宝藏在平行宇宙里！"

我真该让另一个自己把计划讲完。我在脑中记下一笔：千万别打断正滔滔不绝说个没完的恶棍。

我咬紧牙。既然他想得出，那我也想得出。我揉揉太阳穴。

普朗克膜。明摆着，用宇宙大爆炸炮嘛。一个主意连着另一个，就像倒塌的多米诺骨牌。计划慢慢成形。

我转向米耶里，"好，我有计划了。第一步，就是打消未来的龙之父的一肚子怨气。"

米耶里扬扬眉，"第二步呢？"

"到时候你就知道了。为了拯救土星，我们可能先得炸掉它。"我站了起来，"来吧，我要把你介绍给马特杰克·陈。你们虽然已经见过面，但他比那时候长大了不少啦。"

我在主通道里做了一个深呼吸。我一直拖延着，没勇气找马特杰克谈话；现在已经拖不下去了。而且，我总算想明白了该跟他说什么。我跟米耶里走过异境之门。这一次，书店拟境轻轻松松就打开了。

男孩没坐在他习惯的座位上。拟境很安静，只有耳语般的声音，讲述着斯尔的故事。

"马特杰克！你在哪儿？我带老朋友来看你了。"

没人回应。我打开拟境的控制界面，让我眼中的拟境变为透明。哪儿都看不到他。

我召唤猫化身。猫驯顺地出现。

"马特杰克·陈在哪儿？"我问道。它歪歪头，用玻璃似的眼睛望着我。

"小主人逃走了，"它用呼噜噜的声音回答，"他要我转告你，他去找他自己了。"

我没忍住，发出一声呻吟。都管他叫小主人了，啊？我真该多盯着他一点。我调出飞船越过F星环和邻近的索伯诺斯特舰队的记录。不出所料，我们经过土卫五轨道的时候，飞船发射了一条思想束，而我毫不知情。

"原型弄来的卡米纳里珠宝的拷贝，还在船上吗？"

"否定，"猫回答，"小主人带走了。"

我闭上眼睛，双手握成拳头，紧紧抵着前额，"该死，该死，该死！"

"怎么了？"米耶里问道。

"马特杰克想去杀掉陈的原型。"

过去的几周里，马特杰克一直像个幽灵一样出没于"勒布朗号"的系统中。我回顾了时空视界的截片，眼睁睁看着他一步一步提升权限等级，直到获得进入某个空间的权限。那个空间储存着飞船中少数几样实体物质，都包在Q粒子凝胶中。我看到假卡米纳里珠宝旁边形成了一层智能物质壳；接着，马特杰克把珠宝裹在思想束里，挑了个正好的时机（就是"勒布朗号"进行高倍加速，抓住米耶里的时候），把珠宝——还有他自己——发射了出去。

"黑神在上，他干吗这么做？"米耶里问道。

"他发现自己长大后会变成可怕的恶棍。"我回答，"不过，现在要紧的不是这个。"我向米耶里解释了伟大游戏原本打算用在陈身上的武器，"他打算在马特杰克·陈原型的屁股底下引爆这东西。"

米耶里耸耸肩,"我为这孩子难过。"她说,"不过,现在在打仗,要是他成功,就能替我们省不少事。"

"可你也知道,现在陈所有的高等级魂灵儿都被终极背叛者占据了。马特杰克却不知道。他还是个孩子,干这个还太早。"我闭上眼睛,"我去追他。"

"什么?"

"别忘了,为了保护这孩子的纯真,差点儿把我们俩都害死的人,可是你。"我尽可能让声音听起来冰冷,"再说,我们也需要他。"

说话间,我已经追踪到了那束思想束的轨迹。思想束冲着索伯诺斯特舰队主体而去,直指陈的固伯尼亚。我可以发射一束更快的思想束:因为我没有假珠宝这个额外的负担;但他还是会比我早到几秒钟。几秒钟,跟永恒也差不多了——在"勒布朗号"的快时拟境里,就连相差几微秒都不行。

"要他干什么?"米耶里问道。

我深吸一口气,"要对普朗克膜发库扑特,我们需要两样东西:第一,我们需要某样物质,其中包含连接膜另一边的缠结。听起来,幽灵佐酷有类似的东西。这得由你去找。第二,我们需要经过调制的引力波源。我们身上只有膜这一边的物质,所以只能待在这里,到不了另一边;但引力却能达到更高的维度。只要制造足够大的爆炸,引力回声就能传到膜的另一边。

"枪支佐酷造了一件武器,名为宇宙大爆炸炮,我和马特杰克上次去土卫八偷'勒布朗号'的时候见过。我们需要这件武器。但愿土卫八没受什么损害。上一次,马特杰克溜进过他们的枪支视界拟境,我敢肯定他留了后门。没有他,我们这次绝对进不去。因为，上一次，我把巴比康结结实实地惹毛啦。"

米耶里扬起一边眉毛。"我能想象。"她干巴巴地应道。接着，她严肃地说："若昂，这是我听过的最糟糕的计划。你不能独个儿挑战陈和终极背叛者。你上次挑战陈的时候就被抓住了。这次我跟你一起去。"

"不行。"我语气坚决，"要是我们没成功，你待在佐酷这儿，至少还有一线希望。再说，跟上一次比，这次我的准备要充分得多。你把'勒布朗号'开回土星，再想办法弄点普朗克膜缠结回来。我跟马特杰克会来土星跟你会合。"

"好吧。"米耶里低下头，"可是，黑神在上，我到底该去哪儿弄这东西呢？难道直接去敲幽灵佐酷的大门？"

我考虑了一会儿，"我相信你，米耶里，你会有办法的。我把这个给你，也许会有用。"我把伊斯多最后的库扑特发给她。库扑特里包含着卡米纳里佐酷传来的话，"这是伊斯多·博特勒解决的最后一个谜团。这东西会告诉你怎么创建一个病毒佐酷。也许能帮上忙。"

米耶里收下，嘴唇抿成坚定的直线。

"愿库乌塔和伊尔玛塔保佑你。"她轻声说，"还有，若昂，想办法活着回来。我失去的朋友已经太多，再也找不到新词谱写死亡哀歌了。"

听了她的话，听她称我为朋友，我惊呆了。接着，我对她咧嘴一笑，"我明白了，别担心。我有种感觉，这次咱们的赢面挺大。"

我握住她有力的小手，紧紧捏了捏。她的手指冰冷。"我有过很多身份，可从没做过奥尔特人的朋友。做你的朋友，我很自豪。好好照顾自己，米耶里。跟你这一路，很有趣。"

　　说罢，我把"勒布朗号"的控制权转交给她，接着一转念，让一条思想束在飞船的质量投射器中成形，把我自己投射向索伯诺斯特舰队。

插曲　女神和魔鬼

约瑟芬坐在沙滩上,等待着。她给超我下了命令,让自己进入无始无终的随时待命状态。最后,当苍白的晨曦到来,终极背叛者终于回来了。

她站起身,极度紧张,腹中仿佛有蝴蝶乱飞。

终极背叛者仍以马特杰克的形象出现。不过这一次用的是成年马特杰克的形象,一张僧侣般无悲无喜的脸,头发灰白。她在脑中想象这东西披着原型的万丈光辉,大步踏遍固伯尼亚,一路用镜子似的大嘴吞噬高等级的魂灵儿,用来安抚饥肠辘辘的胃。

她对它微笑。

"我准备好了,"她用迎接久别爱人的柔情望着它,"吃掉我吧。"

终极背叛者犹豫片刻,盯着她的眼睛,似乎有话想说。接着,他低声念出马特杰克·陈的始祖代码。这几个词在梦境拟境中隆隆雷鸣。造物魂灵儿尖叫逃散。一瞬间,终极背叛者以原型出现,笼罩整个拟境,什么都瞒不过它的眼睛。约瑟芬的部分分身如干燥的沙粒般簌簌坍散,不复存在。

"现在你可以出来了,约瑟芬。"终极背叛者说。

约瑟芬从藏身处站了起来,骨头松脆,双腿颤抖。

"藏着自毁循环的部分分身,嗯?"终极背叛者责备道,"这招对我没用。"

"你怎么会知道?"

"另一个佩莱格莉妮已经用过类似的招数了。约瑟芬,你还真容易看透。所有的你都一样。这就是问题所在。"

一时间,它化成了她的若昂,穿着白西服,戴着蓝色太阳镜——她让自己的部分分身热爱和崇拜的,正是这个若昂。她的呼吸不禁哽在了喉咙里。

"这就是你想要的,对不对? 你想要一面完美反映你的面貌的镜子。可惜,我却是一面会变成眼前人的镜子。我看着你,就会变成你。而且,我会比你更了解你自己。"

"要是你打算折磨我,"约瑟芬应道,"拜托别用哲学。我一直觉得你身上还留着他的东西——事实证明我所料没错。你跟他一样,也是个蹩脚的诗人。"

"这不是诗歌。我就是这样的存在。"

"萨沙告诉过我,你到底是什么东西。"约瑟芬从鼻子里哼了一声。她模仿魂灵儿工程师那说教的语调,"游戏理论的畸变,囚徒困境中的零行列式策略①,能利用更高级的思维理论,强迫对方按自己的要求办事。此刻,你正在运行对我的模拟,从中挑出最佳策略。"

---

① Zero-determinant Strategy,在囚徒困境的重复博弈中都存在这样一种"零行列式策略",这类策略强大到无论对方如何抗争如何变化,总能比对方更胜一筹;或者能够凭借一己之力,单方面将对手的收益控制在一个固定的数值上。

"那么,你怎么知道,你不是我运行的模拟之一? 也许你所做的一切,都是徒劳无功的呢?"

"我没法分辨,你又怎么能分辨呢,你这王八蛋?"她对这看起来像她的若昂,却不是若昂的怪物尖叫。

魔鬼告诉了她。魔鬼的解释理性而完美,无从逃避。仿佛一切都是注定,没有任何选择余地。

十七　窃贼身处固伯尼亚

　　在思想束中,眼前的宇宙抹上了一层蓝色。相对论所阐述的扭曲效应让未经强化的索伯诺斯特舰队景象变为闪着浅蓝色火花的长长隧道。我像是一片思维镜像雪花,在"勒布朗号"激光器的推动下,以接近光的速度投入其中。

　　舰队十分庞大。区船一波接一波地落到土星上,保持着固定完美的阵型,直到撞上超越城的上层结构,阵型方才瓦解。一公里长的州船在土卫九的轨道上跟佐酷舰队激烈作战。

　　舰队笼罩在旁边的镜子组合的阴影里。这一组镜子规模极其宏大,直径足有三百万公里,比超越城的小太阳还大。镜组正慢慢就位,最终将转到某个特定的位置。索伯诺斯特设在太阳上的星际激光将由这组镜子折射,最后击中土星。一块镜子比一个固伯尼亚还大,每块镜子的反光面上都画着始祖的面孔。这些面孔以冰冷的镜子眼睛冷冷地注视着土星上的战斗。佐酷舰队又派来一支分队,企图摧毁镜组。但是,失去了量子协调的优势,它们的动作太慢,太笨拙,不是灵活的区船的对手。我仔细关注着进展:要是索伯诺斯特的太阳激光成形,战斗将很快结束。不过,此刻镜组仍在旋转中,还需要几个小时才能到位。到那时候,但愿我的普朗克任务已经顺利完成大半。

　　自然,还有七个固伯尼亚。七个内太阳系的魔鬼。每一颗钻石球体的直径都有七千公里,是索伯诺斯特力量和技术的终极体现。据我现在看来,它们仍停在土星星系的拉格朗日点上等待。好哇,在看好戏呢。现在你们只管傲慢,等我们偷走众神的火种,你们就等着被火烧身吧。

　　越接近舰队的核心,思想束接到的协议请求和战斗密码就越密集。我吼出偷来的苏曼古鲁始祖代码,把它们扫到一边。代码在我脑中唤醒了死亡和腐烂的记忆,害得我在没有身体的拟境中咬紧了梦中的牙齿。军阀始祖的突然出现,让身边的区船阵营掀起阵阵恐惧的涟漪,令我十分满意。

　　我强化了土星的图像,想看看伊兰板块。但思想束的视觉功能很弱,我只看到了模糊的影子。支撑超越城结构的质量投射流已经被改造成了临时的武器,朝着区船阵营开火。再坚持一会儿。我真希望还剩有什么男神女神,好让我向他们祈祷。

　　陈的固伯尼亚很好认——到处都是他的脸。不知道马特杰克看到时有何感想。随着我的接近,从思想束中看出去,固伯尼亚蓝移成了一个卵形物,大得吞没了天空。这个人造世界用电磁场抓住了我,减慢了思想束的速度。一瞬间,我瞥到了固伯尼亚表面的神祇视界。那里有数不清的山脉状隆起,都是始祖的雕像。无数的造物坑喷出区船雾。这是一层活生生的、不断变形的智能物质表面,同时也是无生命的、永恒不变的生态系统,每一粒尘埃微粒和雨滴都是一个魂灵儿。

　　扫描光闪过,我进入了固伯尼亚。

　　空白的拟境。白色的房间,一个魂灵儿,面孔只是寥寥几笔轮廓。这是通信协议的魂灵儿化,目的是过滤进入固伯尼亚的思想束的内容,然后传至深层结构。

我今天没耐心应付这种自动化的官僚程序。我换上苏曼古鲁意识壳,把整个拟境撕个粉碎,露出天穹,吓得可怜的魂灵儿四散奔逃。我自己造出一条路来,把拟境压扁成长长的玻璃墙走廊,大踏步前进,深入这个神祇世界的内部。这么做的目的是:引起注意,不能太少,也不能太多。我能感到数不尽的低等级非始祖魂灵儿,像一群群昆虫一般拥在我身边。我发出苏曼古鲁的咆哮。

"共同盛业被污染了!有个量子垃圾武器击中了固伯尼亚!找到受攻击的点,报告给我!"我轻蔑地扔给他们一个马特杰克思想束的临时简版。在晓——索伯诺斯特魂灵儿对始祖的本能尊敬——的驱使下,魂灵儿们立刻照办。它们甚至听从我的命令,为完成任务分出一支新的魂灵儿来。没多久,固伯尼亚的虚拟通道里就拥进了多达数千的魂灵儿,朝各个方向搜索。

我找了一处深层结构,造了一个快时拟境,在其中等候。我使用了很多循环(多得恰到好处,刚好能引起怀疑),造了一个宽广的苏曼古鲁拟境。我模拟的是第一次费德罗夫战争期间的非洲大陆。我保持着军阀的外形,站在一幢摩天大楼的楼顶,抽着雪茄,望着燃烧的内罗毕。我的微型无人机大军由魂灵儿操纵着,正往脚下的民兵部队投下雨点般的致命武器。烧焦的肉味、机油味和滚滚黑烟传来,我一阵哆嗦,体内沉睡的苏曼古鲁却很高兴。我允许他的一丝愤怒传到意识表面。在接下来的行动中,愤怒会很有用。

我没有等多久。拟境很快冻结,一个陈降落于此。看到他,就连我体内的苏曼古鲁也感到了一阵晓的冲击。很好。这说明这个陈来自深时,来自在固伯尼亚最深层结构中运行了几千年、时间流速极快的模拟层面。无疑是战争的缘故,他才接近了肮脏的肉体世界。这个陈跟所有的陈一样,有一张无悲无喜的僧侣脸,身体却是柔软的百足虫。他到底在深时拟境中走了哪条古怪的进化道路?我连想都不愿去想。

"兄弟。"他用无可置疑的权威声音开口,"你违背了计划。循环应该用来生产更多的勇敢的战脑。共同盛业不容浪费。"

我扔掉手中的雪茄,咧嘴一笑,"计划有变。你没接到备忘录吗?我来这儿执行我自己的盛业任务:找到被外界病毒入侵者污染的陈。"

他多节的身体上荡起紧张的涟漪。

"在这一层负责反间谍活动的是我。这里没有被污染的魂灵儿。"

我对着天穹仔细默想,着手布置。布置完后,我对他微微一笑。这次是我自己的笑容,"现在有了。"

说罢,我把陈裹在从身体窃贼艾克索洛托那儿拿来的故事里,占有了他的意识。

我在陈的意识中舒展,丢弃了苏曼古鲁的意识壳。这个陈是第四代魂灵儿,属于八月之龙看守者分支。很好。这个魂灵儿足够高级,有始祖的权限。我步入一个高权限拟境,用神的视角观察这一层固伯尼亚拟境。构成拟境的物质正不停地翻腾。我用神的声音对它们的魂灵儿开口说话:出现了异常的思想束,去找出它的攻击点。不过数秒,几百万个候选答案便涌到我面前。我又创造了一个拟境,派出少数魂灵儿,根据我给出的参数,对这些数据进行筛选。同时,我自己着手铺设一条逃跑的路线。有条出路总是好的。

最后,答案出来了。马特杰克很谨慎:他的思想束伪装成某个科学魂灵儿采集的F星环结构分析样本(科学魂灵儿采集样本的目的,自然是为了在目前的土星战斗中,提升纳米导弹中魂灵儿的领航能力),进入了固伯尼亚。跟其余几千份样本一起,马特杰克的意识被存放在固伯尼亚上层结构中,位于一间智能物质房间里。房间跟拟境相连。在拟境中,可以对样本进行操纵和研究。这是好消息。这意味着,马特杰克还没完全搞懂那块假珠宝的运作原理,还要研究一番。

很好。还不算太晚。

我进入天穹,让它带我去那个房间。

"马特杰克。"

房间的拟境是个光秃秃的黑色空间,中间放着珠宝。珠宝的外形像一双合掌的双手,闪闪发亮。马特杰克身边围着一群忙忙碌碌的部分分身,还有众多触觉操纵软件装置,空中飘浮着佐酷图形语言网。

一时间,他惊恐地望着我。我意识到了错误,立刻换成自己的脸。

"马特杰克,这么做不对。"

"你来这儿干什么?"

"我来阻止你。你犯不着这么做。不管你怎么努力,都是没用的。米耶里告诉我——"

"谁管她跟你说了些什么!我根本不想变成这样!你没看见这地方什么样吗?这就是一个顶着我的脸的巨大癌细胞啊!"他的眼睛发亮,眼神凌厉,"我差不多已经搞懂了。这块珠宝要由陈来打开。里面放着递归自进化的算法。这东西会把它碰到的所有数据都改写为零。我只需要弄一个远程触发器,就能站得远远地把它打开了。"

我咽了口口水。递归自进化算法。听起来太可怕,太像龙了。这东西就是龙,而且不会把陈认作自己的爸爸,不受他的控制。我记得可怜的契诃娃也在研发类似的武器。巴比康,你到底干了些什么啊?万一马特杰克或者其他人真把这东西打开了,后果将无法设想。

"马特杰克,把它给我。"

我搜寻合适的词句。我该怎么说,他才会懂呢?

"不!你快滚,否则你就跟他们一起死吧!"

我朝前一步,抓住他的双肩。他的部分分身纷纷后退。他在我双掌中模糊了片刻,又打算玩他的时间加速游戏。但这一次,我有备而来,还有陈的始祖代码在手。他挑衅地瞪着我的脸。他个头长大了,心却没能长大。他的父母,一个是心不在焉的量子交易员,一个是通感器明星。他太孤单,孤单到只有想象中的朋友,还把这些朋友变成了真实。

现在的他,是个无法无天的捣蛋鬼。

"马特杰克·陈!"我语气坚决,"你马上放下手中的末日武器,好好听我说!"

他眨眨眼,惊呆了。我顿时明白,从来没人用这种口气跟他说过话。

"不能因为你不喜欢某个人,就去伤害他!你没这个权利!就算他是你自己也不行!我知道你不懂什么是真正死亡。我也希望你懂得真正死亡的这一天,别来得太早。但有一点你必须记住:造成别人的真正死亡,是极其错误的——除非你有人要保护,而且别无选择。你的爸爸和妈妈都是善良的好人,一心一意保护你。如果你打开了手里的末日武器,你就会变得跟爸爸、妈妈完全不同,变成比你痛恨的未来马特杰克·陈更坏的坏蛋。

"相信我,我知道恨自己是什么滋味。但恨自己也于事无补,不会让你心中好过。你想让另一个马特杰克,长大的马特杰克,尝尝厉害吗?"我把脸变成那张死板的僧侣脸,"那就去干他从来不干的事! 跟我一起,去帮助外头那些快死掉的人。他们面对的是真正死亡。不像你玩的游戏里的角色;他们死了,就再也不会回来。来帮我拿走他想要的东西。能让他痛苦的不是死亡,马特杰克,而是失败。"

他抬头望着我,脸上泪珠串串。

"我只想要爸爸和妈妈。"他哽咽着轻声说。

我紧紧抱着他,不知该怎么安慰。他搂住我的脖子,手臂的力量大得惊人,贴着我,很久才放开。

我朝他微笑,突然间说不出话来。

"我们能回家了吗?"他问道。

我小心地拿过假珠宝临时简版。

"能,"我说,"不过我们还有点活儿要干,你得帮我。"

"好的。"他拉住我的手说。

"他在撒谎,马特杰克。"一个女性的声音开口,"最痛苦的不是失败,而是失去心爱的人。这一点,若昂再清楚不过了,对不对?"

约瑟芬。我将意识延伸至天穹,想触发预备下的逃跑路线。但拟境的结构被人用更高等级的始祖代码锁死,我们被困在了里面。是原型。绝望撕扯着我的胸膛。脚下的大地开始下沉。

紧接着,我们站在了一片柔软的海边沙滩上,注视着清澈的蓝色海洋。海滩上有小小的脚印。远处有个小男孩正在海浪中踩出大大的浪花。看到我们,他停了下来,张望片刻,随即快乐地朝我们大步跑来。

约瑟芬·佩莱格莉妮对我和马特杰克露出毒蛇般的微笑。

"别担心,"她柔声说,"我们很快就会让每个人都永远不会失去心爱的人。"

约瑟芬真老。逼她进入这个苍老的意识壳,真是个残酷的玩笑。这具身体只剩了一把骨头,还有毫无弹性的松弛皮肤。她的手指斑斑点点,皮肤暗沉,拨弄着颈上的钻石项链。

"你真是个傻瓜,若昂,居然来这儿。"她轻声说。

马特杰克盯着正从海边跑来的另一个小马特杰克。小男孩身上流露出某种气息,说明他正是此处的原型。但他的眼中只有无底的贪欲,不属于马特杰克·陈的贪欲。上一次我见到这种眼神,是在困境监狱里。当时,拥有这双眼睛的,正是我自己的脸。

我把手放在我的马特杰克肩上。

"你不是我,"马特杰克说,"你是谁?"

"终极背叛者。"我朝它点点头,"好久不见。"我握紧手中的假珠宝,脑子飞快转动。我只在狱中听过只言片语,说它的真正本体是游戏理论的畸变,会变成你,能预测你的下一步行动,所以总是能赢。更糟的是,如今我还身处受它控制的异境。我大脑发射的每一个神经信号,它八成都能看得见。恐惧坠在我胸中,沉甸甸的,让我难以呼吸。

"谢谢,赌王若昂。"ALL-D说,"你的角色扮演得很好,没想到你能演得这么好。在你体内我过得很开心。没有你,跟佐酷的冲突肯定会拉得更长,打得更苦。"

"让这孩子走。"我说,"他对这儿发生的事一无所知。"

我的马特杰克不高兴地看了我一眼,却什么都没说。约瑟芬朝他微笑。"亲爱的马特杰克,"她说,"你不用害怕。你说你想见爸爸和妈妈。嗯,只要再等一会儿,我们就能把他们带回来啦。"

马特杰克皱皱眉。"我不相信你。"他说,"我知道骗子什么样。你就是骗子。"

约瑟芬装出一脸惊讶,"真没礼貌!不过,可以理解,毕竟你跟一帮很没礼貌的人相处了这么久嘛。若昂,你可给这孩子立了个坏榜样啊!"她看着我。我这才看到她眼中求救的光芒,光芒只有短短一瞬。她也是被困在这儿的囚犯。"你也好不到哪里去啊,约瑟芬。"我也注视着她,"看来,你已经厌倦了偷儿,改投怪物的怀抱了。"

"我看你也没弄明白啊,若昂。"终极背叛者说,"这儿没有怪物。要解释我到底是什么很难——不过,我注意到,不管我变成什么,它都会在我这儿留下……痕迹。我在你体内待了很久。所以,我发现自己越来越喜欢解释。我希望有人喜欢我。我猜这是你留下来的。"

"我留下的痕迹对你有用吗?"

ALL-D嘴唇上掠过一丝微笑。这个微笑有一点点像我。

"很有用。只消再过片刻,在这个拟境的框架中,我就能找到佐酷长老,吃掉他们,拿到他们的卡米纳里珠宝,重新塑造整个宇宙。"

我皱皱眉,"你怎么知道珠宝一定会接受你?"

"因为我的目标符合理性。不管是谁、不管什么东西，只要加入我的行列，就能得到最大的利益。在大多数游戏中，背叛都是理性的选择。"它看看天空，"你知道吧，一切的一切都只为了一个最终目的——存活下来。存在是脆弱的。我们以为自己生活在一个稳定性的岛屿上；可惜，这只是幻觉罢了。

"卡米纳里佐酷的成就表明，的确存在另外的时空。在我们的因果地平线之外，还有宇宙的其他区域。假如这些区域中演化出了理性的生命，它们就会打破自己的普朗克锁——或者，在更糟糕的情形下，它们会在天然缺乏计算复杂性限制的环境中进化。失去了计算复杂性的限制，他们很可能会把所在时空的膨胀率提升到最高，让它变成一个不断胀大的思维泡泡。

"一旦这种病毒时空泡泡成形，它随时都会吞没并抹消我们的时空。它会以光的速度蔓延扩展，并且不会发给我们任何警告。一切就这么简简单单地结束了。"

ALL-D微微一笑，"所以，理性的应对办法是：趁它们还没来，我们先过去。我们得把自己的宇宙变成完美的、不断复制的策略，才能存活。也就是说——我们得把宇宙变成我。

"没什么可怕的。我会在体内保留所有的信息。我会完成共同盛业。"

他转过身，望着大海。

"现在，你想不想看看战争的进展？"

没等我回答，他就轻轻地打了个手势。拟境在柔和的傍晚夜空上涂抹出燃烧的土星。我们噤声观看。

十八　米耶里和珠宝链

米耶里驾着"勒布朗号"穿越索伯诺斯特风暴,飞向土星。

飞船是她思维的延伸。驾着飞船,就像在梦里翱翔。电磁光谱在她皮肤上闪着温暖的微光。飞船的引擎就是她火焰熊熊的双翼。

外头空间已经沸腾,满是伽马射线激光和成群的区船。要通过这片区域,飞船的动力还不够。

霍金驱动毫无保留地炽燃。她拨转飞船,转到跟巨大土星轨道位面垂直的轨迹线上,避开最激烈的战斗。但索伯诺斯特飞船充满了整个空间。一眨眼间,她就穿过了一支覆盖着超物质斗篷的区船阵营。这支舰队埋伏于此,仿佛暗藏水中的渔网。舰队朝她冲来,足有一百艘区船。这些战争区船只配备了短命的奇异夸克引擎;一旦战争结束,这些船也就报废了。她用最大的电磁音量对它们喊出索伯诺斯特区分敌友的协议。但它们没有上当。它们认识她的船,想尝尝这艘船的味道。

她将"勒布朗号"极微技术处理器的权限给了自己的魂灵儿。它们用纳什引擎计算出所有可能的轨迹线。没有任何一条轨迹线,能逃出区船矢量紧逼的圆锥攻击范围。

纳米导弹袭来,她的皮肤感到一阵刺痛。导弹将病毒代码注入"勒布朗号"的系统。她剥下飞船的外层护甲，以摆脱这些病毒。剥下护甲疼得像撕开结痂的伤口。剥离的护甲飘浮在飞船周围，变成一团不断扩大的尘埃云。这下目标更大了：又一批哥德尔炸弹和动力针发出闪光，穿过尘埃云。一枚高密度弹头擦过飞船船身，紧贴着霍金驱动的球形容器飞过，让人捏了把汗。

她盘点了一下船上的武器。粉碎陨星的激光、思想束投射器、Q粒子发射器。没有反物质，没有奇异夸克团，也没有纳米导弹。米耶里在脑中设想新武器，让飞船制造；但所需时间太长。她手中最厉害的装备只有引擎中的微型奇点和伽马射线针，但这些对区船没用。这些武器瞄准太慢；再说，一旦用掉这些，如何逃脱区船攻击就成了更大的问题。"勒布朗号"是追求速度的快船，不是战斗飞船。可惜现在，就连它的速度也没法摆脱尾随的区船。

又一轮炮火袭来。不过，这一次她有所准备。霍金驱动火光微闪，飞船灵巧地闪开，提前一微秒避开了炮火的攻击。可还是不够快。

她命令飞船执行轻装减负方案，卸下所有不必要的物质，差不多只剩下装载驱动的球形容器。即便如此，土星还是遥不可及，飞船难以逃脱牛顿定律的冰冷巨掌。如果引爆霍金驱动，自然可以把它们都干掉；但自己的命也会搭进去。白白死掉，对谁都没好处。

这时，她突然开悟了。我仍然像驾驶"培蝴宁"的米耶里那样思考，可我已经不是她了。组成我身体的每个原子都已经被极微技术分解，并复制到"勒布朗号"的异境中，以量子比特的形式存在。我的意识是量子信息，储存在人工原子构成的光子水晶中。

我得变成另一种人才行。

"去最近的路由器!"她哑着嗓子对飞船化身猫喝道,"马上。"

土卫九的轨道附近还留着一个孤零零的路由器,逃过了索伯诺斯特的攻击,完好无损。它就像长达一公里的婚礼捧花,不断旋转,映着众神之战的火光,闪闪发亮。这时,"勒布朗号"——不如说是裹着霍金驱动的一层薄薄的蛋壳——终于抵达了路由器。为了躲避第三轮导弹的攻击,她把飞船改造成分布式的聚合,变成了一个个与驱动相连的自由飘浮模块。为了减负,她把偷儿收藏的所有财宝统统扔进了虚空。这么做时,她心中感到一阵罪恶的快意——反正他是偷儿,总会偷来新东西的。

索伯诺斯特舰队明白了她的打算。另一波区船正在赶来。夜空中,舰队就像彗星一样闪烁。一大团纳米导弹发出闪光,朝她射来。

她深吸一口气,对路由器发出命令,心中祈求佐酷意愿系统已经重新上线。路由器做出回应,舒展开来,露出巨大的、花中雄蕊般的异境之门。

"你已为主人尽忠,"她对猫说,"可以光荣献身了。"

猫鞠了一躬,碰碰插着羽毛的帽子,朝她致意。

接着,她一转念,为自己造出一个楔形雾滴佐酷真形,把佐酷珠宝都裹在里面,朝着异境之门发射。

身后,霍金驱动的球形容器坍塌。黑洞变成白洞。一呼一吸间,灼热的光子烧掉了区船、路由器、"勒布朗号",还有赌王若昂的所有秘密。

米耶里在重重异境中快速穿行。意愿系统已经重新上线。尽管好不容易赢来的缠结在偷儿引发的迷你大崩溃中几乎蒸发殆尽,她仍然感觉到了伟大游戏珠宝的温和拉扯。

异境中也有战斗。武装魂灵儿穿着讨厌的量子外壳,一波接一波地入侵佐酷的虚拟现实。固伯尼亚不断修正,孵出一代又一代魂灵儿,企图适应虚拟战场里反直觉的规则。在这里,佐酷人还算占着优势。但依照目前形势,用不了多久,支撑异境的物质基础设施就会沦落,异境也会完蛋。

米耶里也临时加入了战斗的队伍。她头顶一片红色的天空,脚踩一颗古老的虚拟行星,身边是四条手臂的绿人。他们挥舞大刀,奋力顶住吵吵嚷嚷、白色巨猿模样的魂灵儿潮水般的进攻。米耶里的异境刀所到之处,白猿纷纷倒下。她的伟大游戏珠宝开始嗡嗡作响,缠结又涌了进来。她升了一级又一级,一直升到第六级黑衣人。这时,她默念出自己的心愿,扔给珠宝。一扇门开启,带她进入了隐形异境。

伟大游戏异境一片混乱。思维线缠成了一张纠结的网,每颗珠子上都映着死亡的景象。异境中全是佐酷人惊恐的声音,吵闹不休,米耶里不得不把所有的话音都隔离在外。

她离开思维迷宫,给辛达发了库扑特,紧张得心脏怦怦直跳。你在哪儿?

尽管身处隐形异境的快时,等候回音的片刻仍像永恒一般漫长。周围的思维游戏充斥着愤怒的库扑特,声音混成一片,仿佛远处隆隆的雷鸣。她可千万别出事啊。

回音终于到来,如同炎夏的喜雨。

米耶里?

你在哪儿?

再次等候回音。痛苦的延迟,长达好几次心跳。

在土星内部金属氢层附近,可逆计算之上的异境里。这儿的时间流速很慢。我们正打算建立一支游击队组织。

索伯诺斯特不会占领土星!我跟你说过,要来的是终极背叛者。

你自己怎么样了?

没时间解释了。顿了顿,米耶里又库扑特道:我需要你。透过库扑特,她把自己在"普罗旺斯号"上领悟到的恐惧和渴望传给辛达。库扑特送出后,焦虑突然攥住了她的心,好像有什么珍贵的东西正从她手指缝中溜走。

终于,辛达来了。她仍然穿着绿色的长裙,在思维网迷宫中显得格外美丽。她朝米耶里微笑,笑容中略带哀伤。

"你想要我做什么,米耶里?"

"做你在雪山上做过的事——救我的命。"她猛地吻住这个佐酷姑娘,一直吻到两个人都喘不过气,米耶里才放开她。

"还有,原谅我。"她说。

二人找了一间会议室,躲开狂乱嘈杂的库扑特。米耶里向辛达讲了偷儿的计划。

辛达皱皱眉,"我对普朗克膜一无所知,也不知道该怎么获得跟它的缠结。这件事肯定只有长老才知道,我的等级不够高。我认识的长老只有巴比康;可是,哪怕到了现在,我猜他也不会帮忙。我的缠结你尽管拿去,可我觉得用处不大。跟大家一样,意愿系统崩溃的时候,我的缠结也差不多都没了。"

米耶里也皱着眉，"你看看这个吧。"她把偷儿给她的、包含大量内容的复杂库扑特传给辛达。慢慢地，辛达的眼睛瞪大了

"米耶里，你知道这是什么吗？"她说，"这是病毒佐酷，是巨大的共享缠结机器！"说着，辛达咧嘴笑了，"都到世界末日了，禁忌之事，此时不干，更待何时！"

凭着丰富的派对组织经验，辛达根据卡米纳里的模板，仔细制作出一条库扑特，精准而迅速地发了出去。

想拯救超越城吗？想杀掉沉眠者吗？那就跟甘草佐酷共享缠结吧！

即便在混乱的战斗中，这条库扑特也传到了一个又一个伟大游戏成员那儿。

"我们得尽快，"辛达说，"长老肯定会发觉，然后重设所有人的缠结等级。不过，飞快许个愿的时间也许还有。所以，准备好喽！"

开始很慢。渐渐地，共享的缠结一点点传了过来，佐酷军队跟超越城敌人搏杀中获得的所有EPR量子比特，都传了过来。没多久，点滴就变成了洪流。跟甘草佐酷的连接在米耶里脑中嗡鸣。猛然间，伟大游戏珠宝仿佛变成了她大脑的一部分，仿佛它始终存在，仿佛它才是她真正的Q自我。

"趁现在！"辛达猛吸一口气，"快点！"

米耶里将两人精心准备的念头抛给伟大游戏珠宝。把幽灵佐酷的普朗克缠结物质给我。整个佐酷回荡着她的意愿。"这下，他们肯定要发觉啦。"米耶里说。果然，片刻后，全知全能的感觉消失，只留下近于虚无的空空荡荡。

共享缠结违背了佐酷规则。她的珠宝传来一条愤怒的库扑

特,你被打回到最低一级。米耶里的心一沉。不过,她随即振作起精神,暗自微笑,告诉自己:不过是游戏而已。

这时,缠结物质噗的一声,经由量子远距离传送协议,传到了两人所在的隐形异境的角落。那是一颗不起眼的灰色圆球,只有简单的意愿界面,周围包着高密度的数据临时简版。米耶里瞥了一眼临时简版:以整个土星的质量作为探测器,从超中性子①中提炼所得的EPR状态,跟普朗克膜上的超对称物质呈纠缠态。她完全摸不着头脑。不过,不管这东西是什么,有了它,她和偷儿才能到达藏有卡米纳里珠宝的地方。

"这东西简直太无聊了!"辛达说,"你确定这真的是我们需要的东西?"

米耶里笑了,"不确定。可我……信任的人说过,就是这东西。"

米耶里皱皱眉,看看伟大游戏的情报临时简版。因为缠结等级突然降低,大部分的战斗场景她都看不见。但她仍能密切关注某些矢量。偷儿说,他和马特杰克会用这些矢量,利用思想束逃出固伯尼亚。他们在哪儿?在我们的时间框架中,他们应该几分钟就能到。

"现在我们做什么?"辛达问。

米耶里回答:"做最后一战前唯一能做的事——等待。"

---

① 又译"中性微子",是一种由超对称所预测的假想粒子。

十九　窃贼和终极背叛者

　　我望着燃烧的天空和终极背叛者,攥紧了手中的末日珠宝,努力思考。出路总是有的。

　　真的吗?

　　拟境巨细靡遗地描绘出土星战役的细节,详尽得让人痛苦。超越世俗的世界之壳正在崩塌。巨行星的侧面出现了沸腾的旋涡,射出喷泉般的X射线,必是黑洞无疑。

　　板块破碎,狭带断裂。地面上,小机器人和战斗化身从异境之门中拥出,对抗着冯·诺伊曼兽。这些兽行动缓慢,却固执顽强,会把碰到的所有物质都变成自身的拷贝。

　　佐酷已经从未完工的结构中撤出质量投射流,改变方向,指向天空,临时用作防卫武器。质量投射流在天空中织出密密的铁粉子弹网,每一粒铁粉都拥有一列火车的动能。撞上这张网的区船就像撞上挡风玻璃的虫子,立刻粉碎。

　　伊兰板块上方则有奇怪的事情发生。一支区船舰队竟守在伊兰板块上,跟其余索伯诺斯特飞船作战。昂神还没放弃抵抗。但光凭这些还不够。终极背叛者目前尚未使用龙;可如果形势需要,他会用的。

　　我越过残破的星环碎片,朝土星周围的空间望去。佐酷飞船正遭到大屠杀。围绕太阳激光镜组的战斗已近尾声,这一组完美的量子粒反射结构已经就位,随时可以烧掉残余的佐酷抵抗力量。

　　最后,我实在看不下去了。

　　我朝前跨出一步。"喂,"我说,"你是不是忘了什么事?"我举起陷阱珠宝,"马上放了我和马特杰克,不然我就打开这个,看看到底是你厉害,还是龙厉害。"

　　他轻蔑一笑。小男孩稚嫩的脸蛋上竟露出这种表情,真是残忍。

　　"我太了解你了,若昂,"他说,"我能预测你的每一步行动。要是你决定打开珠宝,我立刻就能知道。你以为我为什么让你留着这东西?我不能碰它,这不假;可我能碰你。一旦你决定打开珠宝,我就抹消你。再说你不会让这孩子身处险境,至少现在不会。你得编个更圆的谎才行啊。"他坐到沙滩上,抬头看着天空上的战斗。"用不了多久了。"他说。

　　我看看约瑟芬。一扇牢门,慢慢开启。她和我,一路走来,我们经历过多少起落,有过多少分合啊。

　　"他就是我,对不对?"我说,"虽然他是困境监狱的畸变,但他是从赌王的种子里孵出来的。你难道准备输给我?"

　　"我没输,若昂,"她回答,"我快赢了。你向来不是我的敌人。死亡才是。"救救我,她的眼睛说。

　　"马特杰克,"我轻声道,"你还记得我们在'勒布朗号'上玩过的游戏吗?那个时间游戏?"

　　他点点头,眼睛睁大了。

值得一试。虽然 ALL-D 控制着四周的环境,但这拟境来自马特杰克的记忆,跟他在地球上度过好几个世纪的那个非常相似。而且,我只需要片刻时间。

"现在再玩一次。"

马特杰克闭上眼睛。我们周围的空气突然变得厚重黏滞,很难交谈。

"这没用。"约瑟芬轻声说,"他知道你会这么做,他还知道你下一步的打算。他什么都知道。"她悲哀一笑,"对不起,若昂。要是我赢了,我肯定会把你留在我身边。可现在,说什么都来不及了。"

"我们俩没法在一起。这一点,我们彼此心里都清楚,可你曾为我打开过一扇门;所以,你做的错事,我几乎都能原谅。"我凑近她,"你若是真心希望我原谅你,就把这孩子从这儿带走,带到米耶里那儿去。这样,我们还有一线希望。"我把埋在固伯尼亚天穹里的逃跑协议传给她,"只要我们从他手中夺走拟境控制权,哪怕只有一小会儿——"

她摇摇头,"对不起,若昂,我做不到。我斗不过他。跟他斗,比跟我自己斗还困难。毕竟我跟自己斗过那么多场了。跟他战斗,就像对抗一位能看穿你所有的心思、并且从不出错的神祇。他还会逼着你做自己不愿做的事——"

他肯定有弱点。他提过痕迹。我记得很清楚,太清楚了,困境监狱是如何塑造我的思想、让我把世界看成一张合作与背叛之网的。

"他到底是什么东西?我该怎么打败他?给我点有用的东西!"

约瑟芬咽了口口水。

"他看穿了我的把戏,"马特杰克紧张地说,"马上就要出来了。"

约瑟芬颤抖的手抚过项链,绝望地扭着一颗颗钻石。"模拟,"她说,"终极背叛者说,它会运行模拟,来预测我们下一步的动作。它说,我们甚至无法分辨,自己究竟是不是他的模拟之一。"

我记起直指我脑袋的枪口,还有映在终极背叛者反光太阳镜上的我的身影。接着,他扣下了扳机。镜子,总是镜子。从我的记忆中,一个主意闪烁出最微弱的光芒。

我紧紧抓住约瑟芬的手。"记住,"我说,"一有机会,你就逃出去。答应我,你会把他送到米耶里那儿。"

"我答应。"她悄声回答。

时间朝前跳了一步,恢复了正常流速。突然,ALL-D 出现在我们面前,好奇地看着马特杰克。

"这游戏真有趣,"他说,"我想知道你是怎么办到的。"

"问你妈妈去。"马特杰克嘲讽道。

ALL-D 朝前一步,伸出小小的手,伸向马特杰克。

"我现在就把你吃掉好了,"他说,"看看你跟原型有什么不同。肯定有意思。"

我把马特杰克拉到自己身后,举起假珠宝。

"不,"我说,"你想玩,就跟我玩。"

终极背叛者好奇地看着我。

"知道吗,"我说,"待在监狱里的时候,我一直在想,如果自己跟自己玩囚徒困境,到底会怎么样。不是跟拷贝玩,而是跟真正的自己——对我下一步打算了如指掌的完美预测者——玩囚徒困境游戏。面对这样的对手,我该怎么办? 显然,我该合作:因为我们的思维过程相同,做的决定也一样。但是,同样显然的是,我该背叛,因为不管我采取什么行动,你都能提前知道,所以我的行动无法左右你的决定。可话又说回来,这一点,你同样也会想到。"

"你想不想知道结果? 我们可以试试。别光说不练,来押个注吧。我们来场正式的游戏。"我让珠宝在手指间翻滚,"游戏的形式跟囚徒困境差不多——我来决定是否打开以及什么时候打开珠宝。如果你真的能变成我,那么,你就能预测到我打开珠宝的那一刻。一旦我决定打开珠宝,你就抹消我。完美关联。要是我不打开珠宝——那么,我们的处境仍跟刚才一样。"

"要是我现在就抹消你呢?"

我扬扬眉毛,"哎呀,那你可就预测错误啦——我现在可没打算打开珠宝。当然,比起输给我,预测错误这代价不算大。你玩不玩?"

"好吧,"他回答,"看在旧日情分上,我们再玩一次困境游戏。"

他身形舒展,形体突然模糊,然后就变成了我——白色网球衫,短裤,还有反光太阳镜。"行了,窝囊废。"他手中握着一支枪,纤巧的银色自动手枪,"你要不要也来支枪? 还是有你的玩具就够了?"

我小心地唤出早先偷来的陈的魂灵儿,让它接近意识表层,只要一个念头就能触发,让我变成陈;然后再一转念,就能打开假珠宝,放出里面类似龙的东西。

"不用了,谢谢。"

"有枪在手,你能多拿点风度分。"

"你还好意思说这话。你刚才还威胁了一个小孩子,早就没风度了。"

他抬起枪口,"我想,你和我玩的不是风度游戏吧,若昂。"

"啊,没错。的确不是。咱们的游戏叫:砰砰。"

"真够逗的。"

"这话真耳熟。"①

我盯着他反光太阳镜中的我的倒影,考虑打开珠宝。

我在记忆中搜寻触发器。

沙漠中,一个男孩子被抓住了。

第一拳打在我身上的时候,我就打开珠宝。

戴银表的男人举起了拳头。ALL-D握枪的手的肌肉微微一动。

我笑了。不。我坐在牢房里,正在看书。牢房门打开的时候,我就打开珠宝。

不,不是这个。

另一个牢房,另一个我。镜像的镜像。他扣扳机的时候,我就打开珠宝。

我看得出,他不喜欢我这一连串念头。他扣着扳机的手指绷紧了。

很好。记忆还有的是。他已经深陷游戏,又回到了在监狱时的思维模式里。很好。我就这么继续下去。

当

---

① 第一部《量子窃贼》一开头,若昂在牢房初会终极背叛者时,也有过类似对话。

米耶里打碎我的牢房的墙的时候
我把蓝宝石碎片插进手掌的时候
蕾梦黛赤裸地坐在钢琴前,弹出第一个音符的时候
艾萨克砸碎第三瓶酒的时候
我抵达生死长廊尽头的时候
我就打开珠宝

一个记忆接着一个记忆。这是一个偷儿的一生,是随意拾捡的记忆片段,却也相互连接,一个能串起另一个。终极背叛者僵住了。我知道,我的办法成功了。意识理论。建立他人行为的模型。我的办法,就是创造出"赌王若昂-完全"级别的难题,逼他运行对我的完整模拟。而且不止一个,而是许多、许多、许多个赌王若昂。

当
雪雪脸上的笑容消失的时候
我从苏曼古鲁意识中孵化出来的时候
塔瓦妲讲的故事结束的时候
大崩溃开始的时候
我就打开珠宝

我一个人没法打败他。但是,我可以逼他同时运行众多模拟——这些模拟肯定得在固伯尼亚内部运行。每个盒子、每个监狱都有出去的路。只要我做得对,就能有十亿个机会。而我只需要一个。

当

第一颗星星坠落在夜之迷宫的时候

马特杰克合上书本的时候

大炮迦拿发射的时候

战脑扣动扳机的时候……

终极背叛者开火了。

时间慢了下来。枪口的闪光仿佛一朵燃烧的火焰花。子弹就像慢速列车,在看不见的轨道上运行,第一站目标就是我的脑袋。是马特杰克干的吗?他在为我争取时间吗?已经太晚了。子弹无关宏旨,不过是拟境的简明表达形式,表明ALL-D正朝我出手。

终极背叛者的反光太阳镜上出现了裂缝,一直蔓延到它的脸上。他的意识壳粉碎,变成了拟境中的一个洞。他被脚下的天穹盲点吞噬了。

代替他的位置的,是另一个我。这个我更年轻,一头黑发,咧嘴对我笑着。

他伸出手,抓住半空中的子弹。

另一个我变魔术似的举起了子弹。

"这个赌可真险哪。"他说。

"瞧你说的。要是连自己都不能信任,还能信任谁呢?"

"不过,我们还得把赢面扩大些。"

沙滩上又出现了天穹的闪光。越来越多的赌王若昂聚集过来。他们都是我,面容却有着细微差别。那是我过去的人生和生活瞬间留下的集合,就像美术馆。我笑了。能见他们最后一面,真好。

我转向约瑟芬和马特杰克。"快走。"我对她说,"这把戏只能成功一次。"

其他若昂忙着在拟境中添加加密天穹层,好让拟境控制权留在我们手中。但这只能维持短短片刻:ALL–D手中有一整个固伯尼亚的资源。

时间很紧了。

"若昂,你不必——"约瑟芬开口。我打断了她的话。

"有,我有必要。"

我跪下来,紧紧拥抱马特杰克。他的头发里有海水的味道。

"做个乖孩子,好吗? 替我向米耶里道别。"我紧紧捏着他的肩膀,再度语塞。

我转向约瑟芬,"还有你。别再碰米耶里,还她自由。明白吗?"

她点点头。我吻了她。她的嘴唇像纸张一般干燥无味。但是,这个吻之下,还藏着其他许多个吻。那是一位女神毒蛇般的嘴唇,有玫瑰、开启的门和新开端的味道,教人舍不得放开。

"他来了。"一个若昂说,"他已经在我们中间。"其他人附和。

"现在就走。"我对约瑟芬说。她和马特杰克举起手,向我沉默地挥别。接着,天穹一闪,两人消失。

我转向一排排的赌王若昂。

"我们还有多少时间?"

黑发的年轻若昂看了看怀表。"二十秒。"他回答。

我点点头。对他们,我不必开口。他们早就知道我要说什么。

我走向水边,脚趾插进温暖的沙滩中,双手合掌,把龙珠宝捧在手心。这时,我才意识到这东西有多美。它是液体的光,就像一只蝴蝶。

大海叹息,海浪退后,留下一弯湿湿的沙滩,仿佛咧嘴的笑容。

我闭上眼睛。

海浪碰到我脚掌的时候,我就打开珠宝。

二十　米耶里和卡米纳里珠宝

　　隐形异境中,米耶里和辛达看着陈的固伯尼亚慢慢死去。

　　一开始,围绕这个索伯诺斯特钻石世界的区船云出现了混乱,仿佛天气即将突变。固伯尼亚附近的索伯诺斯特飞船阵营乱了阵脚,被弱于自己的佐酷飞船击垮。接着,固伯尼亚表面出现了一阵涟漪。一开始,米耶里还以为是光学幻觉。她碰了碰情报临时简版,发现钻石圆球上骄傲的雕像、思想束喷泉和反物质熔炉都起了变化。

　　坚硬无比、宽广无垠的表面上,一层波浪正缓缓地席卷而过。波浪过处,惟余光滑呆板的表面,无穷无尽的闪光平地,纯粹的虚无。固伯尼亚永不间断的中微子咆哮突然变为一片死寂。

　　是那颗龙珠宝。米耶里想,难道是马特杰克那孩子打开了它? 难道偷儿失败了?

　　库乌塔和伊尔玛塔啊! 只干掉一颗固伯尼亚还不够。我们需要卡米纳里珠宝。

　　趁索伯诺斯特忙着处理固伯尼亚的突然死亡,佐酷舰队的残余力量得到了片刻喘息时间。不过,用不了多久,剩余的始祖就会重整队伍,填补陈的突然死亡造成的权力真空。

况且,太阳激光镜组仍在转动。

米耶里看看临时简版,决定听从伟大游戏珠宝的战斗号令。膜缠结圆球那呆板的眼睛用嘲笑的目光望着她。她握住辛达的手。佐酷姑娘紧紧回握她的手指。

突然,她脑中警铃大作。偷儿给她的矢量中出现了一条思想束。这条思想束带着库扑特数据包签名,由三艘佩莱格莉妮州船护送——简直像三条虎鲸护卫着一粒浮游生物。思想束和州船不停地朝外发送中立宣告,称佩莱格莉妮固伯尼亚将退出战斗,条件是思想束中的内容被传送到——

一扇异境之门打开,门里走出一个十二岁的男孩子。他的黑发中夹着零星白发。米耶里上次见到他,还是在地球失落的大炮迦拿中,海滩拟境里。跟那时相比,他长大了不少。

赤褐色头发的高个子女人跟在他身后。

"你好,米耶里。"佩莱格莉妮说。

米耶里没理她。她望着那孩子。"马特杰克,"她开口,"你还记得我吗? 我们在海滩上见过一次面。"

马特杰克点点头,"记得。"他的嘴唇抿成坚定的直线,"若昂向你道别。"他的声音哽咽了,但他用一只拳头压住嘴巴,不让自己哭出声来。

米耶里伸手抚慰他。他让她想起了小瓦尔普,她的柯多妹妹。"嘘,"她说,"没事了。"

接着,她转向佩莱格莉妮,脸上的伤疤火一般灼热。

"我猜,你想告诉我,席丹仍然想要我,只要我拿卡米纳里珠宝跟你交换,你就把她还给我吧?"

佩莱格莉妮的红唇掠过一丝微笑。"不,米耶里,"她回答,"我是来向你告别的。谢谢你这些年为我效劳。我答应若昂放你自由。我准备遵守诺言。"她叹了口气,"真可惜。你才刚刚展示出自己的潜力呢。

"至于现在,我想,我只能眼看着我的兄弟姐妹们摧毁你了。因为若昂,终极背叛者受了伤,但那东西仍然存在于索伯诺斯特的众多魂灵儿当中。尽管这些魂灵儿没有原型马特杰克那么高级,但它是不会放弃的。不管怎么说,你还是尽可能多杀几个那东西吧,让它们迅速地真正死亡。这样,之后我要干的事,也会顺利些。"

"也许我会让你大吃一惊。"米耶里说。

"卡尔胡的女儿米耶里,我最喜欢的莫过于大吃一惊。再见,祝好运。你不再受到你发下的誓言的约束。你自由了。"她转过身,走向异境之门。

"等等。"米耶里叫道。佩莱格莉妮回过头。

"你有没有真正爱过他?"米耶里问,"爱过偷儿? 或者,他只是你的工具而已?"

佩莱格莉妮闭上双眼。一层悲哀笼罩了她的面庞。

"我当然爱过他,米耶里。世上最深沉的爱,莫过于创造者对自己造物的热爱。尤其是,当她的造物长成了她从未想过的模样的时候。"

她抛给米耶里一个飞吻,随即穿过银色大门。一瞬间,米耶里脸上似乎贴上了什么东西,像是两片嘴唇。她摸摸面颊。面颊有点刺痛。

"米耶里?"辛达开口。

"怎么了?"

"你的伤疤消失了。"

趁着佩莱格莉妮舰队突然退出战斗引发的混乱,"双手剑号"载着甘草佐酷和马特杰克,来到犹如阴阳八卦图的土卫八。一路上,米耶里不得不一再耐心解释,劝米克爵士放弃打仗的念头——后者一心打算协助大炮俱乐部的黑洞船,跟四艘索伯诺斯特州船交火。

迷你勇士抗议道:"可是,米耶里小姐,骑士最光荣的战绩莫过于跟巨人打仗!"

米耶里叹了口气。如果是偷儿,会怎么说?

"还有更光荣的神圣使命。"马特杰克插嘴,"我们这是去寻找圣杯!"辛达已经把这孩子揽到了自己的羽翼底下,保护起来。她做的第一件事,就是把小陈纳入甘草佐酷。

"小姐您怎么不早说!"

飞船披着厚厚的超物质斗篷,载着众人降落到土卫八隆起的赤道山脉附近。米耶里用的是执行普罗米修斯任务时的身体和武器。辛达呢,尽管她声称自己有战斗化身,此刻却手无寸铁,只穿着简单的Q护服。反德西特乘以球体以难以理解的四维形式出现。米克爵士自然是武装到了牙齿。负责保管缠结球的是马特杰克,他身边还有受米耶里控制的武装机器人护卫。

马特杰克引着众人来到巨大圆柱形山脉脚下,陡峭绝壁旁。头顶上,战斗仍在继续,火光闪过,清晰地映出一行人长长的影子。马特杰克碰了碰岩石,一块圆盘大小的石块慢慢消失,露出军械库诡异的蓝色伪物质墙。男孩朝那光滑得不可思议的表面发去一段大型量子态库扑特。墙上随即打开一个洞,露出可移动的岩石褶皱。褶皱也相继打开。

辛达造出Q粒子泡泡,带着众人穿过打开的洞,进入军械库轩敞的蓝绿色通道。

没过多久,他们就找到了宇宙大爆炸炮。米耶里盯着这东西,它让她想起了奥尔特虚空传说中的怪物:身体由黑洞构成,眼睛则分为四叶。

"算法终止:无法判断。"反德西特乘以球体说。

"你真打算这么干,米耶里? 我们怎么能让你钻进那东西里面,然后冲着土星发射呢?"辛达用眼神可怜巴巴地恳求。最后,米耶里不得不转开了视线。

米耶里微微一笑,"这一次,轮到你们来等待啦。"说罢,她转向马特杰克。男孩正忙着把缠结球的内容物塞进那个怪物般的武器里。"马特杰克,你能不能——"

就在这时,伟大游戏珠宝里传来一道闪电,击中了她。她仿佛又回到了赫克托耳星上,遭到终极背叛者的攻击。但这一次,攻击发生在她的大脑之内。她看到身边的甘草佐酷成员闪烁着微光,变回真形,动弹不得,就像一片片冻结的雪花。

"伟大游戏可不是这么玩的。"巴比康摇摇头,说道。

这位伟大游戏长老孤身前来,用的是惯常的黄铜机械人化身。伟大游戏珠宝在他手上发亮,其余珠宝围绕在他的高顶礼帽周围,组成微亮的光环。

"轻轻松松走捷径可不是我们的作风! 用作弊代码也不是我们该干的事! 难道为了一场微不足道的战争,你就想拿整个现实来冒险吗?"巴比康用枪臂指指辛达,气急败坏,"还有你,小姑娘! 我造了你,是让你好好看着她,别让她干傻事! 你到底在想些什么啊?"

他挤了挤眼睛,"抱歉,刚才我在开玩笑呢。你们所干的事,全都按照我的剧本进行,不折不扣。将来,对于这儿发生的事,官方的说法会是:在危机时刻,索伯诺斯特间谍闯入了我方防守最严密的堡垒,还摧毁了卡米纳里珠宝。你以为我为什么向你泄露珠宝的所在,还对辛达跟你共享缠结这事装聋作哑?

"这事儿我早就想自己干了。可伟大游戏的意愿系统一直挡着路。珠宝的诱惑力太大,垂涎珠宝的人太多。长久以来,我好不容易才维持了各方平衡,让关于珠宝的决议一直悬着,把它藏到了另一层膜之后。

"不过现在,我们共同的朋友若昂终于把我们都解放啦!多少年了,我脑袋里终于没有佐酷意愿来碍事了!简直像刚开始玩新游戏一样兴奋。我总算可以放手去做佐酷需要的事,而不是佐酷想要的事了!"

他指指飘浮在身后、闪着虹彩光芒的方块,"这是奇异夸克爆炸装置。我把它跟你一起放进炮口。这东西会在普朗克膜上造成大坍塌。哎呀呀!这可真是壮丽的真正死亡呀!我几乎希望我也能这么死一次!"

米耶里,米耶里的甘草佐酷珠宝中传来库扑特,是马特杰克发来的。我还能动,也能进入枪支视界。我猜他以为我也是伟大游戏的成员。你能让他多说几句吗?

"没有人会记得我们的死亡。"米耶里说,"要是不用珠宝,索伯诺斯特马上就会荡平超越城。"

"哦,亲爱的,总会有幸存者的!我说过,这就像开始新游戏,我期待新的挑战。我们佐酷已经发展得太过强大。如果再次沦落到底层,我们又能变成叛逆者,变成曾经伟大的王国仅剩的可怜幸存者,还能跟压倒性的强势力量抗争。那才真叫让人愉快的伟大游戏呢!"

我差不多快好了,米耶里,马特杰克说。顿了顿,他又说:你呢?

米耶里飞快地瞄了一眼巴比康。后者就飘浮在大爆炸炮跟前。

你在开玩笑吗?这怎么可能发射?

整个军械库就是一个线性加速器。我会把你射到土星上去。我们其余人都会安然无恙。但你要答应我,一定会回来。

"只要你愿意,我们此时此刻就可以结束这场游戏。"米耶里喝道,"你跟索伯诺斯特真是一丘之貉!"

还有十秒。

"你凭什么这么傲慢,觉得珠宝一定会接受你呢,奥尔特人?"巴比康咆哮,"不管赌王怎么想,你根本没什么特别的。我故意把你吊在他眼前晃悠,刺激他采取极端手段,逼得他破坏了意愿系统。我甚至在他的船上装了各种破坏系统用的工具!我想我该感谢他。毕竟,是他制造出大崩溃,才诞生出伟大游戏佐酷,才让伟大游戏的存在目标定为:再也不让类似事件发生。"

他的脸一沉,"话又说回来,我脑中仍有一部分记得大崩溃那天,天上雨点般落下火焰的时候,我失去的珍贵之物。所以,我得承认,想到他拯救你的努力落空,我心中还是挺开心的。

"也许我该给我自己一点儿奖赏,亲手解决了你。反正到头来也没差别,还能给无能的小辛达好好上一课。我总是说,如今,给佐酷新人的规矩和训罚实在是太宽松了!"

他举起枪臂,把冰冷的枪口抵在米耶里的脑袋上。

发射!米耶里给马特杰克发去库扑特。她朝辛达看了最后一眼。佐酷姑娘眼中闪过理解。贴着米耶里皮肤的金属开始发热。

完成。米耶里被库扑特到枪支视界，意识跟缠结物质球的量子态编码在一起。她身处小小异境之内，没有身体，只能模模糊糊地感觉到身边的军械库，还有大爆炸武器前方的巴比康小小的身形。

马特杰克开火。军械库的墙壁充满了能量。电磁场在几秒钟内就让大爆炸炮弹达到了极高的速度。炮弹从一个个房间闪过，旋转加速，越来越快。所过之处，抹掉了大炮俱乐部收藏的全部枪支。

在蚕茧般的异境中，米耶里感受到了炮弹打到土星南极点的冲击，感受到炮弹深深地钻进了金属氢核。接着，大爆炸炮弹内含的四个黑洞开始碰撞。

整个巨行星仿佛心脏般脉动起来，泵出引力波，越过不同宇宙之间的空间。米耶里随着引力波，就像瓶中信随着海浪，冲到了陌生的岸边。

一切都很柔软。一切都是液体。

米耶里看不见，只能知觉；不能动，只能漂浮。她和他者，体内和外界之间，只隔着一层肥皂泡般的薄膜。就像一个梦——在梦里，你潜到水下，还能在水底呼吸。

她能模模糊糊地分清上与下，隐约明白下方存在无底的深渊。有什么巨大的东西从下方经过，一下一下慢慢划水，惊得她脆弱的泡泡自我一阵颤抖。一时间，她一动也不敢动，恐惧犹如涟漪，从她身上一波一波扩散开去。

佐酷到底是怎么造出这地方的？这儿只有孤子态①，遵从异界物理规则，复杂程度刚够计算，还能在普朗克膜上为思维提供平台。是他们造出来的，还是找出来的？

她小心翼翼地让自我延伸开去，用知觉探索，感知周围非我的物体。片刻后，她感觉到一处盘旋的水流，在异界液体中十分温暖。这东西像是交叠的双掌，也像熟睡的蝴蝶。

是卡米纳里珠宝。

在这儿，触摸只是隐喻。米耶里伸手触摸的时候，那东西流动的线条将她的本质拉了进去，让她变成它的一部分，在她体内（她觉得那地方应该是胸膛）创造出一个结。

接着，珠宝开启。

起先，只有凉爽的存在。这存在填满了她，蔓延到她体内每个细胞。接着，珠宝即她，她即珠宝。所有可能的米耶里同时出现。

一个长翅膀的老妇人，因为智能珊瑚感染，已濒临死亡。她正给重孙儿重孙女们讲故事。

一位索伯诺斯特女神，伸开双翅，覆盖住整个太阳系。

一个佐酷真形，带着一圈珠宝光环，仿佛塔罗牌上的形象。

一个故事，由野代码沙漠上的精灵讲述。

这是一组万花筒般的画面，多重叠加，众多形象合一，只有一个共同点。

轻轻地，一个音符接着一个音符，米耶里开始歌唱。她体内仿佛填满了奥尔特的瓦奇，随时准备根据她/她们的意愿重塑形状。天使的和声扬起，为飞船"培蝴宁"唱出最后的歌。

①在数学和物理学中，孤子指以稳定形状、恒定速度前进的波或脉动。

她唱到阿利内和黑暗,唱到另一支让飞船长成虚空之蝶的歌,唱到忠告和爱,唱到告别的恐惧,唱到关闭的大门,唱到一个关在牢房里的偷儿,唱到结局,唱到蓝白球体上燃烧的翅膀,唱到最后的蝴蝶之吻。

唱到她周围所有缠结的生命;让他们缠结的不是珠宝链,而是蜘蛛网。

她唱到新的开端。

音符与音符之间,有一整个宇宙。

珠宝倾听。愿望实现。

普朗克膜的虚无中,量子线的编织出现了模式。"无"的完美对称粉碎了,化为规范场、夸克和胶子的不完美秩序。

"一"生万物。所有可能的秩序组成的森林中,有一条路被挑了出来。混乱结晶,成为因果关系的钻石。

米耶里之歌开始。有光闪过。

尾 声

约瑟芬·佩莱格莉妮的原型坐在固伯尼亚里，喝着酒，看着战争的进展。她怀念金星上的神庙。在那儿，在远离这乱哄哄场面的地方，才是她该待的所在。

她新近又体会到了某些情感，需要存放到图书馆里。她本以为这些情感已经不会再有了，比如悲痛。她举起孤单的酒杯，遥祭赌王若昂。不过，话说回来，那一个赌王曾经待过的地方，还有很多个赌王仍然待着。也许该让萨沙帮个忙，允许她再去一趟困境监狱。

约瑟芬叹了口气。差不多该准备下一场战争了。凭借亮闪闪的太阳激光，她的兄弟姐妹马上就能扫平超越城。萨沙会很骄傲的。真可耻。得给他们弄个更好的共同敌人；当然，危险性得比终极背叛者小。

也许从太阳系之外找？稍后，她会分出一支魂灵儿，专门思考这个问题。

她跟赫辛库与瓦西列夫之间还有些问题没有解决。终极背叛者的出现逼着他们跟她合作；但他们不会就此抛开对她的怨恨。

不过，他们花了大量兵力攻打佐酷，她却没有。哪怕失去了陈的支持,她取胜的机会现在也大得多了。其他人都有事要忙,不会干涉。契特拉古波塔会花上千万年时间梳理佐酷异境的残留。萨沙会忙着玩自己的新玩具。至于苏曼古鲁,他不过是武器罢了,一心只想要可供攻击的目标。

她啜了一口手中完美的霞多丽葡萄酒。这是数百万迭代世界和赏味魂灵儿的结晶。完美。如此难得,如此难求。

啊,没错,未来一片光明。

突然,土星闪过一片白光,仿佛现实的皮肤撕开了一道口子,抑或天使的双翼击下闪电。是太阳激光吧?她正想着,却听到魂灵儿们惊惶的喊叫。

土星不见了,只剩下古怪的引力阴影,拉着索伯诺斯特舰队留在空荡荡的空间旁边的轨道上。行星本身,还有超越城,却不见了踪影。

约瑟芬原型站了起来,同时进入十亿魂灵儿的意识,从每一个可能的角度重放刚才的事件。引力异常。整个太阳系布满高剂量的辐射。大脑和硬件中出现量子干扰。

木星爆发。这跟木星爆发一模一样。

固伯尼亚中所有的魂灵儿都感受到了她激烈的情绪,匍匐在恐惧中。晓的钢铁手指牢牢钳住了它们。

接着,约瑟芬·佩莱格莉妮大笑起来。那是十亿条喉咙的和声,声如雷鸣,满是愉悦和骄傲。

新世界的天空,还有身边的一切,都宽广无垠。但米耶里并不介意。阳光很温暖,她正在吃桃子。应该说,是桃子的一半。另一半在辛达嘴里。

"说老实话,"佐酷姑娘开口,"我看不出这东西好在哪里。"

她看看手中的桃核,既困惑又反感。

"有人告诉我,一个名叫帕里斯的男人,把桃子给了最美丽的女神①。"米耶里回答,"这是一种赞美。"

"喔!"辛达吻了她,"故事总比水果动人!"

米耶里暗自微笑。

两人肩并肩躺了一会儿。天空中,超越城正在修复。但两人身处的是属于自己的小世界。在这儿,现实就像瓦奇,有更强的可塑性,而且不需要机器就能造出异境。当然,这世界也有意想不到的陷阱。这样,人们才不会忘记藏在现实中的锋利剃刀。

"你觉得他们会跟我们一起来吗?"辛达问道。

"他们干吗要来?现在,整个宇宙都是他们的。"米耶里答道,唇上不觉又露出微笑,"再说,我有预感,他们很快就会忙得不可开交了。"

她站了起来,拉住辛达的手。

"来,"她说,"我想飞。"

阿尔肯很高兴。

它当困境监狱的看守,已经当了很多年。但合作与背叛的大网无穷无尽,总能玩出新的花样,总能发现新的味道。最近,它迷上了寻找一种"监狱–完全"模式——只要囚犯的枪口火光一闪,就能造出新的监狱。只要几千个主观年,就能找到这种模式的最佳乐园状态。

所以,对远处的始祖战争,阿尔肯不怎么感兴趣。当来自木星的辐射波猛地袭来,阿尔肯只修正了监狱计算质的纠错方案,以抵消辐射。至于这些亚原子粒子内部的构造,它丝毫没有关

①古希腊神话中,帕里斯给出的水果是苹果。

心。关心这种东西，就相当于听信了量子垃圾的教唆。

监狱内部有数不清的玻璃牢房。其中一间牢房里坐着个男人，正在读书。应该说，他脑子想读书，身体却害怕下一场互射游戏。不知不觉间，他的思绪飘到了远处，想起了沙漠中的男孩，想起了自己做过的选择，还有当时没选的条条道路。在一切都一成不变的监狱中，你总会琢磨这些东西。

突然，阳光悄没声地落了下来，落到他手中的空白书页上。光线耀目，刺痛了他的眼睛。他从口袋里拿出蓝色太阳镜戴上，抬起头来。

他看到了一扇门，开着的门，雪白明亮。

他放下书，站了起来，穿过这扇门，一路吹着口哨。他并没有十分惊讶。毕竟，到头来，出路总是有的。

译后记

2016 年 2 月 13 日年初六 13 时 04 分,我从书房出来,拿起两岁儿子的皮球,做了几次抛接动作,口中喃喃念道:"逃逸速度每秒 0.13 公里,逃逸速度每秒 0.13 公里……"一旁的先生问:"今天又去土卫八啊?"

我盯着球,眼神迷离,答道:"不,土卫八的仗打完了,刚解决一个土星同温层热灯塔问题,马上要去 624 号小行星赫克托耳。"

十分钟后,我把球放回箱子,起身回书房。

先生怜惜地朝我挥挥手,"路上小心,早点回地球。"

——《苦逼译者的日常》

整整半年多,没有休息——对,没错,连过年也没有休息——才有了《分形王子》和《因果天使》。在此向胡纾女士致意,衷心佩服她在前无提示、后无解答的情况下,将千头万绪、谜团重重的第一部《量子窃贼》译得如此妥帖[①]。

这三部曲,大开大合,波澜壮阔,在太阳、地球、金星、火星、和土星间纵横来回,让身为译者的我极为过瘾。作者创造了将太阳化为能量的太阳挖掘厂;创造了能撕开时空结构、产生奇点

[①] 在后两部中,联系上下文,我微调了两个译名:佐酷的"虚无空间"改为"异境","脉冲爆发"改为"木星爆发"。

的太阳激光；创造了罩在地球之上的白骨爪似的弧罩；创造了斯尔市的神奇密名；创造了金星的飞城坠落、奇点爆发；创造了毁灭火星的火卫一；创造了纵横交错在土星上方的狭带超越城；创造了被分形压缩的地球文明在土星人造板块上的重生；创造了随黑洞碰撞泵出的引力波，由纠缠态物质指引，穿过普朗克膜，进入了平行宇宙……

　　同时，作者的理工背景，使得小说中技术名词干货俯拾即是。作者秉承着"任何奇迹均有合理技术解释"这一原则进行创作，比如，斯尔神奇的密名附身术不过是"某种极限分形压缩，是藏在故事中的自指涉循环，强迫对象大脑不断重复，从中引导新意识生成"；又比如《分形王子》第十三章中，"索伯诺斯特舰队从宇宙弦的阴影中跃出，对量子垃圾佐酷人……弦在时空中切出的角度很小，造成的引力透镜效应会让佐酷人眼前出现重影。这种效应同样会影响他。只有在所有眼睛的帮助下，他才能顺利航行。弦是木星爆发在真空中留下的伤疤，还不到一费米厚，但长达十公里，呈圈状，比地球的质量还大，周围环绕着不断增厚的氢云和尘埃云，就像一根带肉的骨头"；还有《因果天使》第一章中，"谷神星真空鹰的生命流。真空鹰是一种脆弱的无感官太空有机体，它的太阳帆翼上有感光细菌。这一只真空鹰追逐着母鹰飞过地球，身上的感光细菌拍下了粗糙的画面"和"土星通道的质量投射流混乱。流船冒泡泡号正在购买质量投射流队伍中的靠前位置。火星轨道的光涡不可用。请求土星一瞬千里光束的庞加莱不变表面进入许可。购买土星一瞬千里光束进入期权的衍生物"。细节正确与否我不敢妄下判断，但这些让人咬牙切齿的例子让我吃足了苦头，动足了脑筋，也过足了瘾。

　　这三部作品,除了技术过硬,结构也十分严密。作者拉亚涅米,不愧为数学物理学博士,逻辑思维严谨。他从不随便堆砌华丽的名词,挖坑必填。(死理性派的文科生译者向作者表示深深的谢意!)先提两处小细节。《量子窃贼》第一章提到了太阳挖掘厂,《分形王子》第三章便出现了太阳激光,《因果天使》最后决战时就出现了这种终极武器。同时,"太阳挖掘厂"一案作为赌王若昂的经典手笔,在三部曲中均有情节涉及。这是第一处。第二处更细小,《分形王子》第二十四章提到,米耶里的熊形生物同伴牺牲,米耶里决心要确保她留下的小熊崽安然无恙。只这一句话,在第三部中也有照应:《因果天使》第四章中,假扮成拉乌·当德莱兹的若昂便提到了这事。

　　小说构思精巧,作者一开头并未交代所有的背景与设定(这也给阅读第一部的读者造成了困难),而是让三部曲互相补充,互为解答:用"成为普罗米修斯,偷盗众神之火"这一终极目标贯穿整个故事,使三部曲成为密不可分的整体,所有的谜团、主人公过去的经历,一直到第三部最后才完全解开。《量子窃贼》第一章中趴在沙漠里的男孩子是怎么回事?女神放他自由又是怎么回事?什么是费德罗夫战争?为什么会有大崩溃?为什么木星会爆发……答案都在第三部《因果天使》里。

　　提一处很有意思、却容易被忽略或误解的结构叙述诡计。对,就是叙述诡计,推理小说中让人又爱又恨的东西。既然莫里斯·勒布朗(Maurice Leblanc)的名作《侠盗亚森·罗平》(Arsène Lupin)系列,尤其是《水晶瓶塞》对主人公若昂意义非凡,那么作者在科幻小说中运用推理的叙述诡计就不足为奇。(再次警告:以下剧透!)第二部《分形王子》显然模仿了《一千零一夜》,用的是故事套故事的结构,这一点容易发觉。但在第二十八章最后,有句话让人摸不着头脑："你没好好听。一开始我就说了——最后我也说了——我不是赌王若昂。你知道吗？猎手是约瑟芬唤来的。而她交给猎手的，并不是偷儿的名字。"随后就出现了终极背叛者。终极背叛者什么时候说过这句话？如果猎手的目标不是偷儿，那又是谁？我们再从序曲看起。序曲中，马特杰克见到偷儿，请他讲自己如何被抓的故事。于是，正文开始——注意：从第一章开始，都是故事（别忘记，在这儿，故事，是用来偷窃别人意识的）——我们发现，原来第一章出现过若昂的内心独白："我不是赌王若昂。"而第二十七章，在跟米耶里的激烈冲突中，若昂也说过一句话："也许我根本不是赌王若昂。"当时，我们以为说这两句话的就是主人公若昂。但现在，我们顿悟——原来，从第一章开始到第二十七章里的偷儿确实是若昂，却又不仅是若昂，他体内还存在着终极背叛者。所以，"我不是赌王若昂"这句话不仅是偷儿说的，也是终极背叛者说的。至于序曲以及第二十八章中的偷儿，其实是在若昂随着"培蝴宁"坠落地球后、从若昂体内分离出来的终极背叛者。于是，另一个谜也解开了：约瑟芬交给猎手、让猎手去追捕的名字①，不是偷儿，而是终极背叛者。从第一章到第二十七章这么长的一整本书，都是终极背叛者讲给马特杰克听的故事，目的是偷窃身为始祖的陈的意识。

这三部曲，是主人公成长的记录，也是寻找自我的历程。三位主人公——若昂、米耶里、佩莱格莉妮血肉丰满，并非普通科幻奇幻小说中一成不变的扁平人物。作者之所以选择困境监狱作为全书的开端，是因为，在主人公若昂脑中，"在困境监狱、跟战脑互射"才是他最早的记忆。他只是困境监狱中关押的几百

---

①在《量子窃贼》尾声中，约瑟芬请灵魂工程师制作了猎手，并给他一个名字，作为猎手追捕的目标。

万个①或者十亿个②赌王若昂原型的魂灵儿之一,原型的记忆已经被剥夺一空。表面上,他是赌王若昂、灵巧的偷儿,保留着从前原型的所有技巧,什么都困不住他,能渡过一切难关;可内心深处,由于没有记忆也没有目标,他时常迷茫,怀疑自己,心中存在黑暗的深渊,张着大口,随时会吞没他。

于是,在火星上,他找回了记忆的片段,想起了自己的爱人和朋友,还结识了既是对手又是儿子、年轻聪慧的伊斯多;在地球上,他遇到了身世坎坷的勇敢姑娘塔瓦妲,虽然若昂利用了她,但在地球灭亡危机来临之际,作为弥补,若昂拯救了整个斯尔文明,承诺要让斯尔重生;同时,从火星和地球一路走来,若昂和米耶里、飞船"培蝴宁"也结下了"柯多兄弟"般的情谊,"培蝴宁"坠落地球身亡之际,把米耶里托付给了若昂——这些羁绊和承诺,变成了若昂力量的源泉,也是若昂借以肯定自我的镜子。在重重困难之中,他常对自己说的话就是:"我欠了债,必须偿还""除了承诺,我还剩什么呢""我向保护偷儿的神祈祷,愿我有力量扛起所有的承诺"。正因为这些羁绊和承诺对若昂如此重要,火星毁灭的消息传来后,若昂才会悲痛欲绝:"火星没了。这世上我所有的朋友、爱人和吵架对手也一起没了。"他欺骗自己说:"他们本来就不是你的。他们是另一个若昂的。那个若昂背叛了他们,离他们而去。你大可不必想念他们。"可他心中清楚:"'培蝴宁'说过,我是个善于扯谎的骗子。这话没错。可是啊,最精心编织的谎言,我是说给自己听的。"(在电脑上打出这句话的时候,我的鼻子都发酸了。)

如果说,在火星上,若昂还想着如何拿回记忆,变成完整的

---

①出自《量子窃贼》。

②出自《因果天使》。

赌王若昂；等到火星毁灭后，若昂就开始努力摆脱原型赌王的影子，借着对斯尔和"培蝴宁"的承诺，让自己变成跟从前的赌王完全不同的人。他对小马特杰克说过："魂灵儿并非原型的翻版，我们可以选择自己的道路。"他用自己的行动证明了此言非虚。在"勒布朗号"的《水晶瓶塞》魂灵儿图书馆里，他拒绝了原型部分分身的邀约，大声宣布："我的确还有最后一件活儿要干，不过不是你的活儿。我要去救米耶里，偿还欠她的债务，之后，一切就都结束了。世上再也没有赌王若昂这个人。"最后，在陈的固伯尼亚里，若昂利用计算复杂性限制，逼终极背叛者计算不可能完成的"赌王-完全"难题（上文辛达解释过的，记得不？多让人舒心的环环紧扣），终于制造出片刻空隙，让佩莱格莉妮和小马特杰克逃出，自己则站在海滩上，打开了末日珠宝……在我看来，这一幕比之后的平行宇宙更精彩，更动人。借着自我牺牲，若昂终于走上了沙漠中男孩子没选的那条道路。

米耶里在第一部出场时，是个顽固冷酷的女斗士。随着情节推进，她也在慢慢地变化。第二部中，她已经意识到自己"拯救席丹"这个目标的虚无，因而一心求死。到了第三部，在可爱的佐酷姑娘辛达身边，米耶里慢慢地感受到了生活的美好，有了生的渴望（重生派对，特别是彩蛋寻宝那一段，不管读几遍都觉得舒畅温暖），最终为自己和朋友们创造出另一个宇宙，为若昂打开了一扇从没开过的门。

再说说佩莱格莉妮。约瑟芬·佩莱格莉妮（Joséphine Pellegrini）这名字也出自《侠盗亚森·罗平》，是一位自称永葆青春的伯爵夫人，是罗平的爱人，也是死敌。在《量子窃贼》三部曲中，佩莱格莉妮是一位索伯诺斯特始祖女神。一开始，我们只看到，她是若昂和米耶里的主人，睚眦必报，又容易上当；到第三部，我们才知道,原来她也有自己悲伤的过去,是那段过去造就了她;而她,又造就了赌王若昂。在第一、二部中,她和若昂的关系不过是(有肉体关系的)雇主和雇员,两人不时钩心斗角,耍点小心眼;到第三部,我们才明白,他们俩的关系远比这复杂。若昂曾经"做什么事都是为了她",而女神呢,也曾经真爱着他——"我当然爱过他,米耶里。世界上最深沉的爱,莫过于创造者对自己造物的热爱。"只是,几百年分分合合后,两人都清楚,不可能在一起。

最后透露两个名字中的小彩蛋吧。第一,在《侠盗亚森·罗平》系列中,若昂(Jean)是罗平的亲生儿子,但一出生就被伯爵夫人佩莱格莉妮绑架,养育成人后,被设计与自己的父亲作对,同时还受到栽赃陷害。第二,作者在第一部开头提到,亚森·罗平的名字是一朵花的名字——所以,亚森·罗平就是躲在故事里的花儿王子,通过《水晶瓶塞》影响若昂。我心中存了个疑问:那是什么花呢? 事有凑巧,这天给儿子哼唱歌谣,偶然唱起了《鲁冰花》。小家伙问:"什么是鲁冰花呀?"我语塞,上网查阅,才知道鲁冰花就是羽扇豆,而羽扇豆的英文名,正是"lupin"(罗平)。